天馬は空《くう》をゆく

金椛国駿風

篠原悠希

角川文庫
24507

天馬は空《くう》をゆく

金椛国《きんかこく》
駿風

おもな登場人物

星《せい》 天賜《てんし》……金椛《ジンファ》帝国の上級官家・星家の長男。愛称は『阿賜《あし》』。
物静かで落ち着いた性格で
勉学に対する興味が強く、成績も優秀。

阿燁《あよう》（陶燁《とうよう》）……都で最も裕福な陶家のひとり息子。
活発な性格だが家庭内における疎外感に
鬱屈を抱えている。けんか早い一面も。

司馬《しば》澳飛《おうひ》……西方の夏沙《かしゃ》国出身の母と皇帝の間に生まれた皇子。
母に先立たれ、自身の進退について悩んでいる。

彌豆《びどう》……皇帝直属の宦官組織「青蘭会」の宦官。
容姿端麗で文武に長けている。
皇帝の命で澳飛の配下となる。

叔玉公主《しゅくぎょくこうしゅ》……澳飛の従姉で弓馬の達人であり、馬上打毬の名手。
勝ち気で負けず嫌い。

星《せい》　遊圭《ゆうけい》……天賜の父。
皇帝崩御に伴い族滅の憂き目に遭ったが、
生き残り現在の星家を築いた。

蔡《さい》（李《り》）明蓉《めいよう》……天賜の母で遊圭の妻。
少女の時に遊圭を助けた縁から、
後宮での様々な苦労をともに乗り越えてきた。

陶《とう》　玄月《げんげつ》……阿燁の養父。
皇帝陽元の腹心の宦官で、十二歳の頃から
国に勤め続け、現在は内侍省の実力者。

蔡《さい》　月香《げっか》……阿燁の母。
明蓉とは義姉妹。玄月の妻で、
遊圭が後宮に隠れ住んでいたときの恩人。

司馬《しば》陽元《ようげん》……金椛帝国の第三代皇帝。

第一章　幼馴染み

正午の鐘が鳴り響き、その日の学習を終えた少年や青年たちが、続々と童科《どうか》書院の門をくぐり、家路へと急ぐ。

「阿賜《あし》、待てよ」

背後から愛称を呼ばれた小柄な少年が立ち止まり、声の主へと振り返った。人の波に呑《の》まれてしまいそうな少年の姓名は、星天賜《せいてんし》という。その天賜よりも頭ひとつ背が高く、幅も厚みもひとまわり大きな十代半ばの少年が、人混みを強引にかき分けて追いついた。

年上の友人を見上げて、天賜は素っ気なく応《こた》える。

「阿燁《あよう》、もたもたしてると置いていくよ」

にこりともせずに言い返す天賜の肩に手をかけて、阿燁は友人の顔をのぞき込んだ。その色白な細面の頬に、野性的な笑みを浮かべて天賜に頼み込む。

「今日さ、阿賜の家に行ってもいいか」

阿燁は都でもっとも裕福な陶《とう》家のひとり息子で、姓名を陶燁《とうよう》という。幼いころから体格に優れ、膂力《りょりょく》自慢の少年だが、顔立ちは端整な母親似と評判であった。

「今日『も』だろ。ぼくは別にかまわないけど、うちの母が心配してるよ。『陶さんの家はひとり息子がほぼ毎日のように他家に入り浸って帰らないけど。親子仲が上手《うま》くいってないのかしら』って」

天賜の遠慮のない物言いに、阿燁はしかめ面を作って鼻をこすった。紺色の涼しげな麻の深衣を着て、銀の笄《こうがい》で髻《もとどり》を留めた育ちのよい若者が、わざと無頼を演じて粋《いき》がっているような、そんな仕草だ。

「ともに国士太学《こくしたいがく》を目指す童生《どうせい》仲間なんだ。勉強のためだと言っておけばいい」

金椛国《ジンファ》では、官僚登用試験合格の近道である、国士太学への入学を志す文士や学生を、試験の名である童試《どうし》に因《ちな》んで童生と称する。

「ぼくと阿燁では、受験する科目が違うでしょう。まあ、かまわないけど。ぼくの研究の邪魔さえしなければ、ね」

天賜は相手との体格差も年齢差もまったく気にしたようすはなく、対等な口調で阿燁をあしらう。

「邪魔どころか、ずいぶんと役に立っていると思う」

しれっと断言する阿燁に、天賜はふふんと小さく鼻を鳴らしただけで、肯定も否定もしない。気の置けない風情のふたりは、高さの異なる肩を並べて歩き出した。

母親同士がとても仲の良い義姉妹《ぎきょうだい》で、互いの家との行き来が多かったこともあり、阿燁と天賜は物心がつく前からの幼馴染みだ。そしていまは童試の受験準備のために、同じ学問所に通う学友であった。

天賜の自宅は皇城の中心に近い官人街にある。父の星遊圭《ゆうけい》は世間から大官と呼ばれる政府の高官で、官人街の一画に豪奢《ごうしゃ》な邸《やしき》を構えていた。あるじの地位によっては、ひとつの邸だけで何町も占める官人街に入ると、自宅へ帰るにしろ、友人の家を訪ねるためにしろ、どこまでも続く長い塀に沿って延々と歩かねばならない。

高級官僚の豪邸が立ち並ぶ区郭は閑静だ。ふたりの通う童科書院のある商店街や、市場の喧噪《けんそう》も届かなくなる。

巷《ちまた》の童科書院に通うのは、上京して受験勉強をする地方の富豪か、都の中流家庭以下の子弟である。金椛国の上流階級に属する阿燁と天賜が童科書院に通うのは、極めて珍しいことであった。

両家に共通するのは、家塾を開くには親族の数が少なく、童試を受験する年頃の男子がひとりずつしかいないことだ。とはいえ、上流階級の子息が城下の書院に通う理由としては説得力がない。庶民の集まる場所には危険や誘惑が多いとされているため、経済的に余裕のある家では家庭教師を雇うのがより普通であったからだ。

代々多くの官僚を輩出してきた星家ではあったが、天賜の祖父の代で罪なくして族滅の憂き目に遭った。当時は幼かった父の遊圭が唯一の生き残りであるため、天賜には従《い》兄弟《とこ》など年の近い親戚《しんせき》がいない。星家を復興させるために官僚を目指した遊圭は、巷の学問所に通って受験勉強に励んだ。そこで友人を作り人脈を広げていった経験をとても得難い宝と考える遊圭は、息子にも同じ社会体験をさせたいと考えた。

とはいえ、ふたりの自宅から童科書院までは、けっこうな距離がある。春も半ばとなり、一町を歩いただけで汗ばんでくるような季節にもなってきた。

家が金持ちで、しかも見目の良い少年たちが人通りの多い道を通えば、人攫《ひとさら》いに狙われることもあるだろう。一般的な親ならばそう考えて、轎《かご》や馬車を手配するものだ。しかし、天賜と阿燁の親は、十里くらいは毎日歩いて通わせることが、息子たちの健康に良いと考えているらしい。

「でも、阿燁のお父さんは童科書院がどこにあるか、知らないんだろう？」

天賜は不思議そうに訊《たず》ねる。

「知らないってことはないと思う。入門申込書には、童科書院の名前と里坊《りぼう》名が記してあるんだから。まあ、見学にも参観にも来たことがないのは確かだけど——」

阿燁がいったん言葉を切って軽く首を傾け、視線を背後に向けた。一瞬だけ後ろに向けられた先には、ひと組の武人が所在なげな歩調で少年たちのあとをついてきていた。

都で最も裕福な陶家の唯一の跡取りを、阿燁の父や祖父がひとりで外に出すはずがない。つかず離れずついてくるふたりの武人は、他の童生や町の庶民を怖がらせないために、距離を取って御曹司について回る護衛たちだ。

阿燁はもともと、父親の陶玄月《げんげつ》が選んだ優秀な家庭教師について、学問を習っていた。

陶邸はとても広大で、星邸五つ分の規模がある。何度も遊びにいったことのある天賜はもちろん、跡継ぎの阿燁でさえ、自邸の端から端まで知り尽くしてはいない。

祖父母と両親は、その何町にもなる敷地内におのおので豪邸を構えており、さらに親戚筋、使用人たちとその家族が住み込む家屋は数えきれない。かれらの生活を支える厨《ちゅう》房《ぼう》はもちろんのこと、衣食住を賄う工房なども陶邸の敷地内にあり、大小の庭園や船を浮かべられる池がいくつもある。そのように塀に囲まれ満ち足りた世界で育った阿燁は、十歳を過ぎるまで自宅の敷地から外へ出る必要がなかった。

そんな阿燁が知っていた『外』の世界のひとつが、星家の邸だ。

両家の母が子連れで訪れ合うという、家族ぐるみのつきあいから、阿燁は十歳を超えたころから自宅を抜けだして、ひとりで星家に遊びに来るようになった。

阿燁が初めて母の同伴も供回りもなく、愛獣の天狗《てんこう》一匹を連れてひょっこりと星家に姿を現したときは、ちょっとした騒ぎとなった。星家から陶家に下男を送って「御曹司がひとりで遊びに来ているのだが」と告げさせたときには、陶家では邸内と敷地内をひっくり返して池の底までさらうほどの大騒ぎとなっており、行方不明となった御曹司の捜索が行われている最中であった。

その当時の天賜は七つになったばかりで、手習いを始めたところだった。落ち着きがなく、学問に身が入らないと家庭教師の手を焼かせていた阿燁が、天賜と一緒ならば机に向かって書き取りをする。それを知った阿燁の両親は、息子が頻繁に星家に遊びに行くことを黙認するようになった。

それから三年が過ぎ、天賜が童科書院に通う年齢となると、当然のように阿燁は自分も童科書院に通うと主張した。

「父さんは入門申込書に署名をしただけで、あとは星大官に任せっきりだし」

隠しきれない不満を滲《にじ》ませた阿燁の言葉を、天賜は涼しい顔で聞き流した。

阿燁は天賜が入門した同日に、書院の教師らに贈る束脩《そくしゅう》を抱えて、ひとりで童科書院の門前に立っていた。天賜とともに書院を訪れた星大官は、特に驚いたようすもなく阿燁を招き寄せて、息子と一緒に阿燁の入門手続きをすませた。

阿燁の父の陶玄月と、天賜の父の星遊圭が対面で話すことはほとんどないが、前もって話がついていたのだろう。

天賜が知る限り、阿燁の父が街中や人前に出てくることはほとんどない。

その理由を知ったのは、童科書院に通い始めてひと月ほど経ったころだ。

十代の後半にさしかかった童生が三人ほど集まり、阿燁をからかった。

『おまえの親父、宦官《かんがん》なんだってな』

にやにやと下衆《げす》な笑みを浮かべて阿燁を囲む。

『お上品な御曹司づらして、どこから拾われてきたガキだ？』

『噂じゃ顔が母親そっくりだそうだぜ。親父は種なしで、ガキが母親似って、ことは、な——』

古株の童生が言い終わる前に、阿燁は侮辱の言葉を吐きかけた相手の顔に、拳《こぶし》をたたき込んだ。

阿燁に武術の心得があることを、天賜は知っていた。だが、幼馴染《おさななじ》みが他人に乱暴を働くのを目にしたのは、これが初めてであった。良くも悪くも、天賜と阿燁は、家柄の良い裕福な家庭の跡継ぎとして、大事に育てられてきた少年たちであった。そして、家庭内に年の近い男子がいないこともあり、兄弟間にありがちな玩具《おもちゃ》やおやつの取り合い、単純な力比べから取っ組み合いに発展するような荒事とは無縁であった。

乱闘のきっかけとなったこれらのやりとりを、天賜ははっきりと憶《おぼ》えている。しかし、乱闘騒ぎがどのようにしておさまったのかは、記憶からすっぽりと抜けていた。筆や硯《すずり》など、さまざまな物が空中を行き交い、十代になったばかりの少年たちが悲鳴を上げて逃げ惑うさまや、墨が床や壁を汚し、書几《しょき》がひっくり返って壊された光景は、切り取られた絵画のように、ぼんやりと憶えている。

天賜に怪我はなく、服と顔が墨で汚れていただけであったので、喧嘩《けんか》に参戦はしていなかったと思われる。乱闘の中心にいた阿燁は、衿《えり》は乱れ袖《そで》が破れていた。顔には痣《あざ》がいくつかできており、頰と額の片側が腫《は》れていた。口の端には血が滲んでいたかもしれない。三人のうちふたりは床にのびており、ひとりは他の童生かあるいは教員に取り押さえられていた。

阿燁はそのまま、迎えに来た護衛に連れられて帰宅させられた。天賜が家に戻ると、書院からはすでに報告があったらしく、待ち構えていた父親に細かく事の次第を説明させられた。天賜はその日すでに記憶が曖昧《あいまい》になっていた上に、自分が叱られているようで、しどろもどろになって父の質問に答えた。

父は天賜から話を聞き出すと、すぐに出かけていって、天賜が起きているあいだには帰ってこなかった。母と家令の趙《ちょう》夫妻のあいだで低く交わされていた会話によれば、父は書院へ直談判にいったらしい。

次の日に書院に行くと、騒動を起こした童生たちは除名されていた。天賜と顔に包帯を巻いた阿燁は、何ごともなかったかのように授業を受けた。

どうして先に手を出した阿燁が除名されず、古参であった件《くだん》の童生たちが追放されたのか。そのわけを父の顔を見て訊ねたかったが、天賜はなんとなく聞いてはいけない空気を感じ取った。

ただ、阿燁の父、陶玄月の官職について、書院内で言及することは禁忌であり、陶家の養子である阿燁の出自についても、詮索《せんさく》は許されないことが明確に周知されたのだ。親の七光りや書院側の通達がなくても、十三歳にして五、六歳は年上の童生をひとりで三人も返り討ちにした阿燁をからかう者は、いなくなったのだが。

陶家では報復を心配したのか、阿燁の護衛を増やした。天賜の送り迎えに下男がひとりというのは相変わらずだったが、遊圭は息子を未明からたたき起こし、出勤前に杖《じょう》術《じゅつ》を教え込むようになった。

――そのわりに、外出するときに武器を持たせてはくれないんだ。意味がないよ――

天賜は内心でつぶやく。

阿燁の喧嘩騒動のあとしばらく、ふたりとも他の童生から遠巻きにされていたが、一年も経つうちにだんだんと打ち解け、それぞれに年相応の友人が増えてきた。

それでも、帰宅するときは、どちらかがよそに用事がない限りは一緒に帰る。護衛を連れて歩かない天賜のために、年上で護衛付きの自分が、幼馴染みを家まで送っていく義務があると、阿燁は考えているのかもしれない。

そのようにしてふたりが書院に通い始めてから、あっという間に季節が巡り、阿燁は十五歳に、天賜は十二歳となった。

星家に帰り着くと、ふたりの足音を聞きつけた三頭の天狗《てんこう》が、弾むようにして真っ先に駆け寄ってくる。

「天伯《てんはく》、天遊《てんゆう》、ただいま」

「天月《てんげつ》、ちゃんといい仔《こ》にしていたか」

大型犬ほどの大きさの、そっくりな見た目の愛獣をちゃんと見分けて、自分の天狗に声をかける。それぞれ首を抱いたり、背中を撫《な》でてやったりする。

天狗は西海のほとりに棲《す》むとされる、珍しい生き物であるという。濃い灰褐色の艶《つや》やかな毛並みに、首の周りだけが鮮やかに白く、丸顔に鼻先が尖《とが》り、細い四肢と指の長い前足は犬でも狐でもない。吠《ほ》えることも鳴くことも滅多になく、小さなときから人の手で育てれば、人語を解するのではないかと思われるほど、賢く人懐こい。

そして、子どもや病人を癒《い》やすとされ、飼えば災いを遠ざける吉獣とされていた。

生まれたときから病弱であった遊圭のために、先代の星夫婦が西方の商人から買い求めた獣が天狗《てんこう》であった。

その後、成長した星遊圭が初代の天狗を連れて西方へ旅をした折り、西海よりもはるか手前の高山地帯で、野生の牡《おす》天狗と番《つがい》となり、六匹の仔天狗をもうけた。そのうちの三匹が天伯と天月、天遊である。

天賜よりも先に生まれた仔天狗たちは、もはや『仔』天狗というには大きすぎる。しかし、半年で成体となる犬猫などの通常の獣とは異なり、天狗は生後十年経っても成熟せず、雄雌の判断がつきにくい。ただ、母天狗が同年齢であったころよりも大きな体軀《たいく》をしている天伯と天月は牡であろうと、星遊圭は推測していた。

牡であれば熊のように獰猛《どうもう》な獣となるので、そろそろ西へ征《い》く隊商に話をつけて山へ返すのがよかろうと、天賜は両親が話すのを耳にしたことがある。

「お帰りなさい。兄さま」

「お帰りなさい、阿燁」

妹たちが駆け寄り、星家の長兄と常連客の阿燁を出迎える。そのあとを、ペタペタと裸足《はだし》の足音を立てて、末っ子の次男が姉たちの足下を走り抜けた。ぴょんと跳び上がって、兄の天賜ではなく阿燁に抱きついた。

「お帰り、あよー」

「いらっしゃい、だろ。お客さんだぞ」

長兄にたしなめられても、弟妹は誰も訂正しない。

「何年も通っているのに、客扱いなのか」

阿燁も不満げに言い返す。

「自分の家みたいに入り浸って、五人兄弟みたいな顔してさりげなくご飯まで食べていくから、阿燁がご飯を食べないと陶のおばさんが悩んでいるという話だ」

「それはないね。食べきれなかった分は天月が食べてくれるから、母さんはおれが何をどれだけ食べてるかなんて、わかっちゃいない」

語尾にかすかな苛立《いらだ》ちを滲ませて、阿燁は星家の末っ子を肩の上に担ぎ上げる。

「オオトンボだぞ！　ブーンと言え」

天賜の弟はきゃあきゃあと喜びながら、大蜻蛉《おおとんぼ》の羽音を口真似して、両手を広げた。

阿燁は幼児を肩に担いで、廊下をバタバタと走り出す。

「本当に、ここが自分の家みたいにふるまうんだからな」

天賜はため息をついた。阿燁が毎日のように遊びに寄ることは、別に嫌ではない。ただ、たまに天賜が母に連れられて陶家を訪れると、家に居着かない息子の素行や外でのふるまいについて、阿燁の母から質問攻めに遭うことが、天賜には負担なのだ。

母の明蓉《めいよう》も奥から出てきて「おかえりなさい」と少年たちに声をかける。そしていつもどおりに、「ただいま帰りました」と応《こた》える息子と、「おじゃまします」と挨拶《あいさつ》をする阿燁のために、二人分の足湯を用意させる。

退庁してきた父は、家族のそろった食卓に、他家のひとり息子がいることに何も言わないし、母も小食の夫と長男の倍は平らげる阿燁に、頼もしそうにおかわりを勧める。

天賜が物静かでそれほどしゃべる性格ではないこともあり、両親は童科書院での出来事を阿燁から聞き出そうとする。阿燁も訊《き》かれるままに調子よく話すので、星家の食卓は弟妹たちも口を挟んで大賑《おおにぎ》わいだ。

正餐《せいさん》と団欒《だんらん》が終わると、天賜と阿燁は礼儀正しく星夫婦にひとときの暇《いとまこ》を乞うた。

「では、今日学んだところを、復習してきます」

遊びたがる天賜の弟妹たちを脇に置いて、阿燁は「また明日《あした》な」と笑いかけた。ふたりで足並みをそろえて庭へ下り、母屋の騒音が聞こえない離れへと向かう。

母屋を背にした天賜は、これが何度目かも覚えてない忠告を繰り返す。

「一日の正餐をよその家で食べて帰るなんて、親不孝じゃないか。陶のおじさんは、月の半分は宮中に詰めているんだろ？　夫も息子も家を空けっぱなしで、阿燁のお母さんはきっと寂しがってるよ」

年下の親友の説教を、阿燁はいつも通り笑いながら受け流す。

「母さんは毎日忙しい。お祖母《ばあ》さんが寝付いてからは、丸一日顔を見ない日も増えた。おれが帰宅しても気がついたことなんか、ないんじゃないか」

陶家には百人を超える数の親族や使用人がいて、出入りの業者や訪問客も多い。大所帯の家政を一手に預かる阿燁の母は、それだけで座る暇もないほど忙しいというのに、不在がちな夫が丹精する庭園の見回りと、身体の不自由な姑《しゅうとめ》の世話、さらに彼女自身の趣味である刺繍《ししゅう》にも時間を費やしていると阿燁は話す。

「そんなふうに、一日中くるくると働いているから、おれがたまに家にいても、まったく気がつかない」

「それは、君が帰宅の挨拶をしないで、お母さんと顔も合わせずに、さっさと自分の部屋にこもってしまうからだろう？　ぼくの母さんは、ぼくらがいつも同じ時間に家に帰るから、同じ時間に迎えに出る準備ができているんだよ」

天賜が丁寧に諭しても、阿燁は馬耳東風の見本のような顔でよそ見をしつつ、ふふんと鼻を鳴らして笑う。

「人のこと言えるのか？　阿賜はたしかに挨拶はするけど、たいして会話もせずに、すぐに離れに引っ込んでしまって、弟妹とも遊んでやらないだろ？」

「ぼくは、勉強があるから――それに、夕方には母屋に戻って弟妹と遊んでるよ」

天賜は思わずもごもごとした口調になってしまう。離れにこもっている理由が勉学ではないのを、阿燁はよく知っているからだ。

「うん、勉強は大事だ。知らなかったことを発見したり、もっと深く調べたりするのはいいことだからな」

阿燁が年上ぶった言い草になると、天賜は返事もせずに会話を切り上げる。そんな天賜の顔を、阿燁が好奇心に目を輝かせてのぞき込む。

「それで、今日は何をする？」

そしてこの日も、阿燁はいつものように天賜の離れで午後を過ごすのだ。

天賜の離れには、使用人も家族も近寄らない。天賜は誰であろうと無断で離れに入って、かれの私物に触れることを固く禁じていた。秘密の隠れ家をうらやましがった弟妹が忍び込もうとしたとき、温厚でおとなしい天賜が激しく怒って以来、断りなく離れに入る者はいなくなった。

あまりにこそこそしていると、親が心配して見にくるかもしれないので、扉に鍵《かぎ》はつけず、離れの整理整頓《せいとん》と掃除は天賜が自分でしている。官家の御曹司が、自分の勉強部屋を自分で掃除するのは召使いの仕事を奪うことになり、世間体はよくない。

だが、星家のあるじ遊圭が若く不遇であったころは、掃除や料理、洗濯まで自分でこなしていたという。そして閣僚に次ぐ高位の官僚となった現在でも、書斎は自分で整理整頓をする。そうしたことから、きれい好きでまめな長男は父親似であると、星家に仕える者たちは、天賜のふるまいに納得していた。

だが、勉強部屋としてもらった離れから、同じ童生の阿燁まで締め出すことは、両親の手前できなかった。それに、体が大きく力もある阿燁に助けられることもある。阿燁は天賜の秘密はしっかり守ってくれるので、頼りになる相棒でもあった。

「あんまり派手なことはしたくないな。うちの鶏舎の硝石《しょうせき》は採り尽くしてしまったから、適当な実験で貴重な材料を無駄にできない。硫黄《いおう》も在庫の減りが早過ぎると、母さんに怪しまれるから、慎重にしないとね。しばらくは先行資料を漁《あさ》って、手持ちの材料で何が作れるか調べようかなと思っている」

「なんだ、つまらん」

阿燁は不満げにつぶやき、両手を頭の後ろで組んだ。胸を反らして大きくため息をつく。天賜がたしなめるように続ける。

「火薬は配合次第で音や臭いが近所の迷惑になるし、量を間違えると火事になりかねない。あんまり頻繁に実験はできないよ」

阿燁は小指を片方の耳に突っ込んで掻《か》く仕草をした。それはもう、耳に胼胝《たこ》ができるほど聞いていますよ、という意思表示だ。

「硝石がもったいないからって、ちまちまと小さな火薬玉を作っては燃やす実験ばかり繰り返すのを、いつまで続けるんだ？」

「いま堆肥《たいひ》から作っている硝石の結晶が採れるまでは、燃材の配合による燃焼具合を記録するくらいしかないじゃないか。あと、異国の文献を漁って見つけたんだけど、西方には火薬と違って、水で発火するという火玉もあるらしいんだ。硝石より手に入れやすくて、硫黄よりも安く買えるんなら、そっちも研究してみたい」

「って、そんな資料、どこで見つけてくるんだよ」

「父さんの書斎」

あっさり答える天賜に、阿燁があきれたような口調で応じる。

「おまえの父さんって、危険人物なんじゃないか」

「どうかな。父さんはまだ読んでいないと思う。最新の西方製薬術の対訳書を買い付けたのが一年前。開封されずに書斎の隅に積み上げてあったのをぼくが見つけて、離れに持ち出して半年が経つけど、まだばれてない」

親の私物を持ち出して、露見せずにいる背徳的な興奮に、天賜は無意識に頬をゆるめてしまう。阿燁は思わず吹き出した。

「まあ、星大官て忙しそうだからな。退庁してからも仕事を家に持ち込んでるんだろ？　飯食った後も、すぐに書斎に引っ込んでしまうもんな。親子で怪しい研究に打ち込んでるのかと思ってのぞいてみたら、ただの上奏文の山に埋もれていただけだった。あれが上級官僚の現実だったら、おれは童試に受かる気が失《う》せる」

つらつらと話していると、母屋からは疎林に隔てられた離れに着いた。裏庭付きの小さな家屋はさらに、阿燁の背丈を超える篠竹《しのだけ》の柵《さく》に囲まれている。

閑雅と静寂を保証された一軒家には、書斎と居間、小さな物置と竈《かまど》のある土間という、最低限の間取りと設備が整っていた。居間には寝台にもなる大きめの寝椅子が据えられ、書斎の壁二面には、天井まで届く書棚が造りつけられている。それら何段もの書棚には、十二、三の少年の蔵書とは思えないほどの書籍や巻物が詰め込まれていた。

だが、これは星家の蔵書の一部に過ぎない。

星邸の書斎は、壁という壁に設置された書棚に、当主が古今東西から蒐集《しゅうしゅう》した書籍が詰め込まれている。さらにその書棚から溢《あふ》れた書籍を収納するために、書斎の両隣の部屋は何棹《さお》もの書棚が並ぶ書庫に改造されていた。しかし、どれだけ書庫を広げて棚を増やしても、書籍は棚からあふれ出し、床のあちらこちらに積み上げられ、書斎の床は歩きやすくなったことがない。

大量の書籍に押しつぶされそうな星親子の書斎風景であったが、阿燁を驚かせたり、あきれさせたりするには十分ではなかった。なぜなら、阿燁の父、陶玄月は書斎と書庫だけでひとつの邸《やしき》を占領し、専属の司書が書籍を管理する図書館を、陶家の敷地内に所有していたからだ。

阿燁は幼少時代を父の図書館で過ごすことが多かったが、読書に対する興味は人並みにも届かなかった。ただ、竹簡や古紙と、乾いた墨が醸す匂いを嗅《か》ぎながら、蔵書に直射日光が当たらない位置に作られた窓から差し込む陽射しの中で、無限に躍る埃《ほこり》を眺め、あるいは摑《つか》み取ろうとして遊ぶのは、密《ひそ》かな楽しみだった。

図書館に入りたがるわりに書籍を手に取ろうとしない息子に、父が失望していた空気を、阿燁はぼんやりと憶《おぼ》えている。それもあって、手習いを始めるころには図書館に寄りつかなくなっていた。

また阿燁は庭を走り回って虫を捕まえたり、棒を振り回して枝をたたき折ったり、池に石を投げたりして遊ぶことが好きだった。しかし、庭園の草木や、景観を傷つけるよういたずらが見つかるたびに、父には厳しく叱られ、母には泣かれた。阿燁にとって、父母が丹精した庭園は、無駄に広いだけのつまらない場所になっていった。

母に連れられて星家に行けば、そんな不自由はない。

薬草園や果樹園には柵があって入り込めないが、天狗《てんこう》たちが遊ぶための芝園には、掘り返してもいい花壇や、登ることを許された大木、飛び移るのに向いた枝振りの木立があった。竹や建材を組み合わせた、柱と梁《はり》だけの不思議な構造物は、天狗たちの遊具であったが、子どもたちが登ったり下りたりすることは禁じられていなかった。

広大なばかりで眺めることしか許されない美しい庭園や、隅々まで清掃が行き届き、汚すことの憚《はばか》られる美しい邸宅がいくつもある陶家よりも、賑《にぎ》やかに遊び回っても叱れることのない星家の方が、阿燁にはとても居心地のいい場所になっていった。

『阿賜と阿燁が入れ替わったら良かったのかも』

いつだったか、母が星夫人にそう話していたのを、阿燁は耳にしたことがある。盗み聞きするつもりはなく、見事な赤に色づいた木の葉を母に見せようとして居間に戻ったときに、母親たちの会話が聞こえてしまったのだ。

阿燁はその場で立ち止まり、息を潜めた。

『阿燁もそのうち学問に身を入れるようになりますよ。でも、玄月さんは阿燁を国士太学に進めるお考えはないのでしょう?』

自分と父のことが話題になっている。そう察した阿燁は、ますます身を硬くして居間の会話に耳を澄ませた。

『玄月は、阿燁は宮仕えなどせず、好きなように生きればいいと考えています』

そのときの母の言葉が深く胸に刺さった理由が、当時の阿燁にはわからなかった。そっと後ずさり、庭で遊んでいた天賜とその弟妹、天狗たちのところまで戻った。骨組みだけの遊具に登って遊ぶ弟妹から目を離し、阿燁の顔を見た天賜が『どうしたの？』と訊《たず》ねたが、『なんでもない』と答えるのが精一杯であった。

幼いながらも利発そうな天賜の眼差《まなざ》しと、落ち着いた雰囲気に、自分の両親はこんな息子が欲しかったのかな、と阿燁は思った。

天賜は星夫婦の自慢の長男だ。親が何も言わないのに歩き出す前から筆に興味を持ち、放っておくとそこら中に墨をまき散らし、落書きをしてしまうというので、星大官が自ら手を取って筆の使い方、文字の書き方、草花や天狗、馬の描き方まで教えたという。紙を与えられれば、床や壁に落書きすることはしなくなり、文字であろうと絵であろうと、納得のいく線が書けるまで集中して筆を運び続ける。虫を捕るときも庭の草木を傷つけたことはない。興味を持って始めたことは頑固に続けるが、我を押し通すやんちゃなところはない。性格は温厚で、弟妹たちの面倒をよく見る。

阿燁には家庭教師がついていたが、唯一の友人である天賜が童科書院に通うと知ったときは、阿燁もそうしたいと思った。書院で天賜に新しい友人ができるならば、阿燁にも新しい友人が欲しい。そう考えて両親に頼み込み、入門した童科書院へ幼馴染《おさななじ》みと通い始めて早々に、暴力沙汰《ざた》を起こしてしまった。

父親と祖父の社会的地位とその職掌の本質、そして世間から陶家がどのように見られているかを知ったのは、そのときがはじめてであった。

書籍で埋まった棚を目にするたびに、阿燁の頭の中で、前後する記憶が泡のように浮かび上がっては弾《はじ》けて消える。阿燁は見覚えのある表題のついた巻物をひとつ取り上げて眺め、埃を払ってからもとに戻した。いつしかぼうっと書棚を眺めていた阿燁へ、天賜が声をかけ、着替えを促した。

「今日は勉強だけじゃなかったのか」

我に返った阿燁は驚きと期待を声に滲《にじ》ませて訊ねる。天賜は開け放たれた窓の外へと視線を向けて答えた。

「今日は風がない。考えが変わった」

天賜たちは普段着とはいえ良質な麻や絹の深衣を脱いで、粗い素材の上着に着替えた。点々と焦げ痕《あと》のついた上着に着替え終えたふたりは、書斎ではなく居間へと移動した。

居間には中央に大卓が据えられ、二客の椅子がある。壁際には錠の下りた大きな観音開きの戸棚と、その右隣にはこれも錠で封印された大きな櫃《ひつ》がひとつ。

天賜は帯の小物入れから鍵《かぎ》を取りだし、戸棚の錠に差し込む。戸の内側は中央に縦の仕切りがあり、左側は小さな壺《つぼ》や瓶《かめ》、薬缶《やかん》と薬研《やげん》、天秤《てんびん》と錘《おもり》の並んだ棚となっている。右側は摘《つ》まみのついた小さな四角い引き出しが、上下と左右を埋めている。

天賜と阿燁は順番に薬研や天秤を持ち出して、大卓の上に並べる。

「金属を燃やすと、きれいな色が出るんだそうだ」

火皿と湯沸かし用の卓上炉を並べ、緑色がかった小さな鉱石の塊を持ち出して、天賜が言った。

「金属は熔《と》けるだけだろ。燃えるもんか。というか、金属を熔かすには溶鉱炉が要るぞ。それこそガキの遊びじゃ無理だ」

「子どもなのは認めるけど、ぼくは別に遊びでやってるわけじゃない。火事は怖いからね。事故にならないように注意はしている。あと、金属も小さく砕けば燃えるよ。金属というより、鉱石だけどね。岩塩や硫黄《いおう》も鉱石の一種だし」

年の差を感じさせない落ち着きで反論してくる天賜に、阿燁はすかさず言い返す。

「遊びじゃなけりゃ、なんのためだよ。一年でも早く国士太学に受かるのが、官家の跡取りの務めだろ？　それが火遊びに夢中とか。星夫人が泣くぞ」

「この離れでやってる実験がばれても、母さんは泣いたりせず、ぼくの耳を両側から引っ張って叱り飛ばすだろうね」

阿燁の揶揄《やゆ》に、天賜はにこりと笑って言い返す。

星夫人こと明蓉は官家の奥方ではあるが、とても活動的なご婦人だ。上流階級の奥方は、自身は堂奥から出ることがあまりなく、使用人頭にあれこれ指図するものらしい。だが、明蓉は厨房《ちゅうぼう》にも顔を出して家族の献立や調理法を細かく指示し、陽射しの強い日も家庭菜園や薬草園に出て土に触れることを厭《いと》わず働く。これは生家が農家で、長じて薬食師となった経歴のためだという。そして子育ては乳母任せにせず、子どもたちとの遊びにも精力的にかかわるなど、とても元気で勢いがある。

食卓では夫に「これを食べろ、あれを食べろ、薬はこれを」と、かいがいしく指図し、星大官は従順に聞いている。いつも母が父の言葉を待っている阿燁の家庭とは、正反対であった。

童科書院に入門するまで、阿燁は自分の家も星家と同じ官家だと思っていた。父は宮城に出仕して、皇帝のために働いていることは理解していたし、家は裕福で、使用人と出入りの業者はみな、阿燁の家族に敬意を払っている。父や祖父の地位は星大官よりはるかに上らしいというのも、邸宅の大きさから感覚的に察していた。

ただ、童科書院に通い始めて間もなく、父の職位を揶揄し、母を侮辱されたことで、それまで阿燁が漠然と感じていた我が家の違和感を意識するようになった。そして、天賜もまた、母親の出自について世間からとやかく言われていたことを知り、星家が一般的な官家とは毛色が異なることを知った。

というのは、金椛国の身分制度では、国の政に関わる官家の者と、一般庶民である商家や職人、農家などの良人《りょうじん》階級の出身者との結婚は禁じられているからだ。だがその一方で、官僚の地位は世襲制ではない。良人階級の庶民にも、官僚登用試験の門戸は開かれている。

三年に一度行われる金椛帝国の官僚登用試験は非常に難しく、合格するまでに何度もかかるといわれている。さらに登用試験の準備学府である国士太学の入学試験の童試でさえも非常な難関とされており、その受験生である童生が二十代や三十代、ときに四十代というのも珍しい話ではなかった。

ゆえに、合格したときには、すでに既婚で子どももいる童生は多い。そして、夫が庶民であれば、その妻もまた当然ながら庶民の階級であった。だから、星家の正夫人が平民のそれも地方農家の生まれであろうと、なんの問題があるのか、阿燁には理解できなかった。

三年も巷《ちまた》の学問所に通ううちに、少しずつ学んでいくのは古典や経学ばかりではなかった。世間の物差しや考え方、一般常識とされる暗黙の価値観と決まり事。

たとえば、官僚登用試験に合格した平民が最初にすることは、それまで身の回りの世話をして、夫の勉学を支えてきた糟糠《そうこう》の妻を離縁することだという。試験で優秀な成績をおさめた合格者は将来有望な婿候補として、娘を持つ上級官僚から婚姻の申し込みが殺到するからだ。

合格したばかりの新人官僚にとって、赤衣金帯の上級官僚を父に持つ女性を娶《めと》ることは、実入りのいい職位を融通してもらったり、昇進の早い部署への配属に口利きをしてもらうなど、出世に直結する。

古妻を里へ帰すか、妾《めかけ》として側に置き続けるかは人それぞれだ。夫の将来と実利を考慮して、若き新妻に第一夫人の座を譲る古妻もいれば、離縁金を受け取ってさっさと実家に帰る者もいる。もちろん、三世《さんぜ》を契った夫婦の縁を切ることなど、ゆめゆめ考えられない情の深い夫婦もいる。

しかし、官僚の結婚は夫婦だけの問題ではなかった。童生を支えてきたのは古妻だけではない。一族でもっとも優秀な男子の受験を、家族親族が一丸となって支援してきたのだ。それまで投資してきた分は、出世して返してもらわなくては、みなが困る。幼少時から上流階級の女として躾《しつ》けられ、官家同士のつきあい方を学んでいる令嬢を娶ることが、どれほど将来的に有利であるかを当事者の夫婦が理解できなければ、親族が強制的に別れさせるのも、世の常であった。

こうした『社会的常識』を知ったあとでは、星大官が庶民出の『幼馴染み』を正妻に迎え、しかも妾をひとりも置いていないことが、驚くほど『常識外れ』であることもわかってくる。阿燁と天賜は、どちらの両親も幼馴染み同士の相思相愛で結婚し、一夫一妻を貫いている。しかし、そのような家庭がむしろ普通ではないことを、阿燁も天賜も邸《やしき》の外に出るまで知る機会がなかった。

書院の童生たちは、官家には珍しい星家の家庭事情に興味津々で、天賜をからかったり不躾《ぶしつけ》な問いを投げかける者は後を絶たない。だが天賜は、阿燁のように喧嘩《けんか》腰《ごし》に応じることはしない。にっこりと笑って、こう答える。

「父は出世に興味がないんだ。体が丈夫でないから、今以上の激務に耐えられない。支援すべき親族の数も少ないから、禄《ろく》もそんなに必要ない。ぼくが頑張って官僚になれば、次代の我が家もまあまあ安泰じゃないかな」

天賜が笑みを湛《たた》えて話しているのにもかかわらず、相手は気圧《けお》されてしまうのか、それ以上は追及されない。そうして数ヶ月が過ぎ一年が経つころには、童科書院の古株童生は、星家の当主は出世のために、有力官僚の令嬢を妻に娶る必要がないことを知る。

星大官は外戚《がいせき》、つまり現皇后の甥《おい》であり、皇太子の従兄弟《いとこ》であるということを。

童科書院通いも三年目に入ったころには、阿燁の父が皇帝の側近宦官《かんがん》であることや、天賜の父が帝室の外戚であることは知れ渡り、不躾な態度を取る者はいなくなっていた。ただ書院の空気としては、敬意を払われているというよりは、腫《は》れ物に触れないように気を遣われているという気がする阿燁だ。

せっかく城下の学問所に通っているのに、星大官の狙いである『息子と同年の新しい友との出逢《であ》いと深い交流』が発生せず、学問所の外では阿燁と天賜がいつもつるんでしまっているのは、こうした背景によるものだ。

それでも、阿燁と天賜はそれぞれの年齢と学力によって級室が分かれているので、日中は別々の部屋で授業を受けている。同級の少年たちとの交流はあり、それを『友人との交際』として父母に報告している。

そのよくできた息子が、ばれたら母親に両の耳を引っ張られて、叱り飛ばされるような危険な実験を繰り返し、阿燁はその片棒を積極的に担いでいる。

この日は金槌《かなづち》と緑色の鉱石を手渡され、砕いて擂《す》り潰《つぶ》すように頼まれた。

「この石は？」

「銅鉱石の孔雀石《くじゃく》だよ。原石を見るのは初めて？　砂か小麦粉くらいになるまで挽《ひ》いて擂り潰した銅の鉱石を燃やすと、緑色の炎になる。だから、火薬に混ぜれば緑の火花が散ると思うんだ」

そのために、できるだけ細かい粉末にしたいのだと天賜は熱弁した。ふだんはおとなしく、あまり人の会話にも口をださない天賜が、目を輝かせて語る。

「ちいさな欠片《かけら》に砕いたら、薬研で擂り潰せる」

鉱石を砕くという、年下の友人には難しい作業を阿燁がこなしていると、天賜は乳鉢で別々に擂った硫黄と炭塵《たんじん》を合わせ、無意識に唇を嚙《か》みながら、細かく砕いた硝石《しょうせき》を加えていく。

火薬の実験に付き合うようになった二年前に比べると、天賜の流れるような配合の手さばきには感心させられる。

「なあ、そっちも手伝おうか」

「だめ」と、天賜は言下に拒絶した。

「配合中に引火したら大変なことになる。すごく注意しなくちゃいけない」

「おれに注意する能力がないとでも？」

阿燁は『気分を害したぞ』という声音で言い返した。

「あるかどうかわからないから任せられない。何かあったら、うちの親が阿燁の父さんに締め上げられてしまう」

「んだよ、それ」

年長なのに信用されていない鬱憤《うっぷん》を、阿燁は薬研に放り込んだ孔雀石の破片にぶつけた。口を尖《とが》らせて、薬研を前後にごろごろと転がし、鉱石の欠片を粉末に変えてゆく。天賜は乳鉢から顔を上げて、阿燁を見つめた。

「だって阿燁は、火事や爆発の怖さを知らないだろ?」

無意識の動作で、乳棒を持つ右の前腕を左手でさすりつつ話しかける。その目つきと口調があまりにも真剣だったので、阿燁は唇に糊《のり》がついたかのように黙ってしまう。そして薄い紙の上に孔雀石の粉末を移した。

「これくらいでいいか」

「ありがとう」

にこりと目尻《めじり》を下げて礼を言い、天賜は孔雀石の粉を火薬に混ぜ込む。半分に分けた片方を、ひと抱えもある青銅の鉢に盛り上げた。

「水桶《みずおけ》の用意も頼んでいい?」

「任せておけ」

水を張った桶を阿燁が両手に持って戻ると、開け放された窓には暗色の帳《とばり》が下ろされていて、すでに準備ができていた。

扉を少し開いた薄暗い部屋の中で、天賜が蠟燭《ろうそく》に火を点《つ》ける。そして薄絹を張った大きな団扇《うちわ》をふたつ持ってきて、水桶に浸《つ》けて濡《ぬ》らした。片方を阿燁に差し出す。

「離れててよ」

阿燁は言われたとおりに銅鉢から数歩下がって、水桶のすぐ横に立った。天賜が油を滲《にじ》ませた紙縒《こよ》りに蠟燭の火を移すのを見つめる。天賜は紙縒りの火を銅鉢の中に投げ入れた。ふたりは同時に濡らした団扇を盾にして、飛び散る火の粉に備える。

銅鉢の中でバチバチと火が爆《は》ぜ、シュウシュウと音を立てて燃え上がる。天賜が言ったように、緑色の火花が散り、青緑色の炎が揺れる。炎はすぐに消え、あとに硫黄《いおう》と硝煙の臭いが残る。

「きれいだ」

天賜は満足したようにつぶやき、深く息を吐いた。阿燁もきれいだと思ったが、この一瞬の美を堪能《たんのう》するために、手間と時間をかけ、危険を冒す天賜の考えはよくわからないとも思った。

窓の帳を上げて、銅鉢の周りに飛び出た火花が床で燻《くすぶ》っていないかと見て回り、火かき棒で銅鉢の底を掻《か》いて完全燃焼を確かめる。

「来年の童試、受けるのか」と、片付けを手伝っていた阿燁が、藪《やぶ》から棒に訊《たず》ねる。

「うん」と答えてから、天賜は少し考えて続ける。

「父さんは受けなくていい、っていうけどさ。一発合格とか目指さなくても、試験場の空気を知る機会にもなるから、損はないよね」

そこで天賜は口の両端を上げ、いたずらっぽい笑みを阿燁に向ける。

「もしも受かって国士の資格を取れば、国から禄がもらえる。小遣いをねだる理由を親に言えないような、研究資金の調達に困らなくなるだろ」

阿燁はぷっと吹き出した。

「受かればな。そこまで学問が進んでないだろ。受かる自信があるのか」

「未冠《みかん》の試験は範囲が狭くて易しいっていうから、運次第では受かるかもしれない。どちらにしても、ぼくが未冠の童試を受けられるのは、成人前の一度きりだろ？」

道具を濡れた布で拭《ふ》いて片付けつつ、天賜は楽観的に話す。

未冠の童生と成人後の童生では、受ける試験の難易度が格段に違うという。そのため、我が子を国士太学に入れたい親は、試験内容の易しい未冠のうちに童試を受けさせたがる。だが、天賜の父は息子の受験を急がせるつもりはないという。

「火薬作りに必要な硝石を自前で作るのは臭くて時間がかかりすぎるから、買えたら楽だと思って。うちの鶏舎や堆肥《たいひ》置き場の土からは、もう採れなくなってるからね」

阿燁は薬研を戸棚へ運びながら、声を上げて笑った。

「だったら、火遊びなんかやってないで、受験勉強をしろよ。第一、硝石を買うのには、国の出す免許がいるんだぞ」

「え？」

天賜は驚いて阿燁の顔を見た。

「だって、普通に薬屋で売ってるじゃないか。肉の保存や燻製《くんせい》に使うって」

「だから、それだって売る方が許可を持っていて、身元の確かな得意先にしか売らないんだ。まとまった量を買えるのも、許可証を持った業者だけだ」

「それって、阿燁の父さんが言ってたの？」

「そうだ」

阿燁は胸を張って答えた。軍の兵器工廠《こうしょう》を司《つかさど》る陶玄月が言ったことなら、確かであろうと、天賜は納得した。使い方次第では危険物となる硝石が、簡単に市中に出回らないよう政府が目を光らせているのは、子どもにもわかる。

「それじゃあ、地道に手作りするしかないか。何年もかかるけど、放っておけばそのうち確実にできるんだから、努力が必要な受験勉強よりは楽なのかも」

「おう。もしかしたら、もうできているかもしれないぞ。見に行こう」

阿燁はいきなり立ち上がって、天賜を促した。天賜は「うん」と手巾《しゅきん》を二枚取りだし、小さな壺《つぼ》から棗《なつめ》の実を四つつまみ上げ、一枚と二粒を阿燁に手渡す。

ふたりは離れの裏に回って、生け垣に囲まれた小さな庭に足を踏み入れた。庭の中心には、少年がふたりがかりでやっと動かせる大きさの石槽《せきそう》が置かれ、堅材の板で蓋《ふた》をされている。

大きく息を吸い込んでから、棗の実を鼻に詰める。

「開けるぞ」

手巾で鼻と口を覆った阿燁が警告し、板の蓋に載せられていた重石《おもし》の岩を持ち上げ、横に置いた。こちらも準備の整った天賜がうなずき、阿燁がおもむろに蓋を持ち上げると、耐え難い堆肥臭が立ちのぼった。

「ぼー《おー》、ドロドロひへる《してる》」

天賜は石槽の横から木の棒を拾い上げ、かき混ぜて歓声を上げた。鼻に詰め物をしても強烈な臭気は避けられない。だが、液状化が進んでいるせいか、作り始めたころの、目を刺すような刺激臭は少しやわらいでいた。子どものころから、母が下男たちにやらせていた堆肥作りを見てきたから、やり方は合っているはずだ。

「ぼうずごじがば《もうすこしかな》。ずいぶんがだりだい《すいぶんがたりない》」

天賜がかき混ぜながら言えば、阿燁は「だば《なら》、ずごじだじてぼごう《すこしたしておこう》」と裾《すそ》をまくり上げる。

「うば《うわ》、あべろ《やめろ》」

天賜は阿燁の腕を摑《つか》んで下がらせた。鼻栓を取って、年上の親友を叱りつける。

「直接じゃなくて、そっちの桶にやってくれよ。堆肥が跳ねて服についたら臭いが落ちないだろ。母屋に戻ったら堆肥で遊んだと思われて、叱られる」

「えいえい《へいへい》」

阿燁はおとなしく、鶏糞《けいふん》や馬糞《まぐそ》を運ぶ桶へと体を向けた。天賜は阿燁に背中を向けて、考え深げに堆肥槽を眺める。

「量が少ないせいだと思うけど、練丹術《れんたんじゅつ》の本に書いてあったのより、早く分解が進んでいる。畑に撒《ま》くのよりも、もっと水っぽくならないといけないようだから、もう少しかかるかな」

「水っぽくなってから、どうするんだ。天日に干すのか」

息苦しくなったのか、鼻栓を取った阿燁が背後から訊ねる。

「煮詰めたほうが、早く結晶化するらしいけど」

阿燁は急に笑いが込み上げ、臭気を吸い込み咳《せき》が出た。何が哀しくて、都でもっとも裕福な家庭の御曹司たちが、堆肥槽をかき混ぜて遊んでいるのか。

「煮詰めるのか。もっと臭そうだな」

笑いの代わりに目尻に涙を滲ませ、阿燁は相槌《あいづち》を打った。

「うん。煙や臭いが母屋に流れていったら騒ぎになってしまう。どうしようかな」

天賜は大真面目である。

「やっぱり、買った方が早いんじゃないか」

阿燁が顎《あご》に手をやり、考えながら提案する。天賜は即座に言い返す。

「政府の許可が要るんだろ？　誰が子ども相手に売ってくれるんだよ」

「肉屋に頼めば、案外と余ってる塩硝を分けてくれるかもしれない。予《あらかじ》め余分に買ってもらうとかさ。あと、農家が自分のところで作ってる肥料をゆずってもらうとか」

天賜はぐるっと阿燁に振り向き、握りこぶしを上げた。

「そうか！　阿燁は賢いな。あ、でも――」

天賜は握った拳《こぶし》を宙に止めて、視線を落とす。

「でも、出入りの肉屋には頼めないな。親に筒抜けになる。町の肉屋に寄るとなると、阿燁の護衛が両方の親に注進するのは間違いない。まして土をもらえる農家って、都の外に行かないと無理じゃないかな」

未成年のかれらは、親に知られずに外出などできない。親の同伴なしに、皇城の外すら出たことがないのだ。まして都の外へ出かけて、どこにあるのかわからない農家を訪れる選択肢は問題外だ。

少年たちは腕を組んで「うーむ」と唸《うな》った。阿燁がぽんと両手を叩《たた》く。

「護衛はまいてしまおう！」

城下をふたりだけで探険する。想像するだけで、怖さと興奮で、身震いがする。

「大丈夫かな。さらわれたりしたら、どこかへ売られてしまうって」

子どもたちだけで、あるいはひとりで町をうろつくと人攫《ひとさら》いにさらわれて、二度と家に戻れなくなる、というのは親が子どもを脅すときの常套句《じょうとうく》だ。お金のありそうな家の子は身代金目当てに誘拐されるし、貧しい子どもたちは奴隷商人に売り飛ばされてしまうものだと聞かされていた。

だが、果たしてそうだろうか、という疑問は、童科書院に通っているうちに育ちつつあった。下町では、自分より小さな子どもたちが遊んだり、親の仕事を手伝ったりしている。身ぎれいにしている子どもでも、親の同伴なしで町を闊歩《かっぽ》しているのだ。

「町の子どもたちと同じ服なら大丈夫だろ。城外の農家はともかく、肉屋巡りなら、町歩きを咎《とが》められるだけですむさ。みんなやってることだからな」

阿燁は自信満々に請け合った。

第二章　第十六皇子

皇族というのは退屈な存在だと、金椛《ジンファ》帝国皇帝の第十六皇子、司馬《しば》澳飛《おうひ》はつねづね思っている。加冠の儀とともに、穎王《えいおう》の爵位と城下に王府を賜り、母と暮らした後宮を出て三年が経つ。この三年は、毎朝登城して父帝に拝礼し朝議に連なり、特に発言を求められることなく退庁する、単調な日々の繰り返しだ。午後はあり余る時間を趣味に費やし、翌日の登城に備えて早々に就寝。

朝議で意見を求められないことは、澳飛はなんとも思っていない。皇太子を始め、上に皇子が十人以上もいるのだ。皇族というだけで邸宅と年俸が与えられ、気ままな生活を送れるのだから、不満などない。だが、母方の血筋や家格によって一生の待遇が定まってしまう皇籍に見切りをつけ、官職を求める皇族も少なくなかった。

それは名目だけの爵位にすがって都で飼い殺しにされるよりも、官僚や軍人となり職位を上げていく方が、有望な前途が見込めるからだ。また、皇位の継承権を持つ皇子や皇弟は、政争にかかわることのないよう、一般官僚との交際に制限があった。だが臣籍に降《くだ》り、官僚の列に連なれば、朝廷で政治的な発言もできるようになる。そして、生母の身分が低く、その実家の後ろ盾も得られないため中央での出世も難しい皇子らは、紛争の多い地方への出向を望み、軍功を上げて実のある官職を得る。

そうした枝葉末節にある皇族のひとり、澳飛は今年で十八歳になる。

かれもまた、予算の固定された年俸暮らしに胡座をかいて一生を無為に過ごすか、才覚を活《い》かせる自立の道を選ぶべきかと悩む年齢だ。皇子としては最高位の王爵を授かったのは、正二品の嬪位《ひんい》まで登った生母のお蔭《かげ》だが、領地はついてこなかった。皇帝の胤《たね》といえど、二桁目《ふたけた》の男子となれば、その待遇は格段に落ちるのが現実だ。

遠い西の国から輿入《こしい》れした生母は、澳飛が生まれたころには祖国が滅んでしまっていた。嬪の位を授かったのは、男子をふたり産んだことを評価されたからだという。だが、後ろ盾として頼る実家を失った母が、他の妃嬪《ひひん》らに軽んじられないように、父帝と皇后が気を回したのでは、とも、口さがない宮廷雀たちは噂している。

その母も一年と半年前に他界した。同母兄は母より先に夭逝《ようせい》しており、澳飛だけを残された血縁として恃《たの》みにしていた母を慰めるために、都に留《とど》まっている理由はもはやない。とはいえ、ならば皇籍から降って何をするべきか、ということも思いつかない。

文武に関しては非常に優れているとの評価を得ていたが、比較対象が兄弟に限られていたのであてにできない。そのように考えて研鑽《けんさん》に励み、人並みの教養は得たと自負するものの、自身の適性は文官向きではない気がする。弓馬術においては熟練の錦衣《きんい》兵にも称賛されるほどであったが、軍官僚として地方へ赴任するとなると、一生都へ帰ることはないかもしれない。

帝都で生まれ育った澳飛には、ここより他に馴染《なじ》んだ土地はない。それなりに知己もいるし、父帝の庇護《ひご》が及ばない土地へ飛び出していくのも、相応の覚悟がいる。

その日も朝議を終えて、いつも通り退庁しようとする澳飛を、呼び止める声がした。

「潁王、もう帰るのか」

翔《しょう》皇太子だ。駿王《しゅんおう》や恭王《きょうおう》といった二十代前半の異母兄弟を取り巻きに従えている。

澳飛は振り返ると、両手を重ねて腰を折る揖礼《ゆうれい》とともに、定型の挨拶《あいさつ》をした。皇太子は気を楽にするよう、異母弟に命じた。

「正午の鐘にはまだ時間がある。たまには我々の雑談に加わってはどうだ」
七、八歳は上の異母兄たちの会話に参加しても、澳飛に発言の機会などあるはずもない。まして、半分異国の血を受けた毛色の異なる皇子であることから、澳飛は他の異母兄弟とは微妙な距離を保っていた。
「自宅に、やり残したことがありまして――」

どうにか太子直々の誘いをやり過ごせないかと、澳飛は目を伏せて言葉を選ぶ。

正面から皇太子を見つめ返すのが不敬というだけではない。澳飛は白目がちな上に淡い色の瞳《ひとみ》が冷酷な印象を与えてしまうらしく、相手を怖がらせると注意されたり、逆に反感を買ったりしてしまうため、特に皇族と話すときは伏し目がちを心がけている。

澳飛自身は相手を睨《にら》みつけているつもりはまったくないのだが、外見とこの威圧感のある目つきのために、後宮時代は年の近い異母兄弟から疎外されがちであった。

「いや、そなたを困らせるつもりはなかった。ただ、陛下が穎王を呼び戻すよう、ご命じになられてな。たまたま御前にいた我らが承った」

「陛下が？」

唐突とも言える呼び出しに、澳飛は驚きを隠しきれずに問いを返した。

澳飛が後宮にいたころは、父帝は皇子たちを集めて打毬《だきゅう》を競わせては、めざましい活躍をした子には褒美をとらせていた。そして、十歳の誕生日を迎えた皇子には自ら選んだ馬を与え、最初の乗馬稽古《けいこ》では、ひとりひとりの息子に直々に手ほどきをした。そうすることで、多すぎる子どもたちの名前と顔を覚え、個々を見分ける努力をしていたのでは、というのは澳飛の母、夏嬪《かひん》の憶測だ。

『おまえは見た目が人と違うから、名を呼び違えたりは、なされないでしょう？』

そう言いながら澳飛の栗色の髪を櫛《くし》で梳《す》き、金椛風に頭頂で髻《もとどり》を作り、身分に応じた小冠を被《かぶ》せることをせず、西方風に後頭部で束ね、編んで背中に垂らした。

さすがに公の場では、金椛風に結って出仕するが、自邸では少年時代から馴染んできた西方風の髪型か、来客の予定もなければぼうなじの上でひとつに束ねて背中に流すだけだ。朝議以外では外出をほとんどしない澳飛は、もっぱら後者の髪型であるときの方が多かった。

朝議が終わればさっさと退庁するのも、早く髪を下ろし官服を部屋着に替えてくつろぎたいからだ。後宮を出た末節の皇子が、個別に父帝と対面することがこの先あるとは、想像したこともなかった澳飛だ。

「すぐに参上します」

澳飛は異母兄たちに礼を言って、速足で父帝が政務を執っている朝堂へ向かった。

扉の前に立つ錦衣兵に謁見の用を告げ、兵士が門の内側へ澳飛の到着を伝える。迎えに出てきたのは、側近宦官《かんがん》でも最高位の陶名聞《めいぶんし》司礼太監《れいたいかん》そのひとであった。澳飛にとっては祖父世代にあたる陶太監は、とても高齢に見えるが、まだ五十代の後半であるという。男性の機能を取り除かれた宦官は、ひとより早く老化が進むというが、陶太監はまさにその典型であった。

黒絹の糸で装飾を施した丈の高い宦官帽に、払子《ほっす》を捧《ささ》げ持った陶太監は、猫背ながらも恭しい仕草で澳飛に拝礼し、中へと招き入れる。控えの間で椅子を勧められ、少し待つように言われた。待っている間も、赤や緑の官服を着た官僚たちが、上中書や勅諚《ちょくじょう》を抱えて忙しく出入りしていた。

このような無数の官僚が持ち込む、国事にかかわるあれやこれやを日々捌《さば》かねばならないのだから、皇帝は一介の皇族とは比べものにならないくらい、忙しくて煩雑な日々を送っているのだろう。

澳飛がそんなことを考えていると、いつの間にか人の流れは減り、やがて誰もいなくなった。陶太監が出てきて、澳飛に皇帝の御前に進むように告げる。

一段高い位置に据えられた、巨大な紫檀《したん》の執務机の向こうに父の姿を認めた澳飛は、机より二間離れた位置で膝《ひざ》をつき、深々と上体を伏せて拝礼する。

「皇太子殿下より、参上するようにと伺いました」

父帝は澳飛を見て口元に笑みを上らせた。

「体を起こして楽にしろ。思いのほか、待たせてしまったようだな。どうだ、息災に勤めているか」

朝議のときと異なる略式の冠を頭頂に戴《いただ》いているせいか、父帝の顔色も表情もよく見える。澳飛が息災に勤めているかどうかも何も、いちおう、朝廷で毎朝のように顔を見せている。とはいえ壇上の玉座から、皇族席のそれも後ろの方にいる澳飛の顔を、朝議用の冠から垂れ下がる玉簾《たますだれ》越しには認識できていないのかもしれない。

父帝の庇護のお蔭で問題のない日々を過ごしていると、定型の言葉で感謝を述べ、澳飛は呼び出された用事が切り出されるのを待った。

思いがけなく父帝が立ち上がり、紫檀の机を回って澳飛の側まで降りてきた。澳飛の目の前に立って頭頂から靴先まで一瞥《いちべつ》して、口を開く。

「背は伸びたようだが、相変わらず細身であるな。きちんと食事を摂《と》っているのか」

口調に勢いがあるため、笑っているのか、叱っているのか判然としないが、父帝はいつもこのようなしゃべり方だ。臣下がずらりと並んでいるときはもったいぶった態度と口調を保っているが、身内だけになると少し早口かつ直截《ちょくせつ》な言葉遣いになる。

皇帝を父であると、澳飛が感じることのできる小さな、そして唯一の特権だ。

「そなたも十八になると聞いた。城下の暮らしにも慣れたであろう。そなたの母の喪が明けるのはまだ先であるが、任せたい公務がある」

特定の職位もなく遊び暮らしている皇族に、不定期な公務が与えられることは珍しくはないが、喪中の澳飛を呼び出して任せたい仕事とは何であろうか。

喪中は出仕を控えるべきであるのが、金椛国の風習である。まして父母の喪は三年と長い。官僚であればしばらく離職することにもなるが、皇族にとっては宮城は実家でもあるため、出入りや出仕に幾条《いくすじ》かの例外が認められている。喪が一年を過ぎたころから朝議に参列するのを許されたが、それは生存報告のようなものだ。生母の喪は続いているため、発言することも職務を課せられることもないはずであった。

皇帝はここ三年、顔を見ることも声を聞くこともほとんどなかった十六男についてくるように促し、体の向きを変えた。重臣らとの会談に使われる楕円《だえん》の卓へと歩きだす。重厚な樫《かし》材で作られた巨大な楕円卓は、表面と側面に精緻《せいち》な彫刻を施し、何度も漆をかけて磨き上げ、七宝を鏤《ちりば》めた豪奢《ごうしゃ》な調度であった。皇帝の動きに呼応するように、紙筒を捧げ持って進み出た宦官の姿に、澳飛は驚きの声を漏らしそうになった。

もうひとりの陶太監——正しくは陶少監《しょうかん》であるが、みながすでに太監と呼んでいる——であった。滅多に人前に出ることのない陶紹《しょうな》内侍《いじ》少監は、陶名聞のひとり息子だ。この親子は二十年以上の昔、陶宗家の罪科に巻き込まれて宮刑に処せられた。当時は国士太学の学生であった陶少監は、宦官として十二歳から後宮入りしたという。以来、宦官の属する内侍省のあらゆる官職を歴任し、西の国境を視察するという監軍までこなして、第一次朔露《さくろ》軍の侵攻では軍功を挙げるなど、皇帝の信任では右に出る者がいないという評判の持ち主であった。

その有能ぶりが人の噂となる陶少監は、親子で皇帝の寵臣《ちょうしん》を務めていることから、金椛帝国を裏から牛耳っているのでは、と囁《ささや》かれている。

澳飛はその噂の真偽を判定するほどの情報を持たない。後宮にいた当時から、皇后宮や皇太子宮とは縁の薄かった澳飛が陶少監を目にすることは稀《まれ》であったし、宮中行事で姿を見かけることはあっても、口を利く機会などなかった。

ただ、この人物は宦官であることが疑われるほど、見た目が老けない。宦官にありがちな猫背や小股《こまた》で歩く動作が見られず、声が低いこともある。澳飛の知る宦官らの老化の早さと比べても、陶少監は外見に変化が少なかった。

とはいえ、こうして並ぶと、さすがに同年の皇帝よりは年嵩《としかさ》に見えた。

もともと類《たぐ》い稀な美貌《びぼう》の持ち主であり、少年のころから後宮の女官たちの憧《あこが》れであったという。現在は別の意味で、老けない秘訣《ひけつ》を知りたい妃嬪妻妾《ひひんさいしょう》から人気がある。

陶少監は紙筒から巻紙を取り出して、椅円卓の上に広げた。四隅に文鎮を置いて数歩下がる。両手を袖《そで》に入れて起立する様は、宦官というより錦衣《きんい》兵の将校のように毅然《きぜん》としている。

澳飛は父帝に促されて、広げられた紙面を見た。都の図面らしい。宮城を中心に、四方に広がる帝都は、三重の城壁に囲まれた堅牢《けんろう》な都市だ。皇帝とその家族の住まいである宮城を囲む護城壁の外側は、政庁や各種の官衙《かんが》と太学、そして官僚の邸宅街と、それに付随する商業や工房関連の皇城となっている。その皇城を囲む城壁の外側には、庶民たちが生活を営む外城が広がる。その外城を囲む城壁に沿って周囲を回るだけで、徒歩ならば何日もかかりそうな規模であった。

澳飛は楕円卓に広げられた都城図を見下ろし、注意深く観察した。地図に描かれた皇城と、外城の数箇所に、赤い印が記されている。

「ここ最近、城下において放火と思われる火災が、連続して発生している」

「この印のある場所ですか」

澳飛に任される公務と、放火になんの関係があるのか。放火犯の摘発ならば、都の治安を預かる京師府《けいしふ》の管轄だろうと訝《いぶか》しみつつ、澳飛は地図をのぞきこんだ。

「同一犯による連続の犯行であるかどうか、京師府に検証させているものの、発生場所が広範囲すぎるため、皇城の内外と各区における京師諸府の管轄が異なり、連携がとれておらず、捜査が捗《はかど》らないという」

「京師府の長官に、統括させればよいのではありませんか」

父帝は帯に挟んでいた笏《しゃく》を取り出して、パタパタと自身の肩を叩《たた》いた。

「京師府は皇城では西と東、外城においては東西南北と管轄が六つに分かれている。外城の京南《けいなん》ではさらに左京と右京に分かれ、巨大な交易市場を抱える京南右京には西市専門の役所も設置されている。これら六京師府は刑部《けいぶ》の配下組織であるが、市井の些末《さまつ》な事件の捜査にあたるのは個々の京師府である。そして京師府同士は、共同してことにあたるには、伝統的に折り合いが悪い」

「はあ」

都の治安を維持する機構に致命的な欠陥があるようだが、それが自分とどう関係してくるのか。あまりよい予感がしないまま、澳飛は曖昧《あいまい》に相槌《あいづち》を返した。

「というわけで、一連の放火について、そなたに調査を委任したい」

いきなり爆弾を抱え込まされるような依頼に、澳飛は絶句した。息を吸い込み、急いで頭を巡らせる。

「しかし、市井の火付けが、陛下のお心を煩わせるような深刻な案件と、成り得るのでしょうか」

父帝は精悍《せいかん》な面を引き締め、視線を隅に控える陶少監へと向けた。陶少監はそれを合図としたかのように進み出た。皇帝の許しを得て口を開く。

「一部の火災には、爆発音を聞いたという証言、また硝煙や卵の腐ったような異臭を嗅《か》いだ、といった証言なども報告されています。火薬の使用が疑われる以上、陋巷《ろうこう》の民の火遊びとして、見過ごせるような事案ではありません。火災そのものも、小火《ぼや》から一軒の家が焼け落ちるような深刻な事例までありました。そうした火災の火元で、硫黄《いおう》や硝煙の臭いが報告されているということは、違法に火薬が製造され、なんらかの目的を持って使用されていると思われます」

父帝はうなずき、澳飛へと視線を戻した。

「ゆえに、朝廷としても独自の調査をすべきであると考える」

それを自分が引き受ける、ということが澳飛には呑《の》み込めない現実だ。

「私《わたくし》などに、務まるでしょうか」

降って湧いたような大仕事に、澳飛の胸はざわめく。だが同時に、一連の事件が広がる都の規模を前に、途方に暮れる自分も容易に想像できてしまう。また、これは犯罪を暴く危険な任務であるという判断も伴って、澳飛は崖《がけ》っぷちに立たされて前にも後にも進めないような心理状況に陥ってしまった。

「犯罪捜査のやり方など、知りませんし」

一皇族など、一通りの学問と形だけの護身術を学ぶくらいで、何らかの特殊技術を身につけて世に出るわけではない。まして、下級官吏の業務である市井の犯罪捜査など、その手順も想像がつかなかった。

「それはそうだ。だが、そなたに連続放火魔を捜しだして捕らえ、事件を解決しろ、と命じているわけではない」

父帝は右手に持った笏で左の掌《てのひら》をポンポンと叩きつつ、十六男を説き伏せる。

「そなたにやって欲しいことは、まず各京師府に問い合わせ、かれらの調査報告を精査し、そなた自身の手による報告書を作って一ヶ月の内に提出することだ。その間に次の放火事件が起きたら現場を見て、そなたの考えをまとめて報告書を作るとよい」

背中の丸い陶司礼太監が、影のように父帝の背後に近づき、漆塗りの盆を差し出した。父帝は盆から紫色の綬《じゅ》を帯びた銀牌《ぎんぱい》を取り、澳飛に差し出す。銀牌には金椛の文字が捺《お》され、裏には金色の紅葉が彫られていた。

銀牌は特殊な任務を帯びた皇族や、ごく一部の寵臣に託される、特級の手形である。この牌を提示すれば、あらゆる経費が宮城へ回され、国中の駅舎の施設と乗馬を無条件で使用できる。

調査の名目とすれば、妓館《ぎかん》通いも経費にできてしまう代物であった。

もっとも、銀牌の悪用は、よほど皇帝の寵愛《ちょうあい》が篤《あつ》いか、側近たちへの根回しが十分でなければ処罰の対象となる。その前例を作った皇族は内部調査の末、爵位の降格や年俸の減額という処分を受けた。

澳飛は掌に汗が滲《にじ》むのを感じた。

「各京師府への出入りと資料の供出には、この銀牌を示すといい。必要であればこの銀牌を使って、宮城の錦衣兵を出動させろ」

陶少監が半歩前に出て言い添える。

「内侍省の兵器工廠《こうしょう》では、火薬が持ち出された形跡はありません。硝石や硫黄の保管量も、ここ半年の帳簿通りに推移しています」

　陶少監は、宮城の兵器庫から火薬とその材料が横流しされている形跡はないということを、言いたかったのだろう。民間における火薬の調合は一部の業者を除いて禁止され、使用も制限されている。

　澳飛は選択の余地なく両手を握って袖を合わせ、父帝に拝礼する。

「放火事件の調査と報告、穎王澳飛が拝命いたします」

　威勢良く任務を引き受けたものの、宮城を出た澳飛はたちまち困惑してしまった。

　都の判官たちとその配下が調べて解決できない連続放火を、我が身ひとつでどうしようというのだ。これは事件の解決そのものよりも、治政に関する澳飛の姿勢や実務能力を試されているのではないか。

　澳飛は官服の上から、懐中の紫綬銀牌に手を当てた。布越しの固い手触りに、父帝と間近で会話し、公務を請け負ったことが現実であることを実感する。

　特定の職責を帯びずに年金で暮らしている皇族に、不定期に公務が割り当てられることは珍しくない。国の内外へ遣わされる皇帝の使者、あるいは葬儀や祭礼の主催者といった、いわゆる名目上の責任者だ。今回のような、犯罪の調査委任を澳飛は聞いたことがない。単に、知らなかっただけかもしれないが。

　もしかしたら、異母兄たちはとっくに打診を受けて上手《うま》くかわし、澳飛にお鉢が回ってきたのだろうか。

父帝の真意がどこにあるにしろ、澳飛の能力が問われていることに変わりはない。

とりあえず、父帝に言われた通りのことはやりとげようと、澳飛は開き直った。

帰宅する前に皇城の京師府へ寄って、事件の詳細資料を提出させた。皇城西側の京師府では、長官にいい顔をされなかったが、銀牌を提示する者は、皇帝の使者であるから無下にはできない。原本の持ち出しは困ると言われたので、その場にいた書記を総動員して複製を作らせた。おかげで帰宅したのは午後も遅く、空腹で腹が鳴る。

髪を下ろし、部屋着に着替えている間に食事が用意された。澳飛は調査書の複製を読みながら食事を始める。

「大家《ターチャ》。お行儀が悪いです」

給仕をする執事に注意されたが、空腹は我慢できなかったし、調査書も急いで読みたかった。

一ヶ月しか時間がないのだ。皇城の京師府だけで、調査書は三つの冊子となっている。これと同等の量の調査書が、外城のそれぞれの京師府にあるとしたら、あと十五冊はあるということだ。それらを読破し、証人から聴き取った内容と突き合わせ、関連のある現場を絞っているうちに、あっという間に一ヶ月は過ぎてしまうだろう。

調査書をまとめて清書している間に、新たに放火事件が起きるかもしれない。そうしたら、否応《いやおう》なく事件そのものに関わることになるだろう。

澳飛は面倒な仕事を押しつけられたという気持ちと、日常が大きく変化していく予感に昂揚《こうよう》している気分が、胸の天秤《てんびん》の両側で絶えず揺れるのを感じていた。

急に思い出したように、澳飛はかたわらの執事を呼び止めた。

「陛下から公務を授かった。当分は忙しくなるだろうから、史《し》先生にひと月は来る必要がないと使いを出しておいてくれ」

「彫金師の史陸《ろく》様ですね。お伝えしておきます。当家の工房で、若さまに彫金をお教えするのを、とても楽しみにしておられますから、気落ちなさらなければいいのですが」

来客の少ない穎王府に、三日おきに訪れる同年代の話し相手が減って気落ちするのは、執事自身であるとその表情が語っている。

彫金師の史陸は、澳飛の実母である夏嬪《かひん》の生国から金椛国へついてきて、都に住み着いた職人たちのひとりだ。后妃や内官たちの装飾品を手がけるため、後宮に出入りすることを許された数少ない『男性』の職人でもあった。そして、夏嬪亡き後も母の母国語を教えてくれる人物で、澳飛にとっては祖父のような存在だ。

城下で工房を経営している史陸ならば、連続放火事件について噂を聞いているかもしれない。澳飛はそう考え直してから、執事に言った。

「もともと、史先生は工房への出入りは自由だからな。私が在宅であろうとなかろうと、史先生は好きなときに来て、お茶を飲んでいってもらってかまわない」

とりあえずは、起きた事件の調書を読破することが優先であった。

進捗《しんちょく》の報告は五日おきとのことであったので、澳飛は最初の五日は帝都の各京師府を訪問し、調査書を集めて検証することにした。しかし、都の治安に関する書類や、直近の犯罪記録簿の開示は、澳飛が直接出向き、銀牌を提示しなくてはならない。

「京師府の場所を記した帝都の条坊図が要るな。図書寮《ずしよりよう》で借りなくてはならないか」

ほとんど皇城から外へ出たことのない澳飛にとって、外城は未知の世界といってもよく、地図や街路図なしに歩き回れるものではない。

皇城そのものが、遠い昔に存在した王国の宮殿群を中心に建築された、およそ十万の人口を擁する独立した都市であった。城内で自給のできない魚介類と獣肉、野菜などの生鮮食品は、毎朝のように城壁の外から中へと大量に運び込まれ、東西の市で売り捌《さば》かれ、あるいは得意先の各邸に配達される。日用の調度や衣類などは、皇城の外縁にある工房で作られ、娯楽関連の業種も城内で提供される。外からの物流が途絶えてしまわない限り、皇城の内側で生活のほぼすべてが賄えるため、身分の尊卑にかかわらず、皇城の住人たちはあえて外城へ出て行く必要がない。それゆえ、皇城を囲む壁の外を知らずに一生を終える皇城の住民も、少なくはなかった。

澳飛もまた、公の用事でもなければ皇城の外へ出ることはない。あえて外城の遊興施設に出入りしていることを自慢する異母兄弟もいたが、それは陋巷《ろうこう》の治安に詳しい知人や使用人がいたからできたことだ。土地勘のある者の案内があれば、身分丸出しであろうと微行であろうと、問題なく行って帰ってこられるのだ。

澳飛は『外』の世界に惹《ひ》かれないわけではない。ただ、後宮内でも人脈を作ることをせず、成人して城下に引っ越したのちも、公私の交際を広げるということをしなかった。そのことが、後宮を出てからの澳飛の行動範囲をも、狭めてしまっていた。

澳飛は皇族らしい趣味——書を読み、詩を書き、学問に打ち込み、あるいは絵を描いて人に見せる——を持ち合わせなかった。人並みに書物は読むが、特定分野の研究に興味を持ったことはない。書画にしても、下手ではないという程度だから、他人《ひと》に見せるほどの自負はなかった。

母と同郷の史陸が教える彫金工芸は、作業のあいだ無心になれることと、心に適《かな》った意匠が仕上がったときの達成感が好きであったので、趣味といえるだろう。だが、それも史陸が他種の職人であったら、そちらを学んでいたであろうという程度のものだ。彫金を好むというよりも、それが母の祖国に深く根ざした技術であり、母方の文化を継承したいという思いからはじめたことであった。

他の皇子よりも優れているのは乗馬術と騎射であったから、そういう意味では父帝からは幾度も褒められ、褒美をもらった。武術の技も皇子たちの中では上位であったが、訓練を積み、実戦を重ねた本職の兵士より強いなどと思ったことはない。

ひとりで城下をうろついても面白みはなかったので、都を出るのは避暑地への行幸と、そこで開催される馬上打毬《だきゅう》や狩猟行事くらいなものであった。幼いころの自分は、もう少し活動的な人間であったような気がしていた澳飛は、昨今の自身を省みて、苦笑を禁じ得ない。

翌朝、澳飛は図書寮に寄って地図を借り、まずは外城の京北《けいほく》にある京師府へと向かうため、皇城の北門へと向かった。

「澳飛！」

路上で唐突に名を呼ばれ、澳飛は驚いて辺りを見回す。

髪を金の環《わ》でひとつに束ねて背中に流し、艶《あで》やかな乗馬服に身を包んだ貴婦人が、パカパカと蹄《ひづめ》の音を響かせて駆け寄ってきた。

「叔玉従姉上《しゅくぎょくあねうえ》。お久しぶりです」

驚きと戸惑いを隠さずに、澳飛は相手の名と挨拶《あいさつ》の言葉を口にする。

「本当に久しぶりだこと。ちっとも姿を見かけないから、どうしているかと思っていたの。ちゃんと馬にも乗っているようで、安心したわ」

叔玉公主は朗らかに笑った。公主のあとを、五、六人の衛士が追いついてきた。大路を行き交う人々が、慌てて高貴な婦人の一行に道を譲る。

「馬場苑《ばようえん》へ行くの？」

皇城の北側にある広大な馬場の名を口にする。

「いえ。外城に所用がありまして」

「あら。残念」

叔玉公主はあからさまにがっかりして、つまらなそうに頬をふくらませた。年上の貴婦人とは思えないほど、感情の表出が素直だ。

「今年の御前試合にも、出ないの？」

「出る予定は、ありませんが。従姉上は、これから馬上打毬の練習ですか」

「ええ。わたくしの楽しみって、これくらいですもの。あなたも早く復帰なさい。名騎手が少なすぎて、どの試合も物足りないの。今年もわたくしの牡丹《ぼたん》組が優勝してしまいそうよ」

幼いころから、宮中でともに乗馬や騎射を競って育った親族同士だ。澳飛が成人して後宮を出てからは、行事でもなければ顔を合わせることもなくなっていたが、会えば気安い姉弟《きょうだい》のように言葉を交わす関係に変化はないらしい。

二十歳に手が届こうという叔玉が輿入《こしい》れしたという話は、澳飛の耳には入っていない。このように衛士を率いて、練兵場でもある馬場苑に気軽にでかけているということは、いまだに独身なのだろう。馬上打毬という競技に夢中で、自分よりも優れた騎手でなければ結婚しないという主張は、いまも健在と思われる。

皇族の好む大柄な馬の鞍上《あんじょう》にあって、叔玉と澳飛の上背はそれほど変わらない。体格がいいのは父方の血のせいでもあろうが、叔玉が男のように髪を束ね、乗馬服をまとっていると、それが男装でなくても颯爽《さっそう》とした姿の良い青年に見える。後宮の女官の間でもっとも人気のある皇族というのも、うなずける美々しさだ。

「腕が鈍《なま》ってしまう前に、たまには馬場に顔を出しなさいよ。わたくしの組に空きがあれば、すぐにでも誘いたいところだけど、澳飛ならどこの組でも引く手あまたね」

叔玉公主は澳飛に微笑みかけると、一陣の風のような爽《さわ》やかさで、蹄の音も軽やかに去って行った。

「馬上打毬か――」

叔玉一行の後ろ姿を見送った澳飛は、やるせない気持ちになってつぶやいた。後宮にいたころは、毎日のように宮城内の馬場に通って毬《まり》を打っていた。あの頃の自分は、同世代の皇子たちの中では誰よりも上手に毬を打ちまくっていたのだが。

澳飛は頭《かぶり》を振って、過去の回想と叔玉の面影を追い払った。それよりも、父帝より授かった公務を遂行しなくてはならない。降嫁先が定まるまで遊んで暮らしていい従姉《いとこ》殿とは、立場が違うのだ。

澳飛は皇城の北門をくぐり、外城の北大門大通りへと出て行った。

京北は京南よりも奥行きがなく、寺社や庭園が多いこともあり居住域と人口は少ない。事件や犯罪も京南ほど頻発しないので、訪れる京師府はひとつですむ。

この違いは、帝都の人口が増えるにつれて、皇城から南へと都が広がっていったためだ。帝都の北は丘陵地となっており、歴代王朝の陵《みささぎ》が多く、都市を広げる余地がなかった。それでも、いくどか王朝が交代し人口が増えて、本来は禁域であったはずの皇城の北側にも寺社が建ち、寺社の門前に家が連なり、市も立つようになった。

やがて、都市が野放図に広がることを避けるため、時の為政者によって条坊制が敷かれて外城壁が築かれた。金椛王朝以前の紅椛《ホンファ》王朝時代には、三重の城壁を貫く運河が開削され、帝都は今日の形となっている。

かつて机上で教えられた都の歴史と、建築物に見られる時代の推移を目のあたりにした澳飛は、皇帝に随従する行幸の行き帰りでしか見たことのない外城の風景にも、もっと注意を払うべきだったと後悔の念が湧く。

京師府を回るため、家の下男ひとりを連れて外城を闊歩《かっぽ》しているうちに、庶民の生活ぶりが目に入り始めた。皇城の大門を出たときには、さっさと調書を集めて帰ろうと考えていたのだが、馬上から見下ろす人々の風俗や、看板の並ぶ商店の佇《たたず》まいを眺めているうちに、面白さを感じてくる。煩雑な露店や、二階の上へさらに階層を積み上げたために傾《かし》いでいる建築物など、これを放置している京師府はちゃんと仕事をしているのか、いや、違法建築物の取り締まりは京師府の管轄なのだろうか、そもそも、建築物に法律の規制があるのだろうか、などと思考が広がってゆく。

穀類や茶、布に装飾品、金物から薬種、そして燃料、酒などを売る店が軒を並べ、澳飛には馴染《なじ》みのない品物が軒先や露店で売られている。せわしなく人々が出入りし、髪結い処にいたっては路上に長椅子を出して、次々に客を捌《さば》いている。

皇城では、書籍を買うときは出入りの商人が櫃《ひつ》ごと運び込んで、あれこれと勧められたものを購入したり借りたりする。だが外城では、庶民に開かれた貸本屋の棚には、澳飛が見たこともないような書籍が並べられ、積み上げられていた。

　読書は上流階級のたしなみであり、技能であると教えられていた澳飛は、庶民が当たり前のような顔をして薄い冊子を持ち込んでは借りていくのを、軽い驚きを持って眺めた。

　貸本屋の前で歩みを遅らせた主人の視線を追って、引き綱を取る下男が話しかける。

「あれは、中身はほとんど絵ばかりです。講談の本も、一枚の頁にせいぜい三行くらいしか文字は書かれちゃいません」

「そうなのか」

　澳飛は上の空で応《こた》えたが、貴重だと教えられていた紙の書籍が、庶民のあいだで盛んに流通していることにも、驚かされていたのだ。貸し借りのために出入りしている客たちが、書籍を雑に持ち運んでいるのを目にして、澳飛はひやひやしてしまう。

　そのように貸本屋を注視している主人に、下男は目尻《めじり》を下げ、歯を見せて笑う。

「貸本屋の儲《もう》けは、表に並べた講談本じゃなくて、裏に隠して積み上げた春画の本やら巻物ですよ。よければいくらか交渉してきましょうか」

　加冠と同時に娶《めと》った妃《きさき》が、新婚早々で流行《はや》り病で亡くなって以来、澳飛は独り身である。数年のうちに、兄と配偶者、そして母に先立たれてしまった澳飛に、再婚を勧める者は少なかったし、澳飛もその気になれずにいた。

そういう意味では、城下に王府を開いて邸《やしき》を構えたというのに、外出や社交に積極的ではなかった澳飛の日々は、不幸の続いた長い服喪の期間であるがゆえと、周囲には受け取られているのかもしれない。

下男はそんな澳飛を気遣って言ったのだろう。だが、開府のために雇い入れた、雇用期間も短い使用人に気遣われるには、微妙で繊細な案件である。

澳飛はまっすぐに前を向いた。

「いや、公務が先だ」

この下男を手綱引きに選んだのは、外城の出身であり、案内に最適であると判断したからだ。外城はとてつもなく広いので、生まれ育った里坊の門を一歩出れば、都育ちの庶民ですら迷子になってしまうとも言われていた。土地勘がなければ、碁盤状に築かれた条坊の、迷路のような大路小路に踏み込んで、もと来た方向すらわからなくなり、その日のうちに帰ってくることも難しくなるのだと。

なるほど、都の治安を管理する京師府もまた、自分たちの管轄区の治安維持だけで精一杯であることも納得もできる。分割され、区郭ごとに責任の所在が枝分かれしていくうちに互いに疎遠になってしまい、連携が難しくなっていったのだろう。

連続放火犯は、そうした治安維持機構の脆弱《ぜいじゃく》さを突いて、神出鬼没の愉快犯を演じているのか。馬上で思索を続けているうちに、澳飛はそのような推測に辿《たど》り着いた。

このような推測と、京師府の現状に対する印象は、個々の京師府を訪れて確定した。

それぞれの京師府は建物の名前や、区郭の単位である里坊につけられた名称で呼ばれ、通りすがりの庶民に道を尋ねても、『東／西／南／北の京師府』では通じない。地図を見直して、京師府の建物や所在する里坊の名を告げれば、指さしてあちらの十字路を右に左にと教えてくれる。

ようやく辿り着いた寺社風あるいは豪邸もどきの門前に立ち、扁額《へんがく》を見上げても、某々寺とか某々院と書かれているだけで、それが京師府とはわかりづらい。門前に武装した衛士が立っていることと、民事の訴訟を請うための大太鼓が門前に吊《つ》り下げられていることから、司法と刑罰関連の役所であることが知れる。

衛士に姓名と官位を告げ、銀牌《ぎんぱい》を見せても、反応が薄かった。

「訴えたいことがあったら、そこの太鼓を叩《たた》いてくだっせ」

澳飛の身分が庶民より上であることを推察してか、かろうじて丁寧な態度と口調で、門に下がる太鼓を指さした。皇帝の使者であることを示す銀牌と、その所持者が皇族であるという紫綬《しじゅ》の意味を、衛士は知らないらしい。皇帝の権威は末端の役所には届いていないのかと、澳飛は首をかしげてしまう。

言われたとおりに太鼓を叩くと、中から青色の官服に銅帯の官吏が出てきた。横柄な態度で誰何《すいか》し、用件を訊ねる。澳飛が示した銀牌を目にすると、驚かされた蟋蟀《こおろぎ》のように、ぴょんと跳び下がった。大のおとなが文字通り飛び上がったのだ。それも官服という権威を身にまとい、教養を備えたはずの官吏がだ。

そして、大げさに門番の犯した非礼を詫《わ》び、皇族に対する拝礼をあたふたとすませ、不必要なほどへりくだった物腰で、澳飛を中へと案内する。

澳飛が笑いをこらえるのに苦労するほど、滑稽《こっけい》な一連の反応であった。

この京北の京師府では、原本の調書をあっさりと受け取れたが、次に寄った京西《けいさい》の京師府では、上役が不在なので対応できないと、出直しを要求された。それでも銀牌で押し通したが、ここでは副本作りに澳飛も筆を取らねばならなかった。終わったときにはすでに、太陽は午後の坂を下り始めていた。

いまから京南の京師府へ向かえば、帰りは日没を過ぎてしまうだろう。澳飛は帰宅することにして、皇城の西大門へと馬首を向けさせた。

その途中、人通りの激しい大路で、家路を急ぐ澳飛の目を惹《ひ》くものがあった。

何が視界に入ったのか、すぐには判定できなかった澳飛は、下男に任せていた手綱を取り、かるく引いて馬を止める。通り過ぎた風景へと振り返った澳飛の視線が、薬種屋の前で話し込んでいるふたりの少年の姿に留まる。

なんの変哲もない光景だった。
十五、六の少年が、弟か友人と思える十二、三の少年と顔を寄せ合い、掌《てのひら》の上に載せた何かについて、話し合っていた。周辺を走り回っている子どもたちと同じような風体の、おそらく家の手伝いか使いの帰りで、釣りか小遣いの計算をしているのだ。
下男がどうかしましたかと尋ね、澳飛は我に返る。

「なんでもない」

どうしてあの少年たちが自分の目を惹いたのかと、通りすがりに目に入った違和感の正体を、澳飛は鞍上《あんじょう》で考え込んだ。

さまざまな職種と年齢、異なる身分の庶民が行き交う雑踏のなかで、あのふたりだけがくっきりとした輪郭を持って目に映った。つまり、周囲の人々から浮き上がって見えたのだ。

どちらの少年も、陋巷《ろうこう》の庶民にしては身ぎれいであったからだろうか。身ぎれいといえば、線は細く顔立ちも整っており、年長の方は精悍《せいかん》な目つきが印象的であった。

年少の方は横顔がちらりと見えただけであったが、櫛目《くしめ》も丁寧に結い上げられた総角《あげまき》と、灰茶色の筒袖《つつそで》から見えた手のほっそりした白さが、洗いざらしの麻の短衣と不釣り合いだった。

どこかの御曹司が庶民を装って微行をしている、というのが妥当な推測だ。

庶民の風体で街歩きを堪能《たんのう》しているのだろうが、衣服を替えたところで立ち居ふるまいは変わらない。自尊心の窺《うかが》われる目つきなどの表情や、背筋のすらりと伸びた姿勢、そして年嵩《としかさ》の方は武術の心得のある物腰が、その出自を物語っている。

いたずら心で宮城を抜け出し、城下を微行していた異母兄弟たちが、その身から滲《にじ》み出る傲岸《ごうがん》さに、あっさり正体を露見させて連れ戻され、叱責《しっせき》を受けるのを、澳飛は何度も目にしていた。

よくあることだ。

冒険を好む年頃の子弟を抱えた富貴の家庭は、帝都にはそれこそ星の数ほどある。外城の繁華街といえど、京北から京西にかけては比較的裕福な庶民層の街だ。治安も悪くない。あのくらいの年頃ならば、身代金目当てにかどわかされたり、奴隷商人に売り飛ばされたりはしないだろう。

澳飛はそう結論づけて、その光景を頭の隅に追いやる。

外城を回って東西南北の京師府を訪ねて必要な調書を受け取り、自宅へ持ち帰るだけで、五日を要した。京南は面積として京北と東西を合わせた規模の、さらにその倍を凌《りょう》駕《が》しているため、右京と左京に行政が分かれており、それぞれがさらに旧京区と新京区に隔てられていた。

金椛帝国首都の規模を、澳飛はあらためて体感した。

積み上げた調書を眺めているうちに、もしかしたら、と澳飛は思った。

こうした末端の役所の実態調査も、この公務の一端かもしれないと。

この一連の作業で知り合った都の官吏たち。特にそれぞれの京師府を取り仕切る市令や市丞《しじょう》のなかには、この放火事件に興味を持たず迷惑そうな顔をしたり、露骨に非協力的な態度を取る者もいた。

皇帝の委任を受けて派遣された皇族に、無礼な態度をとる官吏がいることが、澳飛には新鮮な体験であった。その反対に、適当に調査を切り上げて欲しいのか、袖に賄賂《わいろ》を忍ばせようとする者までいた。

「なんのためだ？」

不快げに問いながら、袖に手を入れて渡された物に触れる。革製の財嚢《ざいのう》は、掌に隠れるほど小さいものであったが、ずっしりとした重さが感じられる。

「いえ、城下を回られるにも、入り用でございましょうから」

役人を相手にしているはずなのに、商人のような口を利く。澳飛は調書の供出を依頼しただけで賄賂を渡される理由が、本当にわからなかった。相手の顔をじっと見つめたものの、何か都合の悪い事実を抱えていて、調査に手心や改変を加えて欲しいというわけではないらしい。

滅多に会うことのない雲上の人間と、今後のよしみを通じたいとか、そういう可能性もある。どちらにしても、その役人の顔を記憶するには、十分な効果はあった。

「必要ない。生活には困っておらぬ」

澳飛は口の両端をぐいと引いて、財嚢を突き返した。傍流末端の皇族が生活に困窮して、朝廷の使い走りをさせられていると思われたかと、澳飛は不快であった。

そうして最後の役所を出て、皇城の自宅へと馬を進めていた澳飛の目に、またあの少年たちの姿が飛び込んできた。

このときの違和感の理由は、見た目の年かっこうとは似つかわしくない少年たちの、皇城をまたいだ京西から京南までの移動範囲、もしくは距離であった。

「どういうことだ」

おもわず口からこぼれた問いは、誰に向けたというものでもない。

ふたりづれの少年たちはたちまち雑踏に紛れて、澳飛はその姿を見失ってしまった。

かわりに、少年たちが出てきた店の看板に目をやる。肉屋のようだ。澳飛は下男に、先ほどの少年たちが何を買い求めたのか、肉屋の主人に聞いてくるように命じた。

下男は待つほどもなく戻った。

「肉の保存に使う塩硝を分けて欲しいと頼まれたそうですが、主人はうちで使う分しかないと、追い返したそうです。育ちの良さそうなボンボンらしかったそうですが」

「塩硝？　硝石のことだな」

ふと、懸案の放火事件のことが頭を掠《かす》めた。

「まさか、な」


気がつけば六日めであった。五日毎に報告に参内するはずであったのだが、予想外に調書の収集に時間がかかってしまった。

この日は、朝議のすぐあとに執務室へ向かったが、すでに謁見や上申の長い行列ができていた。子どものころ、父の仕事は非常に忙しいものだと教えられていた。だから、十日に一度でも目通りが叶《かな》えば、それはとても気に懸けられているのだと。

朝政の場に席を与えられてから、その忙しさを目の当たりにすることになった。ただ、各省の高官が政務の報告をする朝議を静聴したあとは、特に仕事のない澳飛は早々に退出し帰宅していたため、その後の父帝がどのような業務を行っているのかは、知る機会がなかった。

いま、皇帝の決裁を求めて並ぶ官僚たちの数の多さに驚いた澳飛は、退庁を促す正午の鐘が鳴るまでに、この行列が捌《さば》きされるのかと、疑問に思った。

「これは、待たされるな」

出直したものかと、あたりを見回していた澳飛に、宦官《かんがん》がするすると近寄り、耳打ちをした。

「穎王《えいおう》殿下でいらっしゃいますね。こちらへどうぞ」

表の朝廷に姿を見せる宦官の数は多くない。皇帝と皇族の身辺の世話が宦官の主な仕事であるが、禁裏より出される勅諚《ちょくじょう》から、皇帝の私的な伝言もまたかれらに任される。こうした皇帝の信任篤《あつ》い宦官たちは、澳飛ら皇子を育てた宦官よりも体が引き締まっており、貫禄《かんろく》がある。身に着ける袍《ほう》も地味な薄墨色の直裾袍《ちょつきょほう》であるが、後宮で雑用をする宦官と異なり、襟元と袖、裾の縁取りに、緑や青色の糸で刺繡《ししゅう》が施されている。

さらに高位の宦官は、黒や灰色の絹糸で鳥や花を織り込んだ直裾袍に、衿《えり》や袖の縁取りにも橙や朱の明るい色で刺繡が添えられる。それゆえ、宮廷に生きる者たちは、皇族や官僚から末端の女官に至るまで、宦官帽のつくりや、衣装の素材と縁取りが示す官位の色柄も、憶《おぼ》えておかなくてはならないものらしい。

衿と袖に緑色の縁取りをした使いの宦官は、澳飛を朝議や政務の行われる宮殿から連れ出し、後宮に続く通路へと足を進めた。政務のあとに父帝の住む宮殿で面会するのだろうかと、澳飛は久しぶりに後宮に入ることに感慨を覚えた。しかし、宦官は後宮の入り口である紅椛門を素通りした。しばらく歩いて瀟洒《しょうしゃ》な書院へと案内する。

『北斗《ほくと》院』

澳飛は扁額《へんがく》を見上げて、書院の名を読んだ。

宦官は澳飛の心を読んだかのように、北斗院の用途を説明する。

「大家《ターチャ》が学問の講義をお受けになったり、信頼を置く官僚との会見にご使用なされます。また後宮の妃嬪《ひひん》内官たちの、ご家族との面会に使われることもあります」

風通しのよい露台には、牡丹《ぼたん》など花樹の鉢植えが並び、庭にはいままさに季節の菖蒲《あやめ》や蓮《はす》の花が咲き誇る池が涼を呼ぶ。好奇心に駆られた澳飛は、小径《こみち》を辿《たど》って池まで進み水面《みなも》をのぞき込んだ。予想通り、水中では金や赤の落葉のごとき金魚らが、舞を舞うように優雅に泳いでいた。

大極殿の背後と後宮のあいだに、このように瀟洒な書院と庭園があったとは。

この国には面会に訪れる家族のいない母や自分が、北斗院の存在を知らなかったことは、少しばかり切なく思えた。

「大家におかれましては、午前の政務が終わるまで、穎王殿下をどれだけ待たせることになるか、わからないとのことです。不便なく時間を過ごしていただけますよう、奴才《わたくし》が接待を申しつかっております。彌豆《びどう》とお呼びください」

それが名前なのか、役職名なのか澳飛には定かではなかったが、彌豆は澳飛の知る宦官とは異なった雰囲気を持っていた。澳飛と向かい合っているときは背中を丸めてへりくだっているが、歩くときの歩幅は広く、控えて立っているときは、背筋が伸びている。顔立ちは華やかさはないものの整っており、滑らかな頰から年齢は測りがたい。

――陶少監のようだな――

「彌豆殿は、青蘭《せいらん》会の宦官か」

父帝直属の宦官が、そうした組織に属しているという。

第二次性徴を迎える前に宦官となった者を通貞《つうてい》と云う。そして特に容姿身体ともに優れた通貞たちを選び、数年にわたる実務の教育と武術の鍛錬の末に、優秀な成績を修めた者だけが、青蘭会の一員として認められるという。

その初代かつ現在も青蘭会の首席を務めるのが、陶少監であるとも。

「末席を拝しております」

彌豆は両手を組んで恭しく頭を下げた。その謙遜《けんそん》的な仕草に反して、口調には隠しきれない自負が滲み出ている。

外の世界での成功や栄光をあきらめ、男性性を捨てて宦官となり、その生涯の終わりまで後宮に仕える何千という宦官たち。かれらにとって青蘭会に属するというのは、童生が官僚登用試験に合格するに等しく困難で、栄誉に満ちた出世なのだろう。だが、精鋭といっても表の官僚と異なり、あくまでも皇帝の影に徹していなければならない職位であることに変わりはない。

彌豆《びどう》は湯を沸かし、澳飛に好みの茶の種類を訊《たず》ねる。最高級の茶葉で淹《い》れた茶を勧め、時を過ごすための書籍や楽器、碁や双六《すごろく》など盤上遊戯の用意があることも告げた。

「この建物の装飾を見て歩いても、かまわないだろうか」

時間を潰《つぶ》すのに、書院の内装や装飾が気になるのは、彫金趣味とも無縁ではなかった。後宮内の自室に、西方風の内装を好んだ母の影響かもしれない。異なる文化の狭間《はざま》で育った澳飛は、建築物と調度の素材と意匠にも、造詣《ぞうけい》が深かった。

「北斗院の、ですか」

彌豆は目を丸くして訊《き》き返す。

「桟や柱、垂木などの彫刻や窓の透かし彫りには、その建物が建てられたときの流行《はやり》や文化の特色が残る。さらに設計した者の出自や思想もわかるそうだが、まだそこまで読み取れるほど、私自身は多くを知らないのだがね。この北斗院は全体的に古い様式に思える。いつの時代に建てられたものか、とても興味がある」

「潁王殿下は、建築学に興味がおありですか」

少しの驚きとも、拍子抜けとも受け取れる声音、そして丸く開かれた目に、澳飛は失笑しそうになった。

「おかしいか」

「いえ、学問や研究に熱心な皇族の方は少なくありません。学問も様々な分野がございますから、建築様式から歴史や思想まで読み取れるというのは、奥の深い学問であると奴才は想像します」

「そこまで大層なものではない。ただの趣味だ」

彫金の意匠に、参考になるものがあればという程度であった。古典的な図案や異国風の造形は、新しい作品を生み出す苗床《なえどこ》となる。

楽器や遊具が保管展示されている部屋、書籍の充実した書斎、居心地の好《よ》い居間、武器や防具までが壁一面に掛けられている部屋もあった。現在は使われていないような古い型の長柄の武器や、金椛風ではない模様や素材の盾があり、同じ種類の武具がふたつ以上はないところを見ると、実戦用ではなく飾ってあるだけのようだ。

「父帝――陛下の武術趣味はかねがね耳にしていたが、書籍や楽器と同じように鑑賞もなされるとは思わなかった」

家族が一つ屋根の下に暮らす家庭を知らぬ澳飛にとって、父親との距離は、他人との関係と変わらぬほど遠い。澳飛の知る父親とは、母に自分を産ませ、澳飛の人生の行方を差配する力を持った人間であった。

「陛下はそなたらを相手に武術の鍛錬をされるそうだが、彌豆も陛下と手を合わせたことがあるのか」

彌豆《びどう》は澳飛の問いに身震いし、もったいなくもありえない、と否定した。

「大家《ターチャ》は青蘭会の武闘派には、手加減をお許しになりませんので、本気かつ全力で試合に臨まねばなりません。それでも、宦官ごときが大家にお怪我などさせられませんから、大家との手合わせを承るには、相当の技量が要求されます」

「では、青蘭会の武闘派とやらは、錦衣《きんい》兵の精鋭よりも強いということか」

無意識の微笑が口元に上っていることに気づかず、澳飛はさらに訊ねた。かれの知る宦官が戦うところなど、想像もできなかったのだから無理はない。

「それは奴才にはわかりません。錦衣兵や表の将兵が、かすり傷であろうと大家に負わせてしまえば、族滅ものの大罪です。宦官の過ちは後宮内で処理されますので、我々は大家の温情のもと、武芸を嗜《たしな》むことができているのです」

「実際に、陛下を負傷させた青蘭会の宦官はいるのか」

好奇心で訊ねる澳飛に、彌豆は声を低くして答える。

「陶少監がその筆頭です」

澳飛は、つい六日前に目にした陶紹内侍少監の、白磁を思わせる年齢不詳の顔を思い浮かべる。北方の異民族の大軍を相手にした戦争で、武勲を上げたこともあるというのだから、師範級の腕前はあるのだろう。それでも、細身で物腰の穏やかな陶少監が、大柄な父帝と真剣に闘うところが想像できない。

「後宮に生まれ育ったというのに、青蘭会の活動を目にできなかったのは心残りだ」

澳飛は半ば本気で言った。そこで、ふとした思いつきを口にする。

「彌豆は私と手合わせをしてみたいと、思わないか」

「いま、ここで、ですか」

彌豆は目を白黒させて問い返した。

「武器の使用には厳格な決まりがありますので、練習といえども上役の許可が要ります。まして成人して外廷に属する皇子殿下との手合わせは、奴才の独断では──」

しどろもどろになって、澳飛の申し出を断る理由を並べる。澳飛は気の毒に感じて、

「冗談だ」と微笑みつつ話を終えた。

気がつけば正午の鐘が鳴り響き、彌豆を相手に双六をしているところへ、提盒《おかもち》を下げた御膳房《ごぜんぼう》の宦官《かんがん》たちが北斗院に現れた。膳房長の宦官が進み出て、澳飛に恭しく拝礼した。

「こちらで穎王殿下と昼餐《ちゅうさん》をお摂《と》りになると、大家が仰せになりましたので、準備をさせていただきます」

庭に面した露台側の扉を全開にして、円卓に料理を並べ始める。

父帝とひとつの卓を挟んで食事をしたことのない澳飛は、落ち着かない気持ちで、勧められた席についた。

いましばらく間があるだろうと、給仕に出された茶に手を伸ばそうとしたところへ、別の宦官が入ってきて、「大家《ターチャ》のおなりです」と告げる。少しばかり慌ててしまった澳

飛は、優雅とは言い難い物腰で席を立ち、卓の横に膝《ひざ》をついて拝礼の姿勢を取る。

龍袍《りゅうほう》の衣擦《きぬず》れの音とともに、父帝が北斗院の露台から入ってきた。

「待たせたな。他の政務と重ならぬよう、はじめに時間を決めておくべきであった。報告はあとにして、まずは空腹を満たそう」

自分の父親は、このように気さくな話し方をする人物であったかと、澳飛は違和感を覚える。とはいえ、皇子たちを集めて打毬《だきゅう》を競わせたときや、宮廷行事の馬競べや馬上打毬を観覧するときの父帝は、興奮して声を上げることもあった。活躍した皇子や数合わせで参加させられた宦官を褒めたり、褒美を授けたりするときは、このように飾らない言動をしていたと思い出す。

連続放火事件の報告は後回しとなり、会食中の父帝の下問は、城下における澳飛の生活ぶりがほとんどであった。天下の支配者でありながら、宮城から外へ出ることの稀《まれ》な皇帝という地位にある父は、城壁の外で臣民がどのような生活を営んでいるのか、興味津々で訊ねてくる。澳飛の近況から、昨日まで目にした城下の有り様について話していくうちに、内容は自然と京師府を訪ね歩いたときの話題となった。

「京師府とひと口にいっても、同じ様相の役所はありませんでした。京北府は管理と規律が行き届いているようでしたが、京南の京師府は、さらに数区郭ごとにいくつかの下府に分かれていて、名前の付け方も一様ではありません。京南一、京南二、と呼ばれている京師府もあれば、寺や軍府など、昔は別の用途であった建物や、条坊名そのままの名で呼ばれているところもあります」

調書を借り受ける申請からして、銀牌《ぎんぱい》を以《もっ》てしても容易ではなかったという話に、父帝は熱心に耳を傾けた。賄賂《わいろ》を渡されかけたことを口にしたところで、澳飛は父の背後に控えている宦官のひとりが、筆を走らせて澳飛の話を書き留めていることに気づき、思わず口ごもる。父帝は、十六男の戸惑いに気づかぬようすで話を促した。

「目的もなく賄賂を差し出す役人がいるのか」

「はい。私のような末席の皇族にわたりをつけたところで、何の役にも立たないでしょうに」

父帝は給仕が毒見し、取り分けたいくつかの皿を、澳飛へ回すように給仕に命じつつ、話を続ける。

「賄賂は政治の腐敗の根源ではあるが、犯罪に関わる場で賄賂を差し出す官吏は、むしろ利用価値があるそうだ。賄賂を拒絶する清廉さは褒められるべきであるとしても、朝廷から遣わされた者に取り入ろうとする者の魂胆を知るためには、賄賂を受け取っておくのも、相手の懐に入る手段といえるだろう」

澳飛は父帝の真意を測りつつ、蜂蜜《はちみつ》と辛子の垂れをかけた鹿の背肉の蒸し焼きを箸《はし》で一切れ摘《つ》まみ、口に入れた。咀嚼《そしゃく》しつつ言葉を選び、呑《の》み込んでから心に溜《た》めていた問いを投げかける。

「陛下はこの一連の放火事件が、なんらかの陰謀の萌芽《ほうが》であるとお考えですか」

父帝は、水菜の炒《いた》め物に伸ばしかけた箸を止めて答える。

「それはわからぬ。都全体では、火事は珍しくもない日常茶飯事の災害であるという。毎日のようにどこかの厨房《ちゅうぼう》から失火し、寒い夜には酒に酔った独り者が、燗《かん》をつけた焜《こん》炉《ろ》の火がついたまま眠り込み、隣家を巻き込んで焼死する事例も珍しくないという。今回の連続火災も、ただの失火であるかもしれぬし、そうでないかもしれない」

「硝煙の臭い、ですか」

「うむ。長い間、火薬の用途は春節の魔除《まよ》けや雑戯として、音と火花を楽しむ爆竹のみであった。だが近年、爆裂火器として火薬の使い道を思いついた者がいた。この者は火《ひ》箭《や》や震天雷《しんてんらい》を発明し、八年前に朔露《さくろ》の軍がふたたび北西の国境に来寇《らいこう》したとき、これが大いに役立った。効果は抜群で、朔露の軍馬は音に驚き、隊を乱して戦意を失わせた」

父帝は、かつて二度も金椛帝国の国境を脅かした朔露可汗《かがん》国の襲来について、淡々と語った。

「一国の軍を退かせる火器の威力が示された以上、火毬《かきゅう》や震天雷の作り方を探ろうと、周辺国から諜者《ちょうしゃ》が潜り込んでいるかも知れぬし、自ら作って国家を転覆させてみようとする者もいるであろう。そこまでゆかずとも、よからぬ目的で火遊びに興じる者は、いくらでもいるであろうな」

朔露可汗国が最初に楼門関《ろうもんかん》に攻めてきたときの澳飛は生まれてまもなく、二度目の来寇は十歳かそこらであった。当時のことは、歴史の数行としての知識しか持たない。

しばらくは咀嚼音と、料理や食器を移動させる音が響く。そろそろ腹が満ちてきたころ、ふたたび澳飛から口を開いた。

「都の広さを実感していなかったので、諸京師府を回るだけで五日を費やしました。報告書はすべて読みましたが、関連性を考察したまとめには手をつけておりません」

「構わぬ。時間をかけた丁寧な仕事を期待している。難しいと感じたら、ひとりでやろうと思うな。このような仕事に向く配下がおらねば、こちらから派遣してもよい」

父帝は視線を部屋の隅にずらし、そこにいた宦官を手招きした。昼餐のあいだ、部屋の隅で柱のように気配を消して控えていた彌豆《びどう》だ。

「宮城との緊急連絡にはこの者を使え。陶紹が育てた青蘭会の選《え》り抜きだ。腕も立ち、護衛としても優秀である」

皇帝に太鼓判を捺《お》された若き宦官は、歓喜と興奮に頰を赤く染めた。

父帝がやると言う者を、断ることはできない。

食事を終え、後宮へ引き揚げる父帝を見送った澳飛は、あれほど食べたのに満腹した気がしない。疲労感も半端ではなく、帰宅したら何も考えずに晩酌することを考えて、北斗院の外へと出た。

太陽はすでに西の空を降り始めている。宮城の東門は反対方向か、と澳飛が振り返ると、大きな櫃《ひつ》を背負った彌豆《びどう》が立っていた。

「これから、お世話になります」

後宮で得た私物のすべてを背にした彌豆は、袖《そで》を合わせ両手を組み、深く揖礼《ゆうれい》する。

「そういうことか。まあ、そういうことだな」

澳飛の口からこぼれた相槌《あいづち》に、深い意味はない。妃《きさき》を亡くしたのち、妃についてきた侍女や料理人を実家へ戻してから、澳飛の邸《やしき》はその広さに対して使用人の数は十分ではない。彌豆が住み込めば、手が足りずに困っている執事が喜ぶだろう。

東門では、いつも通りの時間に馬を引いて迎えに来た下男が、待ち疲れて濠端に座り込んでいた。

「遅かったですね」

澳飛の姿を認めて立ち上がった下男は、主人の背後についてきた宦官に戸惑いを露《あら》わにした。王府には後宮から連れて出た宦官も幾人か勤めているのだから、珍しくはないはずだが、鼠色一色の直裾袍《ちょっきょほう》をまとう王府の宦官と異なり、緑の絹糸で刺繡《ししゅう》の縁取りをした宦官帽と宦官服をまとう、姿勢のよい宦官は初めて見たのだろう。

下男を右に、重たそうな櫃を担いだ彌豆を左側に家路を辿《たど》る澳飛は、父帝との食事を反芻《はんすう》するかのような回想に浸っていた。だがそのうち、左側に見え隠れしていた櫃と宦官帽が消えていたことに気づき、馬を止めさせた。

振り返ると、彌豆が顔を赤くして小走りで追いついてきた。

「荷物が重ければ、馬に載せても良いが？」

そう話しかけると、息を切らした宦官《かんがん》は「とんでもないことです」と辞退した。澳飛は、下男に彌豆の荷物を持ってやるように命じた。力仕事にも定評のある下男であったが、櫃の重さにいくらも進むことができなかった。結局は澳飛が馬を降り、彌豆の荷物は馬の背に載せて王府へ戻ることにする。

櫃を鞍《くら》に載せるのを手伝った澳飛は、その重さに驚き、彌豆がこの荷を担いで走ってきた距離に感心した。青蘭会の宦官が武に優れているというのは本当のことらしい。

「我が家の食客になれば、手合わせのために陛下に報告したり、彌豆の上司に許可を願い出る必要がないな」

澳飛が何気なくそう話しかけると、彌豆はひたすら恐縮しつつも、「鍛錬は欠かさぬよう、命じられております」と、まんざらでもなさそうに応じた。

第三章　帝都外城

阿燁《あよう》と天賜《てんし》は、どちらの両親にもばれないよう、無断外出の計画を慎重に進めた。息子たちの素行が、親の地位や立場を危うくする可能性を慮《おもんぱか》ったわけではない。ふたりだけの危険な遊びを親が知れば、天賜は離れを取り上げられるであろうし、阿燁もまた外出を許されなくなるだろう。

特に阿燁の父はとても厳格で、童科書院に通い始めてすぐ暴力沙汰《ざた》を起こしたとき、次に同じ騒ぎを起こしたら、書院通いはやめさせると言明していた。天賜を皇城の外へ連れ出して不祥事を起こせば、二度と星家を訪問することもできなくなってしまう。

天賜は落ち着いた性格で、頭も人並み以上に優れている。しかし、文字通りの火遊びという困った趣味に夢中になっている危うさが、ひとりっ子で兄貴ぶりたい阿燁の庇護《ひご》欲をさらにそそる。

そんな星家の長男が微行中に怪我をさせられり、醜聞の的になったり、最悪は誘拐されるような事態に巻き込まれるわけにはいかない。これは、外の世界——といっても童科書院への通学くらいではあるが——において、自分たちが人々の注目や嫉視《しっし》を集めやすく、揶揄《やゆ》の対象となりやすいことを学んだ結果でもあった。

無断外出は時間も距離も少しずつ延ばしてゆこう、というのは、阿燁よりも慎重な性格の天賜の意見だ。阿燁は天賜の立てる計画を実行中に、少しばかり高い視点から、周囲を警戒するのが自分の役目であると気負っている。

まず、人数の多い講義で学友に小遣いを渡して代返を頼み、午前中に回れる皇城内の薬種屋や肉屋を回った。しかし、皇城内の商店では家名や親の名を訊《き》かれてしまい、注文を受けてからあとで家に届けさせると言われて、目的は達成できなかった。

皇城にも上流の家族に仕えたり、官家を客として商売を営む庶民は多い。そうした家の子どもが親の使い走りをしているようにふるまったのだが、変装や演技が下手過ぎたようだ。天賜たちは、もっと人口が多く住民の階層が複雑で、客の社会的地位に無関心であろう外城へ出て行くべきと、皇城脱出を計画した。

だが、ここで問題となるのは天賜の体力だ。書院から皇城の四方の大門までも、けっこうな距離がある。そこからさらに外城へ出て目当ての店を探し出し、講義が終わる正午までに帰ってくることは不可能だ。補講だなんだと護衛をごまかそうにも、星大官が帰宅して家族が集まる正餐《せいさん》の時間にも間に合わないだろう。

背の高い阿燁だけであればともかく、天賜は見るからに子どもであったし、おっとりとした表情と、ときに気難しげに眉《まゆ》を寄せる仕草が、妙に品がある。容子《ようす》の良い子どもはさらわれやすいと、阿燁がつねづね言われて護衛をつけられていたこともあり、天賜が外城で他人の目を惹《ひ》かないよう、工夫が必要であった。

ふたりが頭を悩ませたのは、正餐に顔を出さず、一日中外出ができる口実だ。

阿燁と天賜が額を突き合わせて考え込んでいるところへ、外城の京南から通っている周千輝《しゅうせんき》という商家の童生に、都でも評判の劇場に誘われた。

「未冠《みかん》の童生ばかりで、遊興にでかけていいのか」

阿燁の問いに、周千輝が笑って応じる。

「未冠だろうと已冠《いかん》だろうと、外城じゃ親に連れられて歩く童生がむしろ珍しい」

周千輝の年齢は、阿燁より半年ほど下である。そのかれの言うことならば、そういうものかと阿燁たちは納得した。天賜は周千輝の誘いを親に相談し、阿燁といっしょならばと許可を得た。さっそく偵察がてら周千輝とともに外城に出て、街の様子を観察する。

皇城の南門から大通りを進み、しばらくしてから天賜が阿燁にささやいた。

「内城とあまり変わらないね」

外城の呼び名に対応して、皇城を内城とも呼ぶ。先を歩いていた周千輝は、天賜の感想を聞きつけ振り返った。

「南門と北門の大路や、栄えている里坊は内城と同じだよ。内城にしたって、治安の良くない無法者の掃きだめみたいなところはあるだろ。運河の船着き場とか、倉庫のあたりとかさ」

「そうなの？」

阿燁と天賜の世間知らずぶりを、周千輝は面白がる。

「内城の下町も知らないようなら、外城では陋巷《ろうこう》や貧窟《ひんくつ》街に入り込まないように気をつけなよ。内城と外城の違いは、一条でも道が違えば、もうそこは別世界ってところだからね。うっかり貧乏人や犯罪者の吹き溜《だ》まりに足を踏み入れたら、身ぐるみ剝《は》がされて行方知れずだ。京師府は失《う》せ人の捜索なんかしてくれないからな」

鼻高々で京南の大路を案内する周千輝に、天賜が驚きと尊敬の眼差《まなざ》しを向けた。

「周さんは、そういう決まり事とか、子どもだけで入ってはいけない条坊を、知り尽くしているんだね」

周千輝は立ち止まり、腹を抱えて笑う。

「そんなわけない。ぼくにしても、従者やおとなの連れがいないときは、知らない通りには入らないよ」

外城に住んでいる周千輝ですら、用心深く決まった道で童科書院に通っているのだと、阿燁たちは改めて『外の世界』に対する畏怖《いふ》を深めた。

だが、その畏怖も、かれらの目的を妨げはしない。

泳ぎを学ぶために浅瀬の水遊びから始めるように、阿燁と天賜は周千輝に連れられて外城を探険した。劇場や講談堂、皇城内では売ってない書籍を扱う書店や貸本屋、古着を扱う露店などを物色して回る。見え隠れしながらついてくる阿燁の護衛は、せわしなく動き回る少年たちの足跡を辿《たど》るのに苦労していたが、子どもたちはかれらの存在をすっかり忘れて、気ままな町歩きを楽しむ。

その一方で、本来の目的である薬種屋や肉屋の場所を記憶に刻み込んだ。

周千輝の家にも招かれ、そこで昼餐《ちゅうさん》に加わることで、身元の確かな商宅との縁故が外城にできたことを親に告げる。天賜の両親は息子に友人が増え、少年たちの世界が広がったことを喜び、行く先と帰宅時間さえ報告しておけば、外出を制限することはしない。

天賜も阿燁も、外城で見聞きしたことを話題にして、公務や家政で忙しい両親を楽しませ、信用を築いていった。そうして少しずつ帰宅時間を遅らせてゆき、坊門の閉まる時間ぎりぎりに帰っても、軽い小言で済まされるようになった。

阿燁の護衛と星家の下男は、朝は童科書院へ阿燁たちを送り届け、外城へ出かけるときは夕刻に周千輝の家に迎えに来るという習慣が、徐々にできあがってきた。阿燁と天賜は少しずつ水の深いところへと、手探り足探りで進んでいった。

周千輝から近隣の条坊図を手に入れたふたりは、代返を頼んで童科書院を抜け出し、薬種屋では硫黄《いおう》を買い、硝石を求めて燻製《くんせい》肉を扱う肉屋を訪ねて歩いた。

「もらいものの生肉が余ってしまったので、母さんに塩硝を分けてもらってこいって、ことづかったんです」

本来ならば、家族内で食べきれなかった生肉も、肉屋に持ち込んで手間賃を払い、塩硝漬けにしたり、燻製にしてもらったりするのが常識というものだ。だが、そのわずかな手間賃さえも惜しむ家の子を装い、憐《あわ》れっぽく頼み込む天賜に「見かけない顔だな」といぶかしみながらも、「これで間に合うか」ひとつかみの塩硝を分けてくれる肉屋の主人は、三人にひとりはいる。

そして一度行った店には、顔を覚えられないために二度は行かない。

「下手を打たなければ、またいつでも出かけられるからな」

初夏も過ぎつつある日の午後、天賜の離れでくつろいでいた阿燁は、兄貴風を吹かしながら言った。

「うん。でもやっぱり人の目は怖いね。賑《にぎ》やかな通りでも、跡をつけられたりするんだ、って思ったよ」

街中で、怪しげな男に尾行されていたことに最初に気づいたのは、天賜であった。

「またか。これで三度目だな。掏摸《すり》でもないんだろう？」と阿燁。

「ひとさらいかな。子どもを狙うっていうだろ。阿燁はもうおとなと同じくらいの背丈だから近づいてこなかったけど、ぼくが阿燁から離れたら、さらうつもりだったんじゃないかな」

視線を感じた天賜は、男が尾《つ》けてくると確信してからは、阿燁の袖《そで》を握って放さず、店巡りを切り上げて皇城へと逃げ戻った。あとになって思い返すたびに、ぞっとする。そちらの界隈《かいわい》には二度と戻らないのだが、別の通りでも見かけることがあり、ふたりは気味の悪い思いをした。

「顔を覚えられたのかな」

「かといって、あんまり変装を凝らして貧乏すぎる見た目にしても、物乞《ものご》いと思われて、店に入れてもらえない」

筆より重たいものを持ったことがないとされる童生が、巷《ちまた》の庶民の子どもを演じる難しさを実感するふたりだ。とはいえ、実際には鍛錬の師もついているし、秘密の趣味にはそれなりの腕力を必要とするので、機敏に動こうと思えば動けるし、重たい物も持ち運べる。ただどうしても、天賜はもちろん、家では腕白な阿燁でさえ、巷の喧噪《けんそう》に置かれたときのおっとりとした印象は、場違いな空気を作ってしまうのだ。

「まあ、少しだけど塩硝は手に入ったから、夏の間は実験を続けられる。それにみんなが河北宮《かほくぐう》に出発したあとは、臭いを気にせずに離れの堆肥《たいひ》を煮詰めたり、天日干しにしたりできるから、硝石の結晶づくりもはじめられるし。外出はしばらく保留にして、そろそろ避暑地への行幸についていかない理由を、考えないといけないな」

知らない街を歩き回ることが楽しくなってきたところだったので、阿燁としてはここでやめてしまうのは残念だ。だが、天賜の優先度は明確で、初心に返って次の計画に進む。

「でも、行幸はまだ少し先のことじゃないか。それまで何をするんだ？」

天賜は自慢げに鼻を鳴らして、紙でも布でもない、柔らかな素材に文字や絵を綴《つづ》った書籍を引っ張り出した。

「この異国語の書籍、思った通り錬金術の本だった」

不思議な手触りのその紙は、仔羊《こひつじ》や山羊《やぎ》の皮で作った、羊皮紙《ようひし》なるものだという。

「京南の露店市で、投げ売りしていたやつだろ。読めもしない異国の文字で書かれた本を言い値で買うとか正気か。だから変な男に跡をつけられるんだぞ」

「まったく読めないわけじゃないよ。少なくとも表紙の題字が読めたから、買い求めたんだ」

天賜の父は、異国の書籍を多く所有している。病弱だった父には、西方出身の薬師が療母としてついていた。だから、父の書庫には西方の医療や薬種関係の文献がそろっているのだ。

「錬金術って、練丹術と違うのか」

懐疑を込めた口調で、阿燁は訊《たず》ねる。

「練丹術は、一口で言えば不老長寿の薬を調合する学問だ。不老長寿はともかく、病気や体質改善に効く薬は作れているから、医療の役には立っている」

「で、錬金術とは？」

「鉛や銅とか、卑金属から黄金を作りだそうという研究だよ」

阿燁は首を捻《ひね》る。

「練る物も、作り出す物の方向性も、全然違うんじゃないか」

「ぼくにとっては、共通する部分がある。この錬金術の本に、西方の『燃える水』の秘密が書かれていたら、ひと月分の小遣いを擲《なげう》って買い求めた価値はある」

興奮気味に両手で本を掲げる天賜に、阿燁が冷静な指摘をする。

「でも、読めないだろ」

「父さんの書斎に辞書があるから、翻訳すればいい」

眉間《みけん》に皺《しわ》を寄せて反論する天賜に、阿燁は「ふうん」と鼻を鳴らした。天賜は乗り気でない友人の態度を気にせず話を続ける。

「練丹術は鉱物の医療利用に言及しているけど、錬金術は鉱物や金属の特性そのものを研究しているんだ。例えば、銅の粉は緑色に燃えるだろ？　塩は黄色っぽくて、石灰は塩より濃い橙色《だいだいいろ》だ。適当な鉱石を砕いて燃やすと、炎の色も変わる。だけど、その辺で拾ったり買ってきた石だと、試しに砕いて燃やしても、燃えなかったり、前の実験と同じ結果が出なかったりする。ぼくは、確実に欲しい色の炎を出す鉱石の名前と、その産地を突き止めたいんだ」

幼馴染《おさななじ》みの熱弁を、阿燁は黙って聞いている。

童試《どうし》に受かって国士太学《こくしたいがく》へ進み、さらに勉学に励んで官僚登用試験に合格し、官僚への道を進むことが期待されているふたりにとって、鉱物を燃やして得られる色の研究は、まったく将来の役には立たない。だが、手探りで炎の研究に打ち込む天賜の表情はとても楽しげに輝いている。阿燁にはそのように夢中になれる趣味はない。

「それに、うかつに燃やすと、気を失って死んでしまう毒の煙や気体を出す物もあるんだ。そういうことがちゃんと書かれた本があれば、もっといろんな実験ができるだろ？ 錬金術は、練丹術と同じくらい長い歴史があるらしいから、先達の失敗から学ぶことができるかもしれない」

そう思えば安い買い物だと、天賜は異国の書物を掲げて、興奮気味に上下に振った。

城下巡りを一段落と終わらせたのは、予定外の出費で軍資金が尽きたからだろう。

読めない文字や、何とも判別し難い挿絵のある西方書の頁を、熱心にめくる天賜を眺めつつ、当分は城下へ微行する予定はなさそうだと、阿燁はほっと息をつく。

誰にも知られずに市井を歩き回るのは楽しかったが、最近になって母から外出は控えるように言われてもいたからだ。ここのところ父の帰りがいつもより遅くなっているのは、城下で不審な火災が続いているからだという。暖房のために室内で火を使う冬ならばいざしらず、厨房《ちゅうぼう》か灯火くらいでしか火を使わないこの季節にしては、火災の件数が多すぎるのだと。

後宮に仕える父は、皇太子の教育係が主な仕事だと聞いている。それが巷の連続火災とどう関係するのか、阿燁にはわからない。皇太子はもうとっくに成人しているので、教育は朝廷に仕える学者たちの仕事となっているはずだ。きっと皇太子宮の総監のような立場なのだろう。相変わらず忙しく、自邸で家族と過ごす時間は短かった。

天賜の火遊びと城下の火災に、何の関係もないことは、いつもいっしょに行動している阿燁が一番よく知っている。だが、ことがどちらも『火』に関することであるから、世間の目を惹《ひ》くような行動は避けるべきだろう。それでなくても、自分たちは目立つ。

天賜は父の書斎から異国語の辞書を借りてきて翻訳を始めた。単語をひとつずつ拾っては、対応する金椛《ジンファ》語を探す。単語の意味がわかっても、文法を知らなくては文章の意味を理解することはできない。だが、天賜はそんなことにお構いなしに、知っている単語が出ていると興奮し、金椛語に置き換えることに喜びを覚えている。

阿燁は窓を開いて、初夏の風と陽射しを屋内に通した。白湯《さゆ》を一口飲んで喉《のど》を潤し、持参した経書のひとつを開いて、読むともなしに眺めては、頁をめくった。


進捗《しんちょく》を報告するため、五日毎に登城する澳飛は、四回目の謁見を待っている間に、翔皇太子に呼び止められた。今日は駿王のみを伴っている。かれらはほぼ同年だが、駿王は幼いときに実母を亡くし、皇后宮に引き取られたという。幼少期から少年期までともに皇后宮で育てられたせいか、駿王は後宮を出た後も、翔皇太子の第一の側近として付き従っている。

皇太子と同行している駿王の姿はよく見かけるが、澳飛は駿王の声を聞いたことがほとんどなかった。澳飛が後宮内の学問所に通う年には、駿王はすでに後宮を出て城下に王府を構えていた。それもあって、父を同じくする兄弟でありながら、影のように皇太子に付き従う駿王の人柄を、澳飛はよく知らなかった。

「最近は忙しくしているそうだが」

皇太子に声をかけられた澳飛は拝礼しつつ、公務の内容を話してもいいものかと迷いながら、返す言葉を考えた。

「陛下に公務を賜りました」

澳飛の背後に控える彌豆《びどう》にさりげなく顎《あご》を向けて、とりあえずそう答えた。青蘭会の宦官《かんがん》を連れていることが、詮索《せんさく》を避ける口実になるだろうか。

「そうか。大変だな。河北宮へは来るのか」

翔皇太子は公務については訊ねず、間近に迫った避暑地への行幸に話題を変えた。

「そなたは、河北宮に荘園《しょうえん》を賜っていたかな」

領地はもらえずとも、宗室の皇族であれば、夏のあいだ後宮と朝廷が移る避暑地には邸《やしき》が与えられる。王爵持ちには荘園も与えられるのが通例だが、澳飛はそのどちらもまだ下賜されていない。これは後宮を出ていくらもたたないうちに喪が続いてしまい、避暑に同行することがなかったために、先送りになっていた案件だ。

「まだです。母の喪が正式に明けるのが来年の春ですので、遠出はできません」

「では、この夏も都に留《とど》まるのか」

微《かす》かな同情と、何か他の思案が交ざったような眼差《まなざ》しで、澳飛に訊ねる。

「公務もありますので、おそらく」

「それは残念だ」

本当にがっかりした声で、翔皇太子は肩を落とした。

「馬上打毬《だきゅう》の御前試合が秋にあるだろう？　我々が乗馬をこなすようになったころから、陛下の趣味で始まった後宮行事が、いまや国を挙げての中秋の風物詩となっている。その御前試合で、澳飛は私の騎手団に入る気はないか」

「太子殿下の、ですか」

澳飛は戸惑い気味に問い返した。澳飛が物心ついたころには、皇族を主将とする馬上打毬の対抗試合は、すでに恒例の宮中行事となっていた。そして現在、皇太子とその取り巻きはもちろん、宗室を離れた従兄弟《いとこ》にあたる王侯でさえ、それぞれ馬上打毬の騎手団を所有している。

従姉《いとこ》の叔玉公主のように。

とはいえ、そのためだけに騎手を雇って訓練し、必要な馬の数を揃えるには莫大《ばくだい》な維持費がかかる。澳飛のように形だけ爵位と邸宅を授かった皇族には、負担の大きな娯楽であった。

「私は試合には出られないからな。馬術も打毬も、子どものころから訓練を重ねてきて、ひとかどの自負はあるというのに、参戦できないのはまったくつらい。陛下のご不満がよく理解できる」

翔皇太子は鼻に皺を寄せて、駿王を横目で見てうなずき、愚痴をこぼした。

皇太子に怪我などさせられないので、試合に出ても敵の騎手は手加減をしなくてはならない。それでは公平な試合など望めないということで、皇太子は父帝と母后と同じ、殿上の席から試合を観戦する。

「それだけに、我が団には厳選した騎手を集めたい。澳飛の馬術には以前から注目していたのだ」

駿王も控えめな笑みを湛《たた》えてうなずいている。皇太子の馬上打毬騎手団の主将を務めているのは駿王であるから、澳飛を推薦したのはかれかもしれない。

皇太子に勧誘されていることに、澳飛は少なからず驚いた。澳飛は後宮にいたころも、王府を構えたのちも、異母兄弟たちとは親しくつきあってこなかった。ただ、皇太子とその取り巻きと疎遠なのは、年が離れているためである。年の近い皇子たちと距離を置いているのとは理由が異なる。

「それは、光栄です」

澳飛は両手を握って、軽く揖《ゆう》をした。翔皇太子は澳飛の反応に微笑む。

「河北宮では練習に励むことになるので、もしもまだ邸か荘園を賜っていないのであれば、あちらの太子宮に滞在してもらってもいいと考えていたのだが」

翔皇太子は、ふたたび残念そうに眉《まゆ》を寄せた。澳飛もふたたび頭を下げる。

「夏が終わる前に公務が片付けば、報告のために河北宮まで参らねばなりませんので、そのときに厩舎《きゅうしゃ》の一隅にでも滞在させていただければ光栄です」

澳飛の返答に、皇太子はにこりと微笑んだ。

「こちらこそ、よい返答を聞けて嬉《うれ》しい。厩舎などと言わず、主殿に部屋を用意させよう。とはいうものの、河北宮の厩舎は豪邸とも見まがうほど大きい。冬の干し草を蓄えておく屋根裏は、夏のあいだは風通しが良くとても居心地が好《よ》いぞ。子どものころは、よく厩舎の屋根裏で昼寝をしたものだ」

同意を求めるように微笑みながら駿王に目配《めくば》せをする。駿王は小さくうなずいた。

皇太子直々の夏宮への招待に、澳飛は丁寧な揖とともにふたたび礼の言葉を添えた。

立ち去る二人の異母兄を見送り、澳飛は父帝の待つ北斗院へと急いだ。

翔皇太子に声をかけられたのは、純粋な驚きだった。宗室の皇子も二桁《ふたけた》台となると、成人後の待遇はあまり期待できない。母親の出自や地位が高く、生まれた時期も早い異母兄たちとの対等な交際は、はじめから望めなかった。

澳飛は思考を切り替え、この日に報告すべき進捗について頭の中の整理を始めた。

十日をかけて調書を整理し、次の十日で火災の現場を訪れ、周辺の住人の証言と報告書を突き合わせ、失火であったかどうかの裏付けをとった。住人の失火が明らかな件を除外していくと、この三ヶ月で十五件の異臭を伴う放火疑惑に絞られてきた。月に五回の計算である。関連性を考察すべく、今日は新たに制作した地図を彌豆に持たせて持参している。

その日は陶少監も北斗院に控えていた。昼餐《ちゅうさん》は雑談には及ばずそうそうに終わらせ、別室の大卓に澳飛が作った地図を広げる。

「異臭を伴った火災に共通するのは、酒楼や茶楼、娼館《しょうかん》など、飲食を提供する施設で発生しているということです。出火元も厨房《ちゅうぼう》であることから、失火に見せかけるためでしょうけど――」

「火災の間隔は三日から半月と一定ではなく、発生場所にも互いの距離や順番などの規則性は見られません――」

「それらの現場はすでに建物の解体や、小火《ぼや》ですんだ建物は改修が済んでしまっていたので、臭いも残っていませんでした。そして、私が調書を整理していた十日間のあいだに、京北で一件、京西で二件、京南で四件の火災が発生したとの報告があったので、現場に足を運んできました」

ほう？　と父帝が興味深げに小さな息を吐いた。ごく一瞬、顔を傾けて斜め後ろの陶少監と目配せを交わした気配がしたが、澳飛は卓上の地図を見つめつつ、次の説明を考えていたので確信はない。

「そのうち一件は一般の住宅で、料理中の竈《かまど》に油をこぼしたために厨房で起きた小火でした。こうした火災は季節に関係なく月に一、二度は起きていると京師府の役人が言っていました。皇城ではあまり聞かないので、正直、驚きましたが」

「そうでもなかろう」

不意に、父帝が口を挟んだ。澳飛は思わず言葉を途切らせて、地図から顔を上げた。

父帝は目配せで陶少監に発言を促した。陶少監は衣擦《きぬず》れの音すら立てずに進み出た。

「皇城は広大な邸が多く、建物の間隔が広いので、どこかで火災が起きても延焼する可能性は外城よりは低いのです。またそれぞれが敷地内に複数の井戸を所有しています。宮城の濠川《ほりかわ》はもちろん、城壁外より引き込んでいる運河の間隔も狭いので、皇城内ではどこにいても水が豊富です。官人街の邸宅では運河より庭園に水を引き、繁華街は運河や用水路を街区の境としていますので、失火があっても速やかに消火が行われます。防火衛が出動することは滅多になく、ゆえに京師府に報告もされません」

澳飛は地図を見下ろした。

「そういえば、後宮でも小火はよくありましたね。蠟燭《ろうそく》の火でさえ、ちょっとした不注意であっという間に燃え広がってしまいます」

宮殿のあちこちに水を満たした防火桶《おけ》が常備されていた光景を、澳飛は思い出す。水桶は美しく塗装され丁寧に積み上げられていたので、気に留めたこともなかった。

改めて地図を眺めると、陶少監の説明通り、京師府に記録が残るような火災は、住宅の間隔が狭く、水路から離れている場所であることに気づかされる。しかし、そうではない現場もある。澳飛はその印が置かれた里坊を指して、話題を戻した。

「京南の火災はいずれも酒楼の厨房で、そのうちのひとつはここ数日閉店していた上に、確かに異臭が漂っていました」

澳飛がそう言った刹那《せつな》、父帝の目がきらりと輝いたように見えた。表情は抑えているが、唇の端がいまにも上に向きそうに震えている。澳飛の視線に気づいた父帝は、いつのまにか握っていた笏《しゃく》を口元にあてて軽く咳払《せきばら》いをした。

「ふむ。それで？」

「私が向かったときには、火元は厨房と断定され、炎上した部分の撤去が始まっていました。硝煙の臭いについては、京師府の役人が燻製《くんせい》用の塩硝に引火したのだろうと判断していたので、それ以上は追及できませんでした。京師府は火薬が使用された連続放火の可能性について、知らされていないのですか」

澳飛の問いに、父帝が陶少監へと振り返る。陶少監が口を開いた。

「肉の燻製は肉屋の専売です。飲食を提供する店では、燻製肉作りはできません。硝石の売買には、塩の卸や販売と同様に免許が必要で、無免許の者に硝石を売れば、売った者が罪に問われます。京師府の官吏が、それを知らないはずはないのですが」

火事場で嗅《か》いだきな臭い空気が、澳飛の鼻腔《びこう》に蘇《よみがえ》る。

父帝は胸元で笏をパタパタと叩《たた》き、澳飛に向き合った。

「そなたにこの調査を任せた理由を、察することができるか」

父帝の真意など知りようもない上に、どのように答えれば、父帝の気に入るのか、澳飛には想像もつかなかった。そのため、正直に感じた通りに答える。

「私の実務能力をお試しになったのではありませんか。事件の解決能力があれば、なお良かったのかもしれませんが。調査だけですでに二十日もかけてしまいました」

父帝は澳飛に楽しげな微笑を向ける。

「ひとりで都じゅうの京師府から数十件に上る調書を集めて分析し、個々の現場で証言の裏をとり、さらに新たな事件の現場にも足を運び、一連の現象について報告書をまとめ上げるとなれば、二十日はかかって当然であろう。また、懸案の事件のみでなく、各京師府の対応や現状にも言及してあるのは、とても興味深かった。すでに完成され、幾世代という年月を重ねて膨張してしまった組織は、その内側でどのような腐敗や不正が行われているか、調査が難しい。まともに仕事をしておらず、機能もしていない役所もあると聞くのだが、改革に手をつけようとすると反発も激しい。東廠《とうしょう》のごとき特務機関の者を探りにやらせても、調査の目的を深読みされて警戒されるばかりである。かといって、錦衣《きんい》兵に捜査をやらせれば高圧的に過ぎて、貝の口のこじ開け方も知らぬ連中ばかりだ」

年若い皇族に任される些末《さまつ》な事件の調査は、単なる点数稼ぎの暇つぶしと解釈され、怠慢な役人には警戒されずに話を聞き出せるということだろうか。

「京師府の綱紀引き締めは、また別の機会に譲るとして、澳飛よ」

父帝は笏の先を十六番目の息子に向けた。

「この連続放火とみられる事件を、解決してみたいと思わぬか」

事件に深入りすることに危機感を覚えた澳飛は、とっさの返答に躊躇《ちゅうちょ》した。

初めに依頼された、各京師府で解決済みになっていた火災に関する再調査は一通り終わった。直近の被害も加えた考察を終えて、同一犯と推察される連続放火に、火薬の使用が疑われることも報告できた。そして、直近の現場で嗅いだ硝煙の臭いと、場の空気に漂っていた違和感の正体は、彼自身も気になっていた。

「さらに踏み込んだ捜査を、お任せいただけるのであれば。謹んでお受けします」

父帝は満足げに微笑み、何度もうなずいた。

「そう言ってくれると思っていた。必要な物品や人手の手配、門限後の坊門の出入りなどは、すでに渡してある銀牌《ぎんぱい》が有効だ。もしも雲行きが怪しくなるようならば、腕の立つ錦衣兵を幾人か見繕っていくといい」

「ありがとうございます」

北斗院を退出した澳飛は、終始無言で影のように従ってきた彌豆《びどう》に話しかける。

「彌豆のおかげで、報告書が思いがけなく早く、陛下にもご満足いただける仕上がりになった。青蘭会の宦官《かんがん》は、皆そなたのように有能なのか」

彌豆はぴょんと背筋を伸ばし、顔を赤くして恐縮した。

「奴才《わたくし》など、末席も末席。上席の青蘭会士の方々と、比べられることすら論外です」

「その論外と自称する彌豆がこれほど役に立つのだから、感心しているのだ」

「は、恐縮です」

彌豆は歩きながら肩を縮こまらせる。

「陛下は錦衣兵を使う許可をくださったが、当面はそなたひとりで間に合いそうであるな。少なくとも私よりは腕が立つ」

青蘭会の武術がどれほどのものか、好奇心をそそられた澳飛は、毎朝のように彌豆を手合わせの相手としていた。皇族にとって、武術は嗜《たしな》む程度のものであり、臣籍に降《くだ》って軍人を目指すのでもない限り、本気で闘うことなど一生ありえなかった。ゆえに、邸内では体調を整える程度の型稽古《げいこ》の他は、趣味に数えられる弓の練習をするくらいであった。しかし、手を合わせる相手がいるからこそ、武術には面白さも張り合いもあると、澳飛は実感している。そして彌豆の実力は、かなりの訓練を積んだものだと、澳飛は率直な感想を抱いていた。

「とんでもないことです」

彌豆は重ねて謙遜《けんそん》する。皇族に怪我などさせられないなどと言えば、不遜にも手加減をして上から物を申していることになり、うかつに返事はできない。

「捜査続行の命を受けてしまったが、彌豆には迷惑ではなかったか」

青蘭会の末席よりも、さらに重要性の薄い第十六皇子の護衛兼助手よりも、後宮にいた方が出世の機会に恵まれるのではないかと、澳飛は気を回す。

「いえ、楽しいです」

思わず口から飛び出した言葉に、自らが驚き恐縮して、彌豆は両手で口を覆った。犯罪の捜査を面白がっていると、思われたくなかったのだろう。

「うむ。楽しいという言葉が正しいかどうかはともかく、私も気分が昂《たか》ぶる。何かに対して積極的に取り組もうという感情が湧くのは、久しくなかったことだ」

「穎王殿下には、楽しみとなるご趣味やお仕事が、なかったのですか」

「喪が続いたので、もろもろ控えねばならなかったのだ。そうでなくても、自ら仕事や人付き合いを求めて出て行く性格でもない。この三年近くの閉じこもりで、書を読む時間は、たっぷりあったが」

この事件を解決したら、澳飛に対する父帝の評価はどうなるのだろう。少なくとも、忘れ去られた有象無象《うぞうむぞう》の先細り皇族という運命からは逃れられる。澳飛は、自分自身は抜きん出て優秀ではないにしても、愚かで無能だとは思っていなかった。ゆえに、おのれの可能性を試す機会が与えられたことに、無自覚ながら興奮していた。

第四章　夏休み

夏の陽射しは厳しい。

三重の城壁に囲まれ、運河や水路が縦横に走り、大通りから路地までも石畳に覆われた、人口の密集する帝都の夏は蒸し暑く耐え難い。

誰もが体調を崩しかねない猛暑の季節を、朝廷をあげて涼しい北部に行幸するのは、富裕層にとって不可欠な行事である。

「あー。やっぱり暑いなぁ」

星家の露台に並べた長椅子に、ほぼ肌着だけのふたりの少年が寝そべり、団扇《うちわ》で胸元を扇《あお》ぎながらぼやいている。じっとしていても額には汗が滲《にじ》み、こめかみから首へと汗の粒が伝い落ちる。

「人が少なくて静かなのはいいけど、こう蒸し蒸しと暑い日ばかりでは、実験をする気になれない」

落胆した声でつぶやくのは天賜だ。

「この状態で火を燃やしたら、おれたち干からびてしまう」

自分で口にした『火』という言葉に、いっそう暑さを意識したのか、阿燁はさらに団扇を大げさに扇いだ。天賜は上体を起こして、友人に真面目な眼差《まなざ》しを向ける。

「それ以前に、暑さで注意力が続かなくては事故を起こしてしまうから、無理はしないって意味だよ。親の留守中に火事になったら大変だからね。特に人の減った官人街は、防火衛も人手が足りない」

阿燁も起き上がって、汗ばんだ顔を引き締めて幼馴染《おさななじ》みを見つめ返す。

「そこが前から不思議なんだが、阿賜はそんなに事故を怖がっているのに、どうして火遊びが好きなんだ？　火薬の配合も、臆病《おくびょう》なくらいに燃材をちょっとずつしか増やしていかないから、おれにはその量……比率、っていうんだっけ？　で燃える時間や勢いがどう変わっているのか、さっぱり区別がつかない」

天賜は首に巻いた綿布で汗を拭《ふ》き取り、かたわらの冷まし湯で喉《のど》を潤す。阿燁もつられて茶碗《ちゃわん》に手を伸ばし、すっかりぬるくなった白湯《さゆ》を飲んだ。

「そりゃ、事故が怖いからに決まってるだろ。実際、練丹術で名を残した術士は、一度は家を全焼させるもの、とまで言われているからね」

「聞いたことないよ」

どこまでも生真面目に応じる天賜に、阿燁はあきれた口調で言い返した。

練丹術そのものが胡散《うさん》臭い学術あるいは思想なので、一般の人間はその概要など知りはしないし、自宅を燃やしてまで求めるようなものでもない。

「阿燁の家には運河の水が引かれているんだろう？　だったらここよりは涼しいんじゃないかな。池も大きいから、安心して実験できそうだ」

「おれんちを燃やすなよ。というか、阿賜は父さんの図書館が目当てなんだろ」

天賜の顔に、ぬるっとした笑みが浮かんだ。図星を指されたときの表情だ。

「薬品だの鉱物だのの博物誌は、星大官の蔵書の方がいっぱいあるだろうよ」

「ぼくが読みたいのは、阿燁の父さんの書いた朔露《さくろ》抑留記の方だよ。まだ書き続けているんだよね」

阿燁は興味なげに、欠伸《あくび》をしながら応じる。

「写本があるだろ。皇帝陛下に献上する前の間違い探しと引き換えに、星大官が最初の複製本を作っていいことになってるって、母さんに聞いたぞ。それも、似た内容を何度も書き直した退屈な本だぞ。おまえたち、親子でつまんないの好きだな」

「間違い探しじゃなくて、校正。実際に朔露軍に抑留されたことがあるのが、うちと阿燁の父さんだけだから、記憶違いや異国の習慣とかの確認に時間がかかるし、他のひとの従軍経験も付け加えると、注釈も増え続けるんだ。それに、こっちの父さんも忙しいから、写本できないまま目を通しただけで返してしまった巻もあるんだよ」

「ふーん」

熱心に語る天賜に、阿燁は心から関心のない相槌《あいづち》を返す。だが、すぐに思い直して団扇を長椅子の上に置いた。

「じゃあ、うちに来るか」

星家は長男の天賜を残してみな、河北宮へ避暑に行ってしまった。この家には、阿燁と遊びたがる幼い子どもたちはいない。天狗《てんこう》たちも、涼しい気候を選んで家族一同についていった。

天賜が『実験』をしないのなら、星家に入り浸る理由もない。

それに阿燁の家なら、氷室《ひむろ》があるので氷菓子が食べられる。

「行こう！」

返事とともに立ち上がった天賜は、着替えのためにいそいそと奥へと駆けてゆく。阿燁も袖《そで》なしの衫《さん》を取りに、幼馴染みのあとを追った。


陶家の書庫は壁が厚く、直射日光を避けるため窓は小さい。だがその一方で床が高く風通しは良いので、日中のもっとも暑い時間帯をやり過ごすには、最良の場であった。とはいえ、天賜ほど読書家ではない阿燁は、すぐに退屈してしまう。幼いころのように、小さな窓から差し込む陽光を眺め、その光の帯の中で舞い踊る埃《ほこり》を眺めていても、まったく気分は紛れなかった。

天賜は鼻息も荒く陶家の蔵書を片っ端から手に取り、目当ての知識が詰め込まれた書籍を探し回った。いくつかの書巻や冊子を引っ張り出しては、阿燁には真似のできない速さで巻物を斜め読みし、冊子の頁をめくり、次の書籍に手をかける。

「何を探しているんだ？」

少しは手助けができるかと、阿燁が訊《たず》ねる。

「第二次朔露《さくろ》軍侵攻のときに使われたという、爆裂火毬《ばくれつかきゅう》の記録がないかな、って」

「使った記録はあったとしても、作り方までは書いてないと思うぞ」

阿燁もいくつかの書籍を手に取って文字を追ってみたが、どうにも目が滑る。興味のある内容であれば読書も悪くないのだが、父の書庫は記録物が多く、退屈な書籍ばかりで、半刻《はんとき》と読み続けられるものはない。天賜の姿はいつしか消えて、何列にも並んだ書架のどこにいるのかすら、わからなくなってしまった。

阿燁は膨大な過去の遺物、あるいは死んでしまった人々の記憶に囲まれた、静謐《せいひつ》だがどこか圧迫感のある空間に閉じ込められた気がして、息苦しくなってきた。外へ出れば暑さにやられてしまい、動けなくなる。かといってじっとしているのも退屈で耐え難い。そんな阿燁に、いつの間にか戻ってきていた天賜が目当ての書籍を探すのを手伝わせようとした。しかし阿燁はすでに、ひんやりとする風の通る場所で、昼寝を決め込んでいた。

「やることがないのなら、受験勉強したらいいのに。父さんたちが河北宮から戻って、どれだけ進んだのか訊《き》かれてから、読んだ本の概要や論文が書けていないって慌てることになるんだぞ」

友人の小言も子守歌に聞こえるらしく、阿燁の穏やかな寝息が妨げられたようすはない。天賜は幼馴染みの邪魔をするのはあきらめ、書架の森へと戻って智慧《ちえ》の海の探索を続ける。

数刻のち、阿燁は気温が下がり始めたのを肌で感じて、すっと目を覚ました。天賜もまた、暗がりで書を探しては読み続けることに疲れたらしく、目をこすってぼんやりと書架に並ぶ棚の付箋《ふせん》を眺め、襲ってくる眠気と闘っていた。阿燁は天賜に庭で遊ぼうと声をかけて、外へ連れ出した。

いつもはひっきりなしに人の出入りする陶邸であったが、阿燁の祖父と両親が不在の陶家は、いつもの半分も人影を見ない。河北宮へ随行しなかった使用人の中には、休暇を取って帰省している者も少なくないという。祖母は自力で歩くことも難しいため留居をしているが、阿燁は朝夕の挨拶《あいさつ》以外では、祖父母の邸《やしき》に寄りつかない。

いつもはあちらこちらで何人もの庭師が働いている庭園も、梢《こずえ》や草花が風に揺れるばかりだ。当主のいない阿燁の自宅はひっそりとしていて、少年たちにとっては広大な遊技場であった。陶家の跡取りである阿燁でさえ、見たことも入り込んだこともない場所は数知れず存在していた。

「ていうかさ、阿燁が自分の家のこともよく知らないのは、うちに入り浸っているせいだよね」

天賜の指摘に、阿燁は眉《まゆ》を寄せた。

「うちは出入り禁止の場所が多すぎるから、広いばかりで面白くない。今年も、留守居中は庭の植物に手を触れるなって、きつく言われた」

不満げにつぶやく阿燁の横を歩きながら、天賜はいささか同情気味に見上げた。

「陶のおじさんって、阿燁に厳しいよね」

天賜の言葉に、阿燁はピタッと足を止めて振り向いた。

「な、天賜もそう思うだろ？　童科書院でよその父親がどんなか聞いたら、長男とか跡継ぎには、もうちょっとこう、甘いというか、そういうところがあるみたいなんだけどな。うちの父さんが、星大官みたいにニコニコして話すのを、見たことがない」

「夫人にも？　すごく仲がいいんだろ？」

「うん。父さんが家にいるときは、ずっと一緒にいるよ。それこそ、他に誰もいないみたいにさ。というか、母さんが父さんにひっついているんだ」

阿燁は少し寂しそうに返答する。そこに自分が入り込む隙がないと、阿燁は付け加えたいかのようであった。

「そんなことないだろ」

天賜はぼんやりとした幼児のころの記憶をたぐり寄せる。星家と陶家は、天賜が生まれる前から、家族ぐるみでの付き合いだったという。天賜もまた、四、五歳くらいまでは、両親に連れられて陶家を訪れることはよくあった。どちらかの父親が昇進か異動で忙しくなり、天賜には弟妹が増えて母があまり外出できなくなった。

だがそれでも、いくつかの季節で、阿燁が父親に連れられて庭を散策する光景や、両親の茶飲み話中に、陶玄月の膝《ひざ》の上で菓子を頬張る阿燁の姿を憶《おぼ》えている。そのときの陶おじさんの柔らかな笑顔もまた、思い出せる。

天賜がそう話せば、阿燁は池端で足を止めた。澄んだ水の中を、ひらひらと泳ぐ金魚を眺めて考え込む。金魚たちは餌がもらえると思って集まってきた。阿燁は足下の砂を水面《みなも》に蹴《け》り込み、集まってきた金魚は餌でないことを知って散っていく。

「そうだな。小さかったころは、たまにだけど遊んでくれた。いつもは離れの書斎に籠《こ》もって書き物をしていてさ、おれが退屈して会いに行くと、庭歩きに連れ出してくれた。でも、花をむしるとめちゃくちゃ怒られた。この庭の花はみんな母さんのものだから、千切るなってさ。で、おれの花はないのかって訊いたら、『ない』って」

「えぇぇ」

天賜は同情の声を上げた。

「それは、千切っていい花はない、って意味だったんじゃないかな。阿燁が自分で育てて世話をしたい、って言えば、きっと阿燁の花とかも――」

阿燁は天賜の言葉を遮るように砂を蹴った。水面にいくつもの波紋が広がる。

「五歳児に何を期待してんだよ。天賜だって、小さかったときは草花を蹴《け》散《ち》らして、転げ回っていたじゃないか」

「それはそうだけど」

当時の星家では今は亡き母天狗《てんこう》を含めて三頭の天狗を飼っていた。さらに小さな子どもが多いことから、遊び回る空間が確保されていた。観賞のための美しい庭園はなく、両親は菜園や果樹園、薬草園を自らの手で丹精していた。毒性のある危険な植物もあっ

いた。そのこともあって、天賜は入って良い場所といけない場所の違いを早いうちから理解していたし、弟妹たちのしつけにもかかわってきた。

言われて見回してみれば、陶家の庭園は小さな子どもたちが気兼ねなく遊び回れる場所ではない。星家にくるたびに、庭園から馬場まで天狗たちと走り回っているような阿燁には、実家はやたらと気を遣うだけの、退屈な場所であろう。

「そうだ！　陶家には馬場があるじゃないか。馬術を練習できるような馬は、一頭も残っていないの？　阿燁は自分の馬をもらったんじゃなかったっけ。ほら、陛下から賜ったって自慢してなかった？」

「震駿《しんしゅん》か。十歳になったときにいただいた馬だけど、ちゃんと世話できなかったから、おれの馬じゃなくなった」

急に思い出したかのように、阿燁は踵《きびす》を返して歩き始めた。厩舎《きゅうしゃ》へ向かっていると察して、天賜はあとをついていく。

「十歳なのに、自分で世話をしないといけなかったの？　あんなに大きな生き物だよ。天狗の世話だって、けっこうたいへんなのに」

「だよな。いまのおれなら、ちゃんとできたかもしれない。でも、もうおれに懐かないんだ。何がいけなかったのかな」

馬を懐かせられなかった原因について、阿燁が天賜に話したことはない。本人もよく憶えていないのだ。初めて騎乗したときに震駭が暴れた原因は、いまもってわからない。落馬はしなかったので、大きな事故にはならなかった。ただ、その後しばらくは、鞍《くら》から放り出されそうになったときの恐怖と、歯を剝《む》き出しにして威嚇してきた巨大な獣に対する怖れのために、乗馬の練習はもちろん世話からも逃げ回っていた。

気落ちした幼馴染《おさななじ》みの空気を感じ取った天賜は、急いで慰めの言葉を探す。

「若駒は気性が荒れやすいっていうじゃないか。五年も経っていたら調教も進んで、性格も穏やかになっているかもしれない。そしたら乗りこなせるよ」

阿燁は苦笑いで応《こた》える。

「別に、他の馬なら乗れる。馬場の中なら問題ない」

背が伸びたこともあり、阿燁は最近になって乗馬の練習を再開していた。とはいえ、両親は従順な牝馬《ひんば》や、年を取った小柄な騸馬《せんば》を阿燁に与えていた。阿燁も敢《あ》えて震駭に近づこうとは思わなかった。

「そういえば、うちの牡馬《ぼば》には乗れていたよね。なら、その震駭だって大丈夫だろ」

風が出てきたので、汗も引いてきた。体を動かしたくなってきたので、話の流れで乗馬でもしてみようか、ということになった。

厩舎に着いたふたりは、中をのぞき込んだ。一家を挙げて北都へ行ってしまったので、一頭も残っていないのではと思ったが、奥の方で不機嫌に鼻を鳴らしている馬がいた。

阿燁はしかめ面になって吐き捨てた。

「よりによって、震駿だ」

なぜ七歳の馬盛りともいえる震駿が残されたのか、少年たちには理解できなかった。だが、静かすぎる厩舎に一頭だけ置き去りにされたようすが、なんだかとても気の毒に思われる。馬丁もおそらくひとりしかいないのだろう。暑さから逃れるために、どこかへ行ってしまったようだ。日中の厩舎には、誰もいない。

「勝手に連れ出すわけにもいかないな」

そうつぶやく阿燁に、天賜は「ちょっと待って」と母屋へ走り去る。汗だくになって駆け戻ってきた天賜は、厨房《ちゅうぼう》からもらってきたのだろう。籠《かご》いっぱいに詰め込んだ甘瓜《あまうり》や青菜を抱えていた。

「震駿とぼくは初対面だから、挨拶の贈り物が要る」

ふたりはおそるおそる厩舎の奥へと進んだ。人の気配を感じたのか、震駿は低い声で嘶《いなな》いた。前肢が床を掻《か》く音もする。馬房から頭を突き出した震駿の、黒い瞳《ひとみ》がふたりの姿を捉《とら》えた。艶《つや》やかな黒みを帯びた、美しい鹿毛《かげ》の馬だ。

「うわ、機嫌が悪そう」

馬の耳が落ち着きなく動き、歯を剝き出しにするのを見て、阿燁は困惑気味に囁《ささや》く。

「いや、よだれを垂らしているから、食べ物を催促しているだけだ。この瓜のにおいがわかるんだよ。厨房で半分に切ってもらったから」

天賜は、というより、星家の人々は動物慣れしているのだろう。天賜は父の星遊圭が十五歳のときに、皇帝から賜ったという名馬金沙《きんさ》の仔馬《こうま》の誕生に、何度か立ち会っている。なかでも今年四歳になる栗毛の金楓《きんふう》を、天賜は特に可愛がっていた。ただ、淡い黄色を帯びた薄茶の毛並みを持つ初代の金沙馬のような、美しい月毛の馬はなかなか生まれてこないのだが。

少年たちが近寄ると、震駿は首の鬣《たてがみ》が弾むほど激しく頭を上下に振った。天賜は急いで甘瓜を大きな桶《おけ》に入れて、その辺りにあった木の棒で、さらに小さく砕き割った。

それを、おそるおそる馬の鼻先に持って行き、床に置いた。

暑さで喉《のど》が渇いていたのだろう。震駿はふたりをにらみつけるように一瞬じっとしていたが、すぐに耐えかねたように桶に鼻を突っ込み、しゃっくしゃっくと音を立てて甘瓜を咀嚼《そしやく》し始めた。

ふたりして馬の両側から食べるようすを眺める。最初に果汁で濡《ぬ》れる馬の鼻に触れたのは、天賜の方だった。馬が機嫌を損ねないのを見て、阿燁も反対側から震駿の顔を撫《な》でた。震駿はたちまち桶を空にして、舌を出して底に溜《た》まった果汁を舐《な》めとろうとする。阿燁は桶を傾けて、震駿が果汁を舌ですくいとるのを助けてやった。

「あんまり水分を取らせたり、果物を食べさせ過ぎると、お腹がゆるくなるから」

人間がそうなら馬もそうかもしれないと、天賜は青菜や飼い葉を寄せて、震駿に勧める。震駿は不満そうに飼い葉を鼻で押しやったが、青い菜っ葉は不承不承といったようすで口に入れた。青菜をひと束ずつ交互に口にいれてやりながら、阿燁と天賜は代わる代わる震駿の首を撫で、鬣を指で梳《す》く。

「嫌われてないみたいだな」

阿燁はほっとした表情で、静かに息を吐きながら言った。

「嫌われるようなことを、したの？」

天賜の問いに、阿燁は唇を歪《ゆが》めて間を取り、それから告白した。

「落馬しかけたとき、怒鳴りつけたと思う。こんな馬、いらない、ってわめいて、癇《かん》癪《しゃく》を起こして砂を投げつけたかもしれない。あんまり、憶えてないけど」

震駿は無心に青菜を咀嚼している。

それほど昔ではないのに、はっきりと思い出せないのは、忘れてしまいたいほど恥ずかしいことだったからだろう。

「殴ったり蹴ったりとかじゃないなら、震駿は憶えていないかも。馴致《じゅんち》師も大声は出すからね。阿燁も大きくなったし。これから仲良くすればいい。明日《あした》、うちの金楓も連れてこようか。陶家の馬場の方がずっと広いから、走らせることもできる」

「いきなり？　うちの馬丁はどう言うかな」

陶家の使用人は、跡取りに対してとにかく過保護だ。突き指ひとつさせまいと、絶えず先回りをしては、つまずかないように小石を取り除くような育て方をしてきた。

荒々しい若駒であった震駿は、阿燁の記憶とは同一の馬とは思えないほど、いまは機嫌がいい。甘瓜に懐柔されてしまったらしく、阿燁や天賜の手を舐め回し、肩や頬にべとべとに濡れた鼻面を押しつけてくる。自宅の厩舎で何度も馬の出産に立ち会い、若駒の世話や調教を手伝ったことのある天賜は、てきぱきと震駿の機嫌を取る。それまで知らなかった幼馴染みの一面に、阿燁は感心するばかりだ。

そのようにして、家族不在となっている互いの家を行き来して、乗馬や読書を楽しんでいるうちに、雷雨や夕立の続く日が増えた。

「これなら、実験ができるな」

涼しい時間帯が長くなってきたので、天賜は離れで道具の手入れを始めた。

実験を見送っていたのは、暑さのせいばかりではなく、初夏に手にいれた錬金術の書を解読するためでもあった。

以前、阿燁がどうして実験を続けるのか訊《たず》ねたときは「だって、きれいじゃないか。もっといろんな色の炎を見たいと思わないのか」と問い返された。

天賜の博学ぶりは、医療に精通した父親と、薬学医術を習得した母親に育てられたせいもある。無数の医学書が積み上げられた父親の書庫には出入り自由であったし、秤《はかり》や薬研《やげん》などの使い方は、病がちな父親のために母親が毎日のように薬を調合するさまを見ていれば、自然に身についたのだろう。

「その知識と技術を、まったく別の方面に使っているよな」

阿燁にそう冷やかされても、天賜は「ふふん」と自慢とも笑いともつかない調子で鼻を鳴らす。否定するつもりはないらしい。

「せっかく親もいないことだし、夜にやろう。火がはっきりときれいに見える。阿燁はお祖母《ばあ》さんに外泊の許可をもらっておいでよ」

阿燁は二つ返事で是と答え、少し考えてから思いつきを口にする。

「なあ、銅の鉱石ばかり燃やしてるけど、みんな緑か青緑色だな。他にないのかな。紅とか桃色とか、紫とかさ。ほら、いつか話していた青白い鬼火とか」

「あれは燐火《りんか》というんだ。こんな風に蒸し暑い夏の、雨上がりの夜に発生するらしいよ。今夜辺り、どこかの墓場で燃えているかもしれないね。見に行ってみる？」

冗談なのか本気なのか、子どものあどけなさが残る顔で天賜が誘う。

「うん、まあ、墓場にはちょっと。下手に掘り起こしたら、捕まってしまう」

阿燁は鼻白み、あっさりと提案を取り下げた。天賜は予測していたようにうなずいた。

「実際、燐火の正体や、屍《しかばね》の何が燃えているのかわからないから、行ってもどこを探せばいいのかわからない」

あっさりとしたものだ。

「阿賜は幽鬼とか鬼火が怖くないのか」

顎《あご》に指を当て、天賜はじっくりと考え込んでから答える。

「幽霊は怖いかも。でも、鬼火や狐火なら捕まえて正体を見てみたい。季節や雨という条件があって、ひとりでに燃えるということは、燃材になる実体があるってことだろ？

あるいは、蛍は燃えているわけじゃないから、鬼火はもしかしたら、蠅のように屍に卵を産み付けて、成虫になると飛びながら発光する虫なのかもしれないね」

「それも気持ち悪いな」

阿燁としては、幽鬼や鬼火は普通の感覚として怖い。見たことがないから信じるのは難しいが、死んでしまった人間がふらふらと歩き回っていたら、やっぱり怖いと思う。だが、鬼火は何か実体のある生き物か、燃える何かだろうという天賜の考えは納得できるものだ。もしも蒸し暑い雨の夜に鬼火に遭遇しても、怖くないと思える。

「阿賜は、本当に十二歳か」

感心して訊ねる親友に、天賜は少し誇らしげに微笑み返した。

「錬金術の本に書いてあったんだよ」

天賜はそこで思い出したのか、急に話題を戻した。

「手に入りやすくて粉になるもので、いろいろ燃やしてはきたよ。鉛からできる白粉《おしろい》はきれいな青に燃える。うちに泊まっていくなら、見せてあげられるよ」

他にも実験した鉱石はあるのだが、燃やせるほど細かく砕くことが難しいとの説明も、天賜は加えた。本草経を広げて、話を続ける。

「石脂《せきし》なら簡単に手に入るけど、勝手に母さんの薬種庫から持ち出すと、誰かが病気したのかと心配されるから、実験に使ったことはない」

「せきし？」と眉《まゆ》を寄せて訊ねる阿燁。

「滋養強壮薬に使われる薬石の一種だよ。粘土質のものなら脆《もろ》いから粉にしやすい」

そこで天賜はにこりと笑った。

「でも、留守番用にお小遣いたくさんもらってるし、薬種屋で買ってきてもいいね。石脂は赤、青、黄、白、黒と色が豊富だから、炎もどんな色になるか楽しみだ」

親が不在であれば、好きなときに好きなところへ外出できて、欲しいものを逐一報告せずに買い歩くことができる。

「夏の留守番って、いいなぁ」

感極まったようすで天賜が叫ぶので、阿燁は苦笑する。

「別に、天賜の父さんと母さん、厳しくもうるさくもないだろ」

天賜は片手を上げて、顔の前で人さし指を立てた。

「こんなときに、心配されたり干渉されたりしないように、普段から信用される努力をしているんだ。受験勉強に集中したい、って理由で、留守番を任されるようにね。あとは、離れを燃やさないよう、実験の痕跡《こんせき》を残さなければ、この先も研究が続けられる」

思い立ったその日から、皇城内の薬種屋をいくつか回り、また市場などで見かけた玉石売りから水晶や珍しい玉、あるいは鉱石を求める。両手に抱えて笑いながら星邸に戻り、鉱石や晶石、石脂を砕いて粉末を作る。

そして、夜になってから一つずつ燃やして、試していった。

少年たちは、夏を満喫する。

朝廷と後宮が まるごと河北宮へ移動したのちは、澳飛は進捗《しんちょく》報告のために登城する必要がなくなり、捜査に集中できる時間が増えた。

涼しい早朝は城下へ出て京師府を回り、新たな火災について報告を受け、全焼した家屋から、調理中の失火と思われる小火《ぼや》まで足を運んで現場を観察し、放火容疑の有無を自身の耳目で確かめる。

「夏でも毎日のように、どこかで失火しているものなのだな」

自邸周辺では火事など見聞きしたことのない澳飛は、多少の驚きを込めて供を務める彌豆《びどう》に話しかける。彌豆は「そうですね」と相槌《あいづち》を打った。

「城下は家が密集している上に、酒楼などは一日中火を使っている。鍛冶《かじ》工房でも子どもが走り回っていた。よく事故が起きないものだと思うが、水を満たした防火桶《おけ》が辻々《つじつじ》に配置されていたり、大路に沿って水を湛《たた》えた暗渠《あんきょ》が走ったりしているので、即座に消火できて、大火は避けられているのだな」

庶民の生活を間近に観察することを、澳飛は楽しんでいるようであった。

「真冬になれば、どの部屋でも焜炉《こんろ》や火桶を使います。真冬のそれも空気の乾いた日に大風が吹くときは、うっかりすると小火でもあっという間に燃え広がります。そのような時季は、京師府も見回りを強化するそうです」

それでも、二、三年おきに里坊ひとつがまるごと燃え落ちるような大火事は起きると、彌豆は語った。人口の密集した京南であれば、里坊ごとに百軒前後の家屋を抱えている。何度も災害を経験して智慧《ちえ》を積み上げ、対策を講じても、人間の不注意による失火はあとを絶たないものであるかと、澳飛は考えた。

それなのに、わざわざ火を点《つ》けて回るやからがいることが信じ難い。

昼には王府に戻り、揃えた調書と帝都地図を眺め、現場の位置と日付の関連性を考察する。暑い盛りの日々も、澳飛は帝都じゅうの京師府を巡回しては、放火と思われる火災が報告されていないか確認し、あれば現場に足を運んで調査をしていく。

気がつけば猛暑もいつしか和らぎ始めていた。

彌豆は玄関に用意された盥《たらい》の水で手巾《しゅきん》を絞り、顔と首の汗を拭《ふ》きながら、感嘆の声を上げた。

「穎王殿下は、とても勤勉なお方ですね」

彌豆が従うようになってから、澳飛が一日も休んでいないことを指しているのだ。

薄墨色の宦官《かんがん》服では暑すぎる上に、城下では目立ってしまうので、彌豆は白い麻の中着に浅黄色の袖《そで》なし衫《さん》を重ねていた。そうしていると宦官には見えない。

青蘭会に属するのならば、二十歳は超えているはずであるが、つるりとした肌と丸みを帯びた顎の線のせいか、笑うと澳飛よりも年下に見える。

召使いから固く絞った布を渡された澳飛は、首筋の汗を拭きながら彌豆に応じる。

「このような公務をいただかなければ、帝都城下の隅々まで足を向けて、巷《ちまた》のようすを見て歩くことなど、なかったであろうな。それに、放火と思われる現場には、確かに他の火災とは異なる臭いがする。失火であれば、不始末をした者が名乗り出るものだが、不審火の場合は火元を明らかにできる者が判明しない。放置しておけば、やがて増長した放火犯が大火を招くことになるかもしれない。そうなれば都の被害は甚大だ。犯人を早々に見つけて、牢《ろう》にたたき込まねばなるまい」

しかし、都の地図に発生現場と日時を書き込んでも、規則性や関連性は見つけられない。父帝が河北宮から還御するまでに、有効な手がかりを見つけなくてはと、澳飛は途方に暮れていた。

「現場に残っている臭気から、火薬を使っていることは確かだ。次の放火を予測するより、硝石の流通経路から調べてみるか。だが、民間で火薬など扱っているのか」

「爆竹を作っている工房に、話を聞けばよいかと思います」と彌豆。

澳飛は目を見開き、額に手を当てて笑い出した。火薬だの硝石だのは、金や銀などのように、鉱山から直接、国の倉庫に納められるものだと思い込んでいた。

「そなたが賢いのか、私が世間知らずなのか」

硝石の製産と販売には制限がある。ゆえに硝石を扱う業者も限られている。そこから調べていけば、昨今の硝石や火薬の流通を追うことができる。盲点であったというより、澳飛の世間がこれまで狭かったために、考えが至らなかったのだ。

「後宮でも春節にはどこもかしこも爆竹で火薬臭かった。春節や祭に消費する爆竹は都じゅうで使われるが、工房は登録制だから数も多くない。これで捜査が進む」

彌豆は澳飛に褒められ、控えめに微笑んだ。

第五章　外城の冒険

「あの子どもたち」

「殿下？」

澳飛が無意識に声に出した独り言に、馬上から話しかけられたと思った彌豆は馬を止め、振り向いて訊《き》き返す。

皇城の南門を出て、京南の南大門大路を下りつつ、爆竹工房へ向かっていた澳飛は、彌豆の問いに応《こた》えず反対側へと顔を向ける。彌豆はつられて澳飛の視線を追った。

雑踏の中で目を惹《ひ》くのは、白麻の長袍《ちょうほう》に涼しげな袖なしの青い衫を羽織ったふたり連れの少年が、下町へと駆け去っていく姿だ。澳飛のつぶやきを、はっきりと聞き取れなかった彌豆であったが、その視線の先にいるのが少年たちであると知る。

「あの少年たちがどうかしましたが」

「いつか京南の肉屋で見かけた子どもたちだ」

そう言ってから、そのとき手綱を引いていたのは彌豆ではなく、王府の下男であったことを思い出した。たったいますれ違った子どもたちが、肉屋で塩硝を買おうとしていたことを、彌豆《びどう》に話して聞かせる。

「童生のようですね」

澳飛が春から初夏にかけてかれらを見かけたときは、庶民の着古した地味な衣服であった。しかし、今日のふたりは裾《すそ》の長い上質な素材の衣服をまとっていた。年嵩《としかさ》の方は、夏の間に少し背が伸びたようだ。肩幅も広くなり逞《たくま》しさを増している。記憶に残るふたりの印象を思い浮かべ、よく見分けたものだと澳飛は自分でも驚く。

「かれらの顔を間近で見たわけでもないのだが、歩き方というか、鷹揚《おうよう》な立ち居ふるまいが、雑踏の中では際立って印象に残る。それがいつ見てもふたり連れだから、人混みの中にいようと、衣装が違っていようとも自然と目を惹く。掏摸《すり》や人攫《ひとさら》いに目をつけられてしまいそうだが、本人たちは気づいていないのであろうな」

彌豆は馬の引き綱を持ち直し、馬を促してふたたび歩き出す。

「自分たちが目立つことは気づいていないようですが、護身術を嗜《たしな》んでいるのでしょう。身のこなしは敏捷《びんしょう》でした。掏摸には難しい獲物です」

「護身術か。武器を持っているようには見えなかったが」

澳飛は帯に下げた剣の柄《つか》に手を滑らせた。鍛錬と手入れをするとき以外では鞘《さや》から抜いたことはなく、実戦で使ったこともない。公務のために貧しいとされる地区に足を踏み入れたときも、澳飛は身の危険を感じることはなかった。帝都はおおよそ治安がよく、剣を佩《は》いているのは身分を証《あか》すためだ。

犯罪者がたむろするような場所に、自ら足を踏み入れない限り、澳飛が実際に剣を抜いて闘うことなどなさそうである。それよりも宮廷行事の狩猟で試される弓馬の練習の方が、よほど重要であった。

——あとは、馬上打毬《だきゅう》の馬術か——

澳飛は皇太子の誘いを思い出し、胸のうちでつぶやく。他にも澳飛と同じ年頃の皇子がいるにもかかわらず、翔太子は澳飛に声をかけてきた。澳飛の馬術が若い皇子たちのあいだでは飛び抜けていることを、いつから知っていたのだろう。

幼かったころの澳飛は、馬上打毬の前段階である打毬が好きではなかった。異母兄弟たちは毬《まり》を毬門《きゅうもん》へ打ち込むことより、澳飛にぶつけることを楽しんでいたからだ。

澳飛はその当時の気持ちを思い出し、無意識に肩にかかった髪に触れた。頭頂ではなく後頭部で束ねた髪を、真鍮《しんちゅう》の環《わ》に通して背中に垂らした澳飛の髪は、艶《つや》やかな栗色だ。今日のように強い陽射しの下では、透過する光のせいで淡い麦藁《むぎわら》色にもなる。

後宮には胡人《こじん》の女官や宦官もいたので、明るい髪の色は珍しいながらも異端というほどではなかった。皇后宮で薬食師を務める女官は、澳飛の実母よりもさらに西方の国から来たとかで、時折り母の宮を訪れては、体調や食事について訊《たず》ねていった。

母よりもひとまわりは年上と思われたその女官の瞳《ひとみ》は、青みがかった灰色だった。名前は——と、澳飛の回想が進んだところで、彌豆が目的地に着いたことを告げる。

「京南の爆竹製造を担う工房のひとつです」

澳飛は外城を囲む城壁が、すぐ近くに聳《そび》えているのを見上げる。休憩することなくずっと鞍《くら》に座っていたので、こわばってしまった腿《もも》を拳《こぶし》で叩《たた》きながら澳飛は言った。

「こんなに遠くだとは思わなかったな。もう都の外れではないか」

日中であるにもかかわらず坊門の扉は閉ざされていた。彌豆《びどう》が側門を叩くと、中から中年の男が出てきて入場許可証の提示を求める。

馬を降りた澳飛は銀牌《ぎんぱい》を出して見せた。

里坊内は一見して普通の家が並んでいるようだが、町の中心には扉に錠の下ろされた倉庫が並んでいた。このごろでは澳飛の鼻に馴染《なじ》んできた火薬の臭いが、空気中に漂っている。いくつかの工房、そこで働く職人とかれらが家族と住む家、そして倉庫で、一町四方の里坊が占められていた。

「工房や住宅よりも、倉庫の数が多いのだな」

火災時に少しでも類焼を避けるためであろう。個々の建物の間隔も広く取ってある。公務でなければ訪れることのない職人の町を、澳飛は珍しげに見回した。

「穎王殿下に拝謁できて、誠に光栄に存じます」

銀牌を持つ客人を案内するために出てきた老人が、緩慢な動作で深々と揖礼《ゆうれい》する。

「一年分の爆竹を保存しなくてはいけませんのでね。これでも、春節の京南に必要な量の、四分の一に過ぎません」

澳飛は老人に揖礼を返し、単刀直入に用件を切り出した。

「この春から都のあちこちで、放火らしき原因不明の不審火が多発しているのだが、噂なりとも耳にしたことはあるだろうか」

「放火による火災、ですか」

老人には初耳であったらしい。驚きをもって訊き返される。

「うむ。小火《ぼや》で片付けられる程度から、全焼した例もある。そのうち何件かは、住人にも火元や原因がわからない上に、現場に硫黄《いおう》など火薬の臭いが残っていた」

老人は厳しい目つきになり、眉間《みけん》に皺《しわ》を増やした。

「爆竹のような音や、破裂音などがしたのですか」

「聞いた者もいれば、聞かなかった者もいる」

老人は若い者を呼び寄せ、すぐさま貯蔵されている爆竹の量を確認するように命じた。また別の職人には、材料が横流しされていないか、硝石や硫黄などの燃材の在庫が帳簿と合っているか、棚卸しを命じる。

「大ごとにしてしまうようで、申し訳ない」

あちこちから仕事の手を止めた職人や徒弟たちが集まり、慌ただしく倉庫や工房を走り回るのを見て、澳飛は罪悪感を覚える。

「いえ、火薬の材料や製造済みの爆竹が盗まれていたとなったら大ごとです。我らの生活がかかっているだけではなく、素人の手に渡って面白半分に燃やされては、大事故になってしまいます」

老人は澳飛を屋内へと誘《いざな》った。

「調査の結果が出るまで、お茶でも召し上がってくださいませ。皇城からおこしでしたら、喉《のど》も渇いておいででしょう」

「気遣いに感謝する」

馬を繋《つな》いできた彌豆も合流して、澳飛は老人の家に上がった。

老人の険しい表情と、職人たちの張り詰めた緊迫感に、澳飛は自分がこの一連の放火事件を軽く考えていたことに気づかされる。

皇帝が自分のような世間知らずの我が子に、危険な公務を課すことはないであろうと高をくくっていたのだ。治めるべき領地もなく、臣籍に降《くだ》って官職に就くでもなく年俸のみを頼りに遊び暮らしている皇族は、臣下からも軽んじられてしまう。国内に母方実家の後ろ盾を持たず、少年期に学問や芸事に突出した才能を見せなかった澳飛の将来を案じた父帝が、息子の適性や問題解決能力を試し、帝国における自らの役割を探すように促したのだろうと、澳飛は考えていた。

だが、爆竹工房の町の長老は、この一連の事件をかなり深刻に受け止めたようであった。春節までまだあと半年近くあることから、倉庫群の半分は空である。製造済み爆竹の在庫量は確認が終わり、職人頭が何も盗まれていないことを報告してきた。

次に、燃材倉庫の長が、硝石や硫黄の在庫量は、帳簿通りであると告げる。みるみるうちに長老の顔から緊張が解け、安堵《あんど》の笑みが口元と目尻《めじり》に皺を増やした。

「当方の在庫管理には問題がないようです。ごらんになりましたように、禁制品を扱う工房町は、他の里坊のように四方に門を設けておらず、職人や業者が出入りできる坊門はひとつしかありません。怪しい人間が入り込まぬよう日中も門を閉ざし、常駐の門番が出入りする者の身元を確認し、記録してから通しております」

「爆竹とは、そのように危険なものであるか」

魔除《まよ》けのため、春節や祝賀の催しに大量の爆竹を鳴らすことは、上は宮城から下々においては遠く辺境の農村まで、どこでも行われる行事であった。玩具《がんぐ》のひとつとして捉《とら》えていた澳飛は、工房での管理体制の厳しさに驚かされる。そうした澳飛の反応は珍しくはないらしく、長老はにこりと微笑んで説明を続ける。

「ひとつひとつの爆竹は、音と火花を楽しむ一方で、やたらと燃え上がらないように調合し、作ってあります。家庭で消費される分には、たわいのない仕掛けにすぎません。大変ですが、火薬は火薬です。大量の爆竹と燃材をひとつところにまとめておくのは、大変に危険なものでございます。倉庫いっぱいの爆竹に一度に火をつけたら、どんなことになるか想像がおできになりますか」

澳飛は父帝が語った、馬を驚かせて朔露《さくろ》軍を撤退させた爆裂兵器なるものを思い出して答える。

「大変な騒音であろうな」

「大爆発のあと、製造前の燃材や周囲の家屋に燃え移って火災となり、いつまでも燃え続けます。季節や風向きによっては、条坊の大路小路を火花や炎が越えて近隣の里坊に燃え広がり、大火災に発展します。幸いにして、そのような災厄はここ五十年は起きておりませんが」

五十年前といえば、前王朝を倒した司馬氏が金椛《ジンファ》王朝を開いた初代皇帝の治世だ。

「実際にそのような大事件があったとは、知らなかった。それは事故か、事件か」

初代皇帝の在位十周年、あるいは十五周年、いや、立太子の儀式か何かの折りであったろうかと、老人は遠い目をして記憶を掘り起こしつつ語り始めた。

「前王朝の残党が、帝都に二箇所あった爆竹工房を襲撃したのですよ。儀式の祝賀といっても、通常の半年分は余分に作らねばなりませんでした。職人や徒弟だけでは間に合わず、職人の家族は妻子まで駆り出されて、日夜作り続けました。儀式が近づき、出荷まであと数日というときに、倉庫六つ分の爆竹が一夜にして爆破され、風の強い夜でもありましたことから、六条先の通りまで類焼に巻き込まれました。私はまだ徒弟ですらなかった幼子でしたが、左右に燃えさかる火炎の中を、母に手を引かれて火の粉を払いながら逃げ惑ったのを、いまでもはっきりと憶えております」

微笑みながら淡々と語る老人の表情と、内容の壮絶さが釣り合わない。

「その月に予定されていた儀式は延期になりました。春節用に取り置いてあった硝石と硫黄もまた、ごっそり盗まれるか燃え尽きるかしたため、翌年の春節は寂しいものでありましたよ。紅椛《ホンファ》党の一味が捕まったかどうか、どのようにして爆破事件が起こったのか。――当時の私は幼すぎたのと、一時は母方の田舎に預けられたので、事件後の詳細は憶えておりませんが」

「事件の詳細ならば、皇城に戻れば記録をたどることもできる。硝石の売買に免許がいるのは、そのように危険な物であったためか」

老人はふふっと笑いを漏らし、かぶりを振った。

「売買や取り引きを管理されている硝石は、採掘場で採れるものや、硝石を専門に作っている業者からのものです。個々の家庭でも、家畜を多く養っている農家などは、糞《ふん》尿《にょう》や堆《たい》肥《ひ》から採ることもできます。そのような場合は、一度に大量に作れませんし、用途も食品の保存用なので問題はありませんが、中にはいたずら心で火遊びに持ち出す不届き者がいるのかもしれません」

澳飛の追っている事件に、これまで大きな事故が起きていないのならば、そういった背景があるのだろうと、長老は示唆した。

「都じゅうの爆竹工房の管理に問題がなければ、誰かの火遊びということになるが、気まぐれにあちこちに火を点《つ》けてまわる犯人を見つけるのは、麦わらの中から針を捜し出すような難しさだな」

「根気よく追っていけば、必ず見つかります。先達の指導なく生兵法で火薬を扱う者は、一度は命を落としかねない事故を起こしますのでね。一人前の火薬調合師になるには、何年もかかるのです」

その後、長老は澳飛を工房へ案内して、実際に職人が作業しているところを見せた。春節には子どもたちが無邪気に破裂させて遊ぶ爆竹を、職人は澳飛が驚くほど慎重に作っていた。特に神経を使うのは、火薬の調合時だ。工房では発火を引き起こすわずかな火気も許されず、倉庫の保存には年間を通して湿気を避ける工夫がなされていた。

老人から土産にと手渡されたひと包みの爆竹を、澳飛は困惑して受け取った。

城壁の向こう、青い空を背景に湧き上がる積乱雲は、やがて激しい夕立をもたらすだろう。ここのところ、毎日のように通り雨が降る。

「保管しているあいだに湿気《しけ》ってしまいそうだ。春節を待たずに火を点けても、いいものだろうか」

澳飛から包みを受け取った彌豆は、楽しそうに応じる。

「どの季節でも、祝い事や厄払いの祭事があれば使いますよ。王府は広いですから音が近所に響くこともないでしょうし、ただ楽しむためだけに破裂させても、どこからも文句は来ないと思いますよ」

そういうものかと澳飛は納得する。実際にたくさんの爆竹に一度に火を点けてみれば、放火犯の心境が理解できるかもしれないと考えつつ、工房をあとにした。

皇城へ続く大路へと戻る途中、大通りから少し離れた小路で、まさに先ほど工房で実演していた爆竹と似た音がした。音のした方角からは、通りを隔てた塀の向こうに、白煙がもうもうと立ち昇っている。すぐ近くで聞こえたような気がした破裂音であったが、白煙から察するに少なくとも一町は離れている。ということは、相当の爆音だったのではないか。

そちらの方角から、人々が悲鳴を上げて逃げてくるのが見えた。彌豆は衆徒の勢いに馬が怯《おび》えぬよう手綱を押さえる。

「まさに放火の現場に遭遇したようだな」

澳飛は興奮気味の声を上げた。白煙の立つ騒ぎの中心へと、澳飛が馬首を向けようとしたとき、視界の隅を見覚えのある人影が走り抜けた。

澳飛ははっとして白煙から目を逸《そ》らし、その姿を追った。あの二人組だ。年嵩《としかさ》の方が、年下の少年の腕を摑《つか》んで走って行く。

地味な服装の多い衆徒の中で、ふたりの白麻の広袖《ひろそで》と涼やかな青い衫《さん》はことさら人目を惹《ひ》いた。ふたりはたちまち人の波に呑《の》まれて、見えなくなった。

「殿下！」

小路の曲がり角から、十四、五の少年たちが数人、澳飛の正面に飛び出してきた。急に進路を塞《ふさ》がれた馬が棹《さお》立《だ》ちになる。澳飛は鐙《あぶみ》を踏む足に力を込め、腿《もも》を鞍《くら》に押しつけて体重を前に移し、落馬を防いだ。少年たちが敏捷《びんしょう》に蹄《ひづめ》の下を走り抜けたとき、澳飛は強烈な硝煙の臭いを嗅《か》いだ。馬は後脚だけで二歩下がると前脚を下ろし、澳飛はかろうじて転倒を免れた。

「どうどう」

白目を剝いて嘶《いなな》く馬の首を軽く叩《たた》いてなだめつつ、澳飛は少年たちが逃げ去った方へと視線を向ける。細い小路の交差する街区は、すでに落ち着きを取り戻している。

少年たちを追いかけるべきか、煙の上がった現場に駆けつけるべきか。

迷った一瞬で、少年たちは視界から消えた。澳飛は現場へ向かうことに決めた。

騒ぎの中心と思われる丁字路に澳飛が到着したときには、通りの向こうからも見えていた白煙はすでに消え去っていた。ただ、鼻腔《びこう》を刺激する硝煙の臭いがあたりに漂っている。三箇所の地面が少し焦げており、紙くずが灰となったと思われる白っぽい残骸《ざんがい》が、雪か柳絮《りゅうじょ》のように微風に舞っている。

いったい何の騒ぎだったのかと、通りに残されていた者たちに聞いても、要領を得ない。かれらは騒ぎを聞きつけて集まってきた野次馬であった。無頼の若者か、あるいは徒弟の一団、もしくは学生と思われる少年たちが争っていたと言う者がいたが、叫び声を聞いたと言うだけで、現場を見たわけではないらしい。そこへ、通報を受けた最寄りの京師府の衛士が、十人ばかりやってきた。

「これは、潁王殿下」

このふた月で顔見知りになっていた隊長が、澳飛の顔を見て敬礼した。

「白煙を見たか」

挨拶《あいさつ》もそこそこに、澳飛は衛士らに訊《たず》ねた。

「いいえ。我らは爆発騒動があったとの通報を受けたので、鎮静のために出動を命じられました。穎王殿下は事件を目になさったので？」

それならば話は早そうだと期待の籠《こ》もった視線を向けられ、澳飛は気まずげに首を横に振った。

「目にしたのは白煙と逃げ出す衆徒のみだ。だが、硝煙の臭いがする。一連の放火事件とかかわりがあるかもしれない。騒ぎを見た者を捜し出してはくれないか」

澳飛はようやく手がかりの糸口に近づいたと思い、隊長に頼み込む。京師府の衛士たちは、手分けして近隣を尋ね回り、目撃者を捜した。

現場に残った澳飛は、壁際に小さな木ぎれを見つけて拾い上げた。それは澳飛の掌《てのひら》にすっぽりとおさまる小さな円筒、あるいは木の管で、外側には麻の太い紐《ひも》がみっちりと巻かれている。中をのぞき込むと、かすかに焦げ臭い。状況的に火種の容《い》れ物と思われたが、火種を入れておく筒にしては細すぎるし、火種を包んでいたであろう燃えかすも見当たらない。しかも、筒の内側には燻《いぶ》された色はなく臭いもしない。蓋《ふた》が落ちていないかと周囲を見渡したが、他には何も見つからなかった。

澳飛はそれが何なのか、何に使うものであるのか、わからぬまま円筒を帯の物入れにしまい込んだ。

もうもうと上がってたちまち消えた白煙を思い出し、これが湿度が高く風の弱い時季であったことに、澳飛は胸を撫《な》で下ろす。一連の放火事件は、乾燥し風の強くなる秋が来る前に解決しなければ大ごとになるかもしれないと、ぞっと身を震わせた。

外城の京南において、白煙による騒ぎのあった日の朝に時は遡《さかのぼ》る。

星家の離れで石脂や鉱石を燃やす実験を重ねるうちに、硝石がなくなった。

「乾燥させた堆肥からは、思ったほど硝石が採れなかったし、みんなが帰ってくる前に外城へ買い出しに行こうか」

阿賜の提案する久しぶりの肉屋巡りに、阿燁は乗り気だ。

「使用人や護衛に見つからずに、どうやって出入りする？」

天賜は阿燁に顔を近づけて、秘密をささやくように声をひそめた。

「地下の排水路からなら、誰にも見られずに脱出できる」

果樹園沿いの塀の下に、古い暗渠《あんきょ》が通っているのを、天賜は何年か前に見つけた。普段はほぼ涸《か》れているが、人ひとりが通れる幅と高さがあり、違法な侵入者を防ぐために鉄の格子が嵌《は》められている。枯れ草や枝などが格子に詰まっていたり、暗渠の底に土が溜《た》まっているときもあるが、定期的に掃除しているらしい。あとで知ったことだが、大雨時の排水用に造られているものらしく、運河へと続いているという。

天賜は一年ほどかけて格子の外し方を独習し、暗渠が皇城のどこへ続いていて、どこから地上に出られるかを調べた。星家の長男が暗渠に興味を覚えた理由は、抜け道を使って街へ出て、遊び歩くためではない。父親の遊圭が、かつて族滅の憂き目にあったときに、暗渠を伝って追っ手から逃げのび、命拾いしたという逸話を聞いたからだ。同じような不幸が自分の代に起きたときに、弟妹たちを連れて迅速に逃げ出せる手段を確保すべきだろうと、当時の天賜は真剣に考えていた。

非常時脱出の用途はしばらく忘れていたが、そこから邸《やしき》を抜け出せば、星家の正門近くで接待されている阿燁の護衛たちに気づかれず外出できる。星家の使用人たちも、勉強中は呼ばれない限り離れに近づかないよう厳命されているので、ようすを見に来ることもしない。

だが夕食の時間に母屋に戻らねば、さすがに誰かがようすを見にくるだろう。

「とりあえず肉屋を探しながら、どこまで行けば夕食の時間までに帰ってこられるか、計ってみよう」

阿燁は気楽に計画を立てる。

天賜は引き出しから取りだした財嚢《ざいのう》をふたつに分けて、懐と帯の小物入れに入れた。さらに肩掛けの背嚢《はいのう》にこまごまとした物をおさめる。阿燁も一日の外出に必要な小遣いを持ち、ふたりは果樹園へ足をむけて歩き始めた。

宮城の朱雀《すざく》門から皇城の南門、そして外城の南大門を一直線に結ぶ南大門大路は、四頭立ての馬車が余裕ですれ違える広々とした大通りで、ふだんから人通りが激しい。帝都の南側の出口である南大門へ続く大通りだけではない。宮城の四方の門から、皇城と外城の大門へ続く四つの大通りは、見物の群衆が両側にひしめくようなときでさえ、騎馬隊が六列に並び、行幸や軍隊が粛々と行進できるよう広く滑らかに造られている。

ふたりは庶民風の外出着を預けてある周千輝の家に行ったが、千輝は不在であった。阿燁たちは着替えることができないまま、周家を後にした。軽装な夏服とはいえ、自分たちの衣装は町歩きには向かないのではと悩む天賜に、阿燁は気楽に応じる。

「まあ、貧しそうな街区に行かなければ大丈夫だろう」

言われてみれば、絹や上質の麻の織物をまとって歩く男女は珍しいというほどでもない。女性はどこかの使用人でさえ、金銀をあしらった歩揺《ほよう》や、玉の飾りがついた簪《かんざし》を挿しているし、男性も玉を嵌め込んだ金属の笄《こうがい》で髻《もとどり》を留めている。

自分たちの衣装は、素材こそ高級であるが、刺繍《ししゅう》や縁取りはなくむしろ地味だ。

午前中は本来の目的も忘れて、皇城と異なり、どこもかしこも猥雑《わいざつ》な活気に溢《あふ》れる京南の外出を楽しんだ。大通りを南へ下がるほどに、周千輝に連れて行かれた芝居小屋や劇場の他にも、興味深い興行があちこちにあり、そこで市を開いていいのかと思われる場所で、露店がいくつも並んでいる。そうしたところを冷やかして回るだけでも飽きのこない娯楽であり、身なりのよいかれらには、何かしら売りつけようとする店主から、愛想の良い声がかかる。

目的の物以外は買わないぞ、と固く財嚢の紐を締めていても、夏の晴天の下を歩き回っていれば喉《のど》も渇くし腹も空《す》く。茶を求め軽食を買い、冷菓を出す茶楼を見つけては足を止めて一休みする。

「暑くて疲れるから、買い食いや休憩にお金をたくさん使ってしまった」

茶楼で代金を払った天賜は、ひどく反省した体で財嚢の重さを片手で測った。

「夏の初めの外出は、時間に余裕がなかったから、そんなに金もかからなかったしな。ま、これも勉強だ」

阿燁はどこまでも鷹揚《おうよう》だ。しかし天賜は生真面目な顔で言い返す。

「目的を見失っては本末転倒だよ。ぼくたちは食べ歩きのために来たわけじゃない」

「目当ての物を売ってくれる店が見つからないから、仕方がない。求めた物が手に入らずとも、未知の世界を尋ね歩き、外の情報を蓄えることもまた収穫だ。南大門大路をここまで歩いてきたのも初めてだし、視察の日だったと思えばいい」

いかにも年上ぶって、阿燁は天賜をなだめる。真面目で賢い天賜だが、心に決めたことが叶《かな》わないと、ムキになりがちなところがある。温厚と周囲に思われている天賜の、意外な一面だ。

二軒の肉屋では、汗だくの子どもたちに同情してか、少しだが塩硝を譲ってもらえた。

「まったくの無駄足じゃなかったね。しかも純度の高い硝石の結晶も手に入った」

天賜は気分が上向きになり、嬉《うれ》しそうに硝石を包んだ油紙を革の物入れにおさめた。

急ぎ足の男がすれ違いざまに天賜にぶつかりそうになったので、阿燁がとっさに引き寄せた。舌打ちの音が聞こえたような気がして、天賜は顔を上げる。男の後ろ姿しか見えなかったが、どこか見覚えがあるような気がした。

「ちゃんと前を見て歩けよ」

阿燁は保護者よろしく忠告し、天賜はあやうく掏摸《すり》に遭遇するところだったのかと反省した。阿燁は舌打ちに気づかなかったらしく、上機嫌で空を見上げる。

「さっき正午の鐘を聞いた。日暮れまではかなり時間があるから、少し回り道をして帰ろう。皇城の近くなら、大通りから外れても治安はそんなに悪くないと周千輝が言っていたし」

だが、その思惑は半刻もせずに外れてしまう。

碁盤の目のように、何本ものまっすぐな街路によって仕切られた正方形の里坊が、ひとつの街区として規則正しく配置されているはずの都であった。しかし実際は、いくつかの里坊は寺院や庭園などによって統合されて大路が閉ざされていたり、ひとつの里坊が分割されて小路が巡らされたりしているため、気がつけばあるはずのない突き当たりに遭遇してしまう。

丁字の形をした分かれ道では、左右のどちらに行けばよいか悩む天賜に、阿燁が三つの南門を貫く大門大路に戻るために東へ行こうと言う。北へ向かっていたので右へ曲がり、しばらく歩いて交差した道は、南大門大路ではなかった。

天賜は空を見上げて太陽の位置を確かめ、地上の影を見下ろす。影は天賜の身長よりも短い。影の伸びる方向を見て、天賜は親友に微笑む。

「方角は合ってるし、時間はまだ大丈夫だ。ゆっくり急ごう」

寄り道を提案した罪悪感と、年下の友人を守らねばという責任感から、不安になっているであろう阿燁を励ますつもりで天賜はそう言った。

それからさらに半刻ほど歩き続ける。方角的には皇城から離れて行っているはずはない。だが、阿燁と天賜は、いくら歩き回っても迷路のような街区から出られずにいた。行き止まりを引き返したかと思えば、坊門を通っていないのに塀に囲まれた住宅街に入り込んでいる。

そこの住人にとっては見慣れない、小ぎれいな身なりの少年たちだ。周囲から浮いているせいか、人目を惹《ひ》く。城下の人々の不躾《ぶしつけ》な視線を居心地悪く感じながらも、阿燁は通りすがりの親切そうな老人に話しかけては、最寄りの大路の方向を尋ねた。

暑さでぼんやりしがちな頭で歩いていると、また小さな丁字路に出た。舗装はされておらず、私道に迷い込んだかと焦る。

「都って、ぼくたちが思っているほど、整然と造られているわけではないのかも」

すっかりしわくちゃになった手巾《しゅきん》で汗を拭《ふ》きながら、天賜はぼやいた。

「もともとは皇城が都だったのを、住人が増えて入りきらなくなったから拡げたのが外城だからな。京南だって、最初は京北と同じくらいの大きさだったらしいけど、だんだんと南に広がっていったそうだ。だから、京南には新旧でふたつの大門があって、東西の城壁は延長したところから石の色も違う」

「へえ。今日は旧南大門まで行かなかったよね」

天賜の疲れ切った顔に、好奇心の笑みが浮かぶ。

「旧南大門から先は新京区って俗称で呼ばれているけど、あまり行かない方がいいって、周千輝が言っていた。父さんも同じことを言ってたよ。季節雇いの地方民とか、住民の入れ替わりが激しくて、荒っぽい人間が多いんだそうだ」

「無法者とか？」

「さあ。よくわからない。生まれ育ちが都人じゃないってことだと思ったけど」

「喉が渇いた」と下を向いてつぶやく天賜。

「この辺りは普通の家ばかりで、茶楼も露店の水売りもないな。どこかの家で水をもらうか、上水道か井戸を探してこようか」

あたりを見回す阿燁に、天賜が釘《くぎ》を刺した。

「生水は飲んじゃだめだよ」

「わかってる。だけど」

阿燁のささやき声が、いきなり警戒の響きを帯びた。

「安全に休める場所もなさそうだな。囲まれている」

天賜は「え？」と阿燁を見上げ、その視線を追った。阿燁は顔を動かさず、黒目だけを左右に動かして、かれらを囲む少年たちの数を確認する。十歳から十五、六歳くらいの年頃の少年たちであった。ほこりっぽく垢《あか》じみた袷《あわせ》の上着は、丈の短い無染の麻で、筒型の袖《そで》は肘《ひじ》までしかない。帯の代わりに紐《ひも》で腰を締めているせいか、胸元がはだけていた。上着の袖口と裾《すそ》は薄汚れ、脚衣も膝下《ひざした》までの短袴《たんこ》という軽装であった。

天賜は最初、涼しそうで動きやすい衣服だと思った。が、少年たちの中に見覚えのある顔を見つけて、阿燁にささやき返す。

「あの、右から三番目の小さいの、茶楼を出るとき見かけた子だ」

「ずっと尾《つ》けられていた、ってことか。財嚢を出すところを見られたんだろう。掏摸とか追い剝《は》ぎとかいうやつかな」

「決めつけは良くない。いわゆる虞犯《ぐはん》の少年たちかもしれない」

これが初犯かもしれない少年たちを、いきなり盗賊と決めつけないようにと、天賜は年上の親友をたしなめた。

「ぼくらのお小遣いを渡せば、おとなしく帰してくれるかな」

そのために、財嚢は小分けにして持ってきた。版築の固い壁を背に立ち、改めて見回すと、先ほどまでぽつぽつといた通行人や、この区郭の住人であろう人々の姿が消えていた。京南の下町の人々は、ごろつきたちが集団で不案内な通行人を襲うことに慣れ、黙認しているようであった。

「どうかな。おれたちがすっかり迷って疲れ果てるまで、つけ回すような連中だぞ。虞犯にしちゃ根気がよすぎる」

阿燁は肩から下げた袋から、前腕と同じ長さの二本の棒を出した。二本まとめて左手に握りしめ、さらに言葉を続ける。

「つまり、おれたちが大通りに戻れないような袋小路に迷い込んで、あたりに人目がなくなったから、姿を現したってことだぞ。常習犯だよ。刃物やらの武器は持ってなさそうなのが救いだな」

阿燁の言う通りだと天賜は思った。袋小路ではなかったが、左右の小路出口に少年がふたりずつ立っている。出口を塞《ふさ》がれたという意味では袋小路かもしれない。

数を恃《たの》んでの恐喝やゆすりならば、とっくに居丈高な脅しの言葉とともに、金品を要求しているはずだ。それがこちらの隙を窺《うかが》って容易に近づこうとしないのは、交渉の余地なく襲いかかり、身ぐるみ剝がして逃げるつもりなのだろう。

「万が一を考えて双節棍《そうせつこん》は持ってきたけど、一度に六人の相手ができるかな。天賜はなにか武術はやってるか」

双節棍は、同じ長さの二本の硬い棒を、紐か鉄の鎖で繫《つな》げた携帯用の護身具だ。

「杖術《じょうじゅつ》は教わってるけど、杖《つえ》がない。棒も落ちてないし。でも、目くらましになるものは持ってきた。まさか使うことになるとは思わなかったけどね」

天賜は壁に背中を張り付けるようにして立ち、帯の小物入れから、掌《てのひら》に隠れる小さな棒状の物を取りだした。麻紐を巻いたその筒状の小さな道具を左手に握り込み、先端にある摘《つ》まみを右手で引き出す。摘まみには筒と同じ長さの棒がついている。天賜は小筒を逆手に持って握りしめ、棒の摘まみ部分を壁に向けた。

「ただ、火を点《つ》ける時間が必要だ」

正面の背の高い少年たちをにらみつけながら、阿燁は天賜に訊《たず》ねた。

「どっちの小路が突破しやすそうかな?」

天賜は空を見上げたが、東や北へ向かっても、必ずしも南大門大路や皇城寄りの大路に出られるとは限らない。

そうしているあいだに、正面の腕っ節の強そうな少年たちが、じりじりと近づいてきた。左右の少年たちは天賜よりも幼い少年や、貧相な体格の者ばかりで、動き出す気配はない。阿燁は天賜を庇《かば》うように前に出た。

「ぼくたちのあとをつけてきた連中は左の小路を塞いでる」

「ということは、左を突破すれば、もと来た小路に戻れるってことかな」

あと二間という距離まで進んだ少年が、脅しや挑発の声も上げずに、拳《こぶし》を振り上げて阿燁に襲いかかる。

同時に天賜は小筒の先端を思い切り壁に叩《たた》きつけた。

阿燁の袖から双節棍が滑り出て、振り上げた先の節棍が少年の腕を打つ。悲鳴を上げた少年の拳から石が落ちる。

素手と見せかけて石を握り込んだ拳で殴るなど、殺意に溢《あふ》れている。腕の痛みと獲物が見せた目にも留まらない節棍の動きにひるんで、少年は一歩下がった。

ふたりめの少年が阿燁に殴りかかり、身をかがめて拳を避《よ》けた阿燁は、軸足を回転させた勢いのまま相手の脛《すね》を節棍で打った。二度目の悲鳴は、最初の少年のそれとは比べものにならなかった。

　強盗を働く相手を間違えたかと、左右の少年たちが動揺している隙に、天賜は筒から引き出した細い棒に息を吹きかけ、種火が点いたのを確認する。さらに息を吹きかけて火を大きくしつつ、もう一方の手で小物入れから白い紙で包まれた小さな玉を取り出し、導火線に火を点けた。バチバチと音と火花を立てる紙玉をまず左へ、そして二個目に火を点けて右へと投げる。右側で最初に爆発音が響き、白い煙がもうもうと立ちのぼった。続いて左側で爆音と白煙が上がる。

　突如の爆音と煙に、正面の少年たちは狼狽《ろうばい》して右へ左へと注意が逸《そ》れた。

「作戦変更。正面突破だ」

　三個目に火を点けていた天賜は慌てた。

「これはどうするの？」

「正面に投げろ！　あいつらの足下に」

「近すぎる。火傷《やけど》をさせるかも」

「かまうもんか！」

　天賜は言われた通りに、三個目の煙玉を正面の少年たちの足下に投げつけた。地面に届く前に爆発した煙玉に、少年たちは逃げる間もなく煙を吸い込んだ。

「行くぞ！」

　阿燁は息を止め、目を細く閉じて天賜の袖を摑《つか》んで走り出す。激しく咳《せ》き込む少年たちの横を駆け抜け、白煙から抜け出すと、爆音に驚いた人々が逃げ惑う姿が目に入る。その流れに乗って走るうちに、気がつけば大路のひとつに出ていた。

大路を行き交う人々を横目に、阿燁と天賜ははあはあと息を切らしてしゃがみこんだ。呼吸が落ち着くと、窮地を脱した安堵《あんど》と、予想したこともない冒険を体験したことに、抑えようのない笑いが込み上げる。いつまでも笑い続けた阿燁はしゃっくりが、天賜は咳《せき》が止まらなくなってしまった。

「次は皇城を出る前に服を替えような」

しゃがれた声で念を押す阿燁に、天賜は涙ぐみつつ咳き込みながら、何度もうなずき返した。

第六章　騒擾《そうじょう》と邂逅《かいこう》

「それにしても」

ぎりぎり日暮れ前に星邸に滑り込み、汗と硝煙臭くなった衣服を部屋着に着替えた天賜は、幼馴染《おさななじ》みに向かって満足げに微笑む。

「一発で唧子《しょくし》に火が点いたのは運が良かった。筒の方はどさくさに紛れて失くしてしまったけど。また作らなくちゃ」

天賜は先端の焼け焦げた短い棒を、指先でくるくると回してから、悔しげに肩をすくめる。阿燁は上半身裸のまま、洗濯桶《おけ》に放り込んだ二人分の衣服に水を注ぎかけつつ、笑い声を上げた。

「まさか煙玉を持ち歩いていたとは。阿賜はやっぱり危険なやつだな」

「ひとのいない川原か運河のほとりを見つけたら実験してみるつもりで、持って出たんだ。ふつうの爆竹や癇癪玉《かんしゃくだま》よりも大きな音や煙が出る計算だったから、邸《やしき》では実験できない」

天賜はぺろりと舌を出して、白煙の量が予想通りであったと自慢気味に言った。

「でも、煙と音だけだったな」

「そうなるように燃材を調合したんだよ。火事になったら困るだろ？　といっても机上の調合法で、予想通りになるかどうか、わからなかったけど」

「その唧子？　一発で火が点くなんて、どういう仕組みだよ」

見せろとばかりに阿燁が手を伸ばす。天賜は先端の焦げた棒を差し出して、親友の掌に乗せた。

「仕組みは知らない。南方の点火具だ。東西の火熾《ひおこ》し術について集めた書があってね。手早く火を点ける方法をいろいろ試していたら、これに行き当たった。火種入れはかさばるし、持ち歩いているうちに消えてしまうことがある。火切り具は両手が塞がるけど、これなら片手で火を点けられる。ただ、一発で点火するには、先端に付けておく燃材を選ぶ上に、練習も必要だ。何より、円筒と突き棒のあいだに隙間ができないよう作るのが、けっこう難しい」

　自分も欲しいと言う阿燁に、天賜は「どうせ新しいのを作らないといけない。材料はあるから、作り方も教えるよ」と、快く請け合った。

　ふたりは洗った衣服を干し終え、天賜は何も気づかぬ護衛とともに帰宅する阿燁を見送った。留守居の使用人から夕食の給仕を受けながら、今回の外出は、反省することが多すぎたと天賜は考えた。

　出かける前は、大通りに沿って歩けば、いろいろな店が並んでいて、たいていの物は簡単に買えると考えていた。南大門大路やその両隣の東西二坊大路は賑《にぎ》やかで、商店や酒楼が多い。市場の開いている時間でなくても、屋台や露天商が果物や軽食から日用品、中古の文物やちょっと値の張る装飾品まで、様々な品物を売っている。

　先に買い物を済ませてしまえば、静かでひとのいない場所を見つけて、試作品の煙玉を試すことができると期待していた。しかし、運が悪かったのか、塩硝を扱っているであろう肉屋はもちろん、薬種屋も石屋も見つけるのは困難だった。

「簪《かんざし》や佩玉《はいぎょく》みたいな、装飾品の店はあったのに」

　天賜が欲しかったのは、燃材となる硝石と硫黄《いおう》だけではない。砕いて燃やせば鮮やかな色や煙を出す玉や鉱物の原石だ。すでにできあがった加工品には用がない。

　夕食を終えた天賜は手燭《てしょく》に火を灯《とも》して、父の書斎で都の地図を探した。ようやく見つけ出した帝都の地図は古いもので、その日ふたりが迷ったあたりの条坊図は、正確とは思えなかった。

父の書斎に帝都の地図や水利図などがたくさんあるのは、天賜の祖父が都市構造の維持に熱心な工部の技術官僚で、出世に関心がなかったからだと聞いたことがある。その祖父から受け継いだ地下水利に関する知識のお蔭《かげ》で、父の星遊圭が族滅を生き延びた話を聞けば、星家の長男が都市の構造に関心を持つのも当然であったろう。

金椛《ジンファ》という王朝が開かれて、およそ七十年が経つという。だが、都そのものは前王朝を含め、いくつかの王朝の首都であった。ただの地方都市であった時期も含めると、王城が築かれた時代まで千年は遡《さかのぼ》るという。外城そのものは前王朝であった紅椛《ホンファ》国の時代に拡張されたことを、天賜はそのとき初めて知った。

「それでも百年以上も前のことなんだ」

まだ十二年と半年しか生きていない天賜にとっては、百年前も千年前も、同じくらい太古の昔のように思える。

広大な外城で、条坊の変更や再構築が繰り返し行われていて、それがいちいち記録されず公の地図に反映されていないことは、珍しくないのかもしれない。天賜と阿燁はこの日、そのような迷路と化した陋巷《ろうこう》に入り込んでしまったのだろう。

天賜は南大門大路を中心とするいくつかの区郭図を選びだした。特に、その日に道惑いしたと思われる箇所の地図を丁寧に転写する。図面と実際の街区との違いを、機会があれば後日にでも調べてみたかったからだ。

翌日、天賜がまだ顔を洗っている時間に、阿燁が遊びにきた。正しくは勉強をしにきたと言うべきであろうが、避暑地へ発《た》つそれぞれの両親を見送ったときの、『来年の童《どう》試《し》に備えたいので、行事の多い河北宮へは同行したくない』という留守居の口実をすっかり忘れている。

天賜が書き写した幾枚かの区郭図を目にした阿燁は、にやりと笑った。

「もういちど同じ場所へ行こう」

「いまから？　またからまれたらどうするの？」

天賜は素っ頓狂《とんきょう》な声を出して、問い返した。

「あいつら、おれたちとあまり年が変わらないのに、かなり場慣れしてただろ？　稽古《けいこ》じゃなくて腕試しするのに、遠慮がいらなそうだ」

無頼少年たちに囲まれたときの緊張と興奮が蘇《よみがえ》り、相手を撃退したときの気の昂《たか》ぶりを思い出したようだ。

阿燁は昔から、危ない遊びに興奮するところがあった。幼いときは、自力では下りられない高さまで木に登るし、池に渡した橋の欄干の上に飛び乗り、綱渡りのようにして行ったり来たりするのを好んだ。鞦韆《ぶらんこ》は主に女児の遊具であるが、阿燁にかかると空に届きそうな勢いで高く漕《こ》ぎ上がる。

「阿燁。護身術は護身術であって、こちらから喧嘩《けんか》を仕掛けるための技じゃないよ」

白目勝ちな幼馴染みの瞳《ひとみ》が輝いているのを見た天賜は、ため息とともにたしなめる。

護身術を身に付けてから、腕を試したくてうずうずしていたのだろう。昨日は心の準備ができていなかったが、次は万全の心構えで迎え撃つつもりのようだ。

親友のこういう燃える火に飛び込みたがる性質は、天賜には理解し難い。

「荒っぽい遊びがしたかったら、護衛や陶家の食客にいくらでも腕の立つおとながいるだろ？　腕試しがしたいなら、かれらに稽古をつけてもらえばいいんだ」

「阿賜に危ない遊びをたしなめられるとか、何の冗談だよ」

阿燁は苦笑交じりに吹き出す。

「ぼくの場合、手順や配合を誤って怪我をするのは、自分自身だからね」

天賜の火遊び趣味も危険ではあるが、実験は離れの外ではやらないので、他人を巻き込むことはない。そして天賜は燃材の配合計算を繰り返し、小火《ぼや》も出さないよう、消火には細心の注意を払っている。

三つも年下の友人に説教をされて、阿燁はしぶしぶ前言を引っ込めた。

それから、数日かけて天賜の用意した京南の区郭図を見直した。使用人の衣装棚から、袖《そで》が細く丈の短い上着を借りて、ほどほどの庶民が着ていそうな服装を整える。

今回は無駄遣いしないように、水筒と軽食は持参することにした。

「荷物が増えたね」

天賜が背嚢《はいのう》をのぞき込んで言った。

「煙玉は置いていけよ」

阿燁が笑いながら応じ、天賜はいたって真面目に返答する。

「配合を変えていくつか作ってみた。前回は煙がすぐに消えちゃったろう？　煙幕としてはいまひとつだったから、もっと煙が出るようにした。うまくできたか、試せる場所があったら試したい。阿燁こそ、そんなに水は要らないだろ」

「まだまだ暑い。茶楼が一番お金がかかるんだからな。冷し瓜《うり》があれば、ついつい頼んでしまう。帰りには食糧袋は空っぽになるから、喉《のど》が渇いたら水で我慢して、たくさん石を買って帰ろう」

前回のように、迷子になり疲れ切っても水や食べ物を買うことができなかった教訓を忘れず、一日分の水と食糧を革袋に詰め込む。天賜の倍はパンパンに膨れ上がった革袋を袈裟《けさ》懸けに背負って、阿燁は「いざ出陣！」と果樹園へ向かった。

天賜は少し不安な気持ちになったが、急いで親友の後を追った。


今回は迷わぬように、慎重に大路の条順を数えつつ進む。

「旧城門はもう少し先みたいだな。行ってみるか」

天賜はうなずき、さらに歩き続ける。

「七条大路まで来ても肉屋も薬種屋も見かけないって、不便だな。外城の住民は、病気になったらどこまで薬を買いにいくんだろう」

「たぶん、東か西へ三坊くらい引っ込んだところに、まとまって並んでいるんだろう。

地元の人間なら、どこに何の店が並んでいるか、わかりきったことなんだろうけど」

「そういえばさ、肉屋はそうでもないけど、薬種屋とか書店とか、たいていひとつの界《かい》隈《わい》に軒を並べているじゃないか。どうして同じ物を売っている店って、固まって並んでいるんだろう。壺《つぼ》屋とか金物屋とかも、一箇所に集まっている。ひとつの里坊か通りに、必要なものを売る店がそれぞれ一軒ずつあったら、遠くまで歩かなくてよくて、便利だと思うんだけどな」

童科書院に通うようになり、また外城に出かける機会も増えてから、天賜はつねづね不思議に思っていたことを口にする。阿燁も首を捻《ひね》って応じた。

「そういえばそうだな。どうしてかな。市場でも、青果は青果、肉屋は肉屋、屋台は屋台で固まってるな。値段や品質を比べられるから、下手に粗悪なものに高い金を払わずに済むからかな」

日々の食材は邸《やしき》の厨房《ちゅうぼう》に配達され、必要な品物は出入りの商人が厳選された品物を持ってきてくれる。阿燁と天賜にとって買い物とは、自分が欲しいと思った物を親に頼むことであった。

外出が増えてからは、学問所の多い通りには文具や書籍を扱う店が並んでいることを知り、そこで気に入った文物を購入することはあった。だが、そのときも自分で代金を払うことはない。その日のうちに邸に配達してもらうことで、受け取るときに家令が精算していた。

周千輝に連れられて外城に出るようになって初めて、天賜も阿燁も親に『お小遣い』をもらえるようになったのだ。天賜は親の留守中にこっそり外出するために、このお小遣いを節約して貯めていた。一方、ひとりっ子の阿燁は、祖父母や親族から春節や祝いごとのたびに得て、貯め込んでいた祝儀の使い道をようやく見つけたことで、外出して散財することが楽しみなのだ。

「酒楼や茶楼も大路ごとに一軒ずつあれば、休憩もしやすいだろうに。ひとつところに同じような店が集まっていると、どこに入っていいかわからなくて不便だ」

天賜は不平を言いながら立ち止まった。旧南大門が目の前に聳《そび》えている。城壁の外側には濠《ほり》が巡り、大きな橋がかかっていた。

「旧南大門通りの、十条大橋まで踏破、と」

天賜は街路図に印を入れ、空を見上げて、ここまで歩くのにかかった時間を計る。

「新しい南大門は、あと十条は先だ。この先は馬がないと、一日では往復できないね。今日はここで引き返そう。大通りには薬種屋がなかったから、京の西側か東側の二坊大路を通って帰ろうか。薬種屋街が見つかるといいな」

次の行動を話しつつ天賜が地図をしまい込むのを待って、阿燁は旧城壁に沿った濠端の道を指差した。

「せっかくだから、水辺で休んでいこう」

すたすたと濠端沿いに歩き始めた阿燁のあとを追いながらも、大通りから外れたらまた迷子になるのでは、という不安を天賜は抱いた。だが、水辺近くの涼やかな風と柳のつくる緑陰に、頰とうなじの熱が下がる。濠の水面《みなも》が陽光に煌《きら》めくさまを見て、ここまで来たのだという感慨を抱いた。

濠の石垣に並んで座り、邸から持ち出した饅頭《まんとう》や干果で小腹を満たす。

「ちょっとすごいと思うんだけど」と天賜。

「何が」と訊《き》き返す阿燁。

「ぼくの父さんって、十四か五くらいまで、皇城の外へ出たことがなかったんだって。なのにぼくは十二で旧南大門まで来てしまった」

「そうか」と阿燁は自分の父はどうなんだろうと考えた。

父の陶玄月は、十二までは皇城内の国士太学《こくしたいがく》に通い、陶宗家が潰《つぶ》されてからはずっと後宮勤めであるという。その経歴を考えれば、阿燁のいまの年齢のときは、皇城の外へ出たことはなかったはずだ。

「でも阿賜の家は夏は河北宮で過ごしてたろ？　外城の南大門は何度も見たはずだ」

「でも、休憩所や宿の他では、馬車から出してもらうことはほとんどないし」

このように自分の足で街路を歩き、濠端の地べたに座って、濠から運河へと行き交う川船を眺める愉《たの》しみは、北天江《ほくてんこう》を船で渡ったときでさえ感じたことがなかった。

「北天江を渡るときは、弟妹が甲板を走り回らないようにって、やっぱり馬車から出してもらえなかった。河北宮でも荘園《しょうえん》の外へ出ることは、あまりなかったし」

天賜は面倒を見るべき弟妹や、つねに自分の行動を報告し、指示を仰ぐべき両親がいない解放感を、しみじみと噛《か》みしめる。

「そうか。でも連れて行ってもらえるだけでも、いいじゃないか」

阿燁は河北宮の行幸へ、一度も同行したことがないという。父親の立場——官僚と宦《かん》官《がん》——の違いだろうか。

また星大官は、宮中における春節や中秋の催しに天賜を連れて行く。天賜にとって、皇后は大叔母《おおおば》にあたり、皇太子は従兄弟叔父《いとこおじ》であるので、親戚《しんせき》としての交際でもあったのだろう。一方、阿燁の祖父と父は、皇帝にもっとも信任されている側近宦官であるが、家族を連れて宮中へ上がる理由はない。宮城の内側がどうなっているのか、阿燁は天賜から話を聞くばかりであった。

「なんか、ごめん」

返す言葉を思いつかず、天賜は思わず謝罪の言葉を口にする。

「別に、阿賜はなんも悪くないだろ。まあ、宦官の家族とかは、あんまり表に出ちゃ、いけないんだろうな」

軽食を終え、水を飲むと、阿燁は膝《ひざ》の食べ屑《くず》を払う。

「さて、今日こそ石脂をたくさん買って帰ろう。どんな色の炎になるか楽しみだ」

阿燁は満面に笑みを浮かべて立ち上がった。

西側の二坊大路を選んで北へ向かう。十字路にさしかかるたびに、少しだけ左右の通りを次の十字路まで行って戻り、通りすがりの者にも尋ねるなどして、肉屋や薬種街の有無を確かめつつ、またもとの二坊大路に戻る。

「薬種屋なんて、どこにもありそうなものだけど。探すと見当たらない。頻繁にうちに出入りするから、ぼくが勝手にそう思い込んでいただけなのかな」

「阿賜の家は両親がそろって医者みたいなものだからだろう」

阿燁はうなずきながら応じる。

「そういえば、石屋も見かけないな。よく考えたら、宝飾品や装飾品を扱う商人はよく家にくるけど、石を売る商家は聞いたことがないな。墓石売りとか」

「墓石だけが石工の仕事じゃない。敷石とか、庭石を売る業者もある」

天賜は即座に答えた。ここ数ヶ月のあいだに飛躍的に増えた、都城に関する知識を総動員して話し込む。

「あ、燻煙《くんえん》のにおいがする。近くに肉屋があるのかな」

天賜は鼻をヒクヒクさせて空を仰いだ。阿燁もまた、火腿《ハム》や腸詰めを燻《いぶ》す煙たくも香ばしいにおいを吸い込み、腹がぐうと鳴るのを自覚した。が、かれらが求めているのは口内に唾《つば》を湧かせる火腿ではない。豚肉を漬ける塩硝、または硝石の結晶であった。

だが、親切な肉屋の主人でさえ、ほんの少ししか分けてはくれない。家庭で必要な塩硝の量など、たかが知れているからだ。それでも、塵《ちり》も積もればそれなりの量にはなる。思えばこの初夏から、阿燁には理解できない情熱をかけて、天賜は朝から何軒、何十軒の肉屋の戸を叩《たた》いただろうか。

臭いの元を辿《たど》るうちに、天賜は鼻と眉間《みけん》に皺《しわ》を寄せて立ち止まった。阿燁も足を止めて、あたりの空気を嗅《か》いだ。腐った卵のような臭いが漂っている。

「これ、燻煙じゃない。硫黄《いおう》だ。誰かが硫黄を燃やしている」

天賜は鼻を押さえて言い、阿燁も周囲を見回した。

「爆竹工房が近くにあるのかな」

「いや、爆竹工房は都の中心から遠く離れた、城壁に近い里坊にある。そもそも火薬を作る工房では、硫黄を燃やすどころか、火気そのものが厳禁だ。調合済みの火薬に引火したら大惨事になるからね」

「誰かさんみたいに、自前で爆竹を作って遊ぶ人間がいるのかもな」

自分たちが通った小路の名を訊こうとあたりを見回したが、人通りはない。十字路を過ぎると水売りの屋台を見つけたが、無人であった。

「水売りがいるのに水が買えないとか、急に喉《のど》が渇いてきたぞ」

阿燁が暢気《のんき》につぶやく横で、天賜はますます眉間に皺を寄せた。

「こんなに建物がひしめき合っているようなところで火薬を調合するなんて、危険過ぎる。事故が起きてからじゃ遅い」

漠然とした焦りに駆られて、天賜は鼻を頼りに燻煙と硫黄の臭いを発している建物の前まで辿り着く。しかし門は閉ざされていた。紫雲楼《しうんろう》と掲げられた扁額《へんがく》を見上げた阿燁

るのかもな」

がつぶやく。

「ここは酒楼のようだ。この時間は閉まっていて、夜にでも出す火腿を自前で作ってい

天賜の不安を理解できない阿燁は、暢気な推理を展開した。だがそれでは塀の外まで漏れる硫黄の臭いには説明がつかない。少しのあいだ、中をのぞけないかと塀に沿って歩いてみたが無駄であった。阿燁が天賜にあきらめるよう促し、引き返そうとしたとき、耳を聾《ろう》する爆発音が響いた。大気を揺さぶるような衝撃に、天賜と阿燁は耳を塞《ふさ》いでしゃがみ込む。頭上に何か降ってくる気配に、両手で頭を抱えた。連続した爆発音がおさまると、ふたりは頭《かぶり》を振りながら顔を見合わせた。

音のした方向は確かに紫雲楼であった。塀は破壊されなかったものの、塀の上に葺《ふ》かれていた瓦が爆風に吹き飛ばされて、路上に散らばっていた。

瓦の破片に直撃されなかった幸運に息をつく間もなく、紫雲楼の門内からもうもうと立ち昇る黒煙に目を見開く。

「火事だ！」

周囲では、すでに爆音に驚いた住民や通行人が通りに集まり、騒ぎ始めていた。

呆然《ぼうぜん》と黒煙を見上げるかれらの前で、赤や黄色の炎が屋根より高く燃え上がるのが、塀越しに見える。

「阿賜！　帰るぞ！」

袖《そで》を引き、その場を去ろうとする阿煒に反応することなく、天賜は魅せられたようにその場に立ち尽くし、ただ燃えさかる炎を眺めている。

周囲の人々は辻々《つじつじ》に置かれた防火桶《おけ》を持ち寄り、消火作業に動きだしていた。防火衛の衛士が駆けつけるのも時間の問題であった。

「どうして門が開かない！」

中に入ろうとして門に群がり叫ぶ野次馬の声に、天賜は我に返った。中からも悲鳴が聞こえるが、内側から閂《かんぬき》のかけられた門は、中の者が開かねば誰も救助や消火のために入り込めないのだ。

そうしている間にも、みるみる炎は高く、煙は隣の建物にも覆い被《かぶ》さり、火の粉が群衆の頭上に激しく舞い散る。そして、最初ほどの大きさではないが、爆発音はまだ散発的に続いていた。

「もしかして、店のひとたちが、閉じ込められている？」

天賜は自分が逃げ場を失ったかのように呆然とし、泣きそうな声でつぶやいた。

はじめに塀越しに煙が見えたのは、門の右手奥のほうであった。位置的には厨房《ちゅうぼう》と思われた。午後遅くから門を開いて客を迎える酒楼に勤める者たちは、昼は遅くまで寝ている。起きて仕事をしているのは、仕入れた食材の下ごしらえをする厨師《ちゅうし》くらいなものであったろう。そして、店の主人が爆発音で目を覚ますにしても、火災に気がつき避難を始めるまでには時間がかかる。

だが、天賜にはこれが調理中の失火ではあり得ないことがわかっていた。

「阿賜！　かかわりになったらだめだ。帰るぞ」

両足に根が生えたように動かない天賜を無理やりに引っ張り、阿燁はその場から離れようとした。天賜は足をもつれさせてよろめく。そんなふたりの横を、手斧《ちょうな》や杵《きね》を手にした人々が、頑丈な正門ではなく薄い側門の戸をたたき壊して中に入ろうとしている。消火を急ぎ、類焼の被害を避けるためには、正しい判断であろう。

通りすがりの野次馬や、消火のために集まってくる近所の住人たち、急いで現場から逃れようとする人々。阿燁は奔流のような群衆に揉《も》まれながら、親友の手を放すまいと歯を食いしばる。そんな混雑でも、天賜は黒煙を追うように燃え上がる炎から目を離そうとしない。阿燁は苛立《いらだ》って親友の頰を叩き、叱りつけた。

「急げ！　巻き込まれるぞ」

生まれて初めて知ったであろう頰の痛みに、天賜は夢から覚めたかのように、あたりを見回した。

「や、大変だ」

いまさらながら驚きの声を上げる親友に、阿燁は苦笑いとともに天賜の腕を引き寄せた。梯子《はしご》や長柄の鉤棒《かぎぼう》を担いだ一団の衛士が防火衛から駆けつけたことで、逃げようとしていた群衆が押し戻される状況となっていた。

文字通り押し合いへし合いになって、怒号が飛び交う。阿燁は天賜を引っ張って脇道に入り、塀に張り付くようにして群衆をやり過ごす。その動きに、人々は衛士たちを現場に通すことの理《ことわり》を思い出したらしい。みな脇に避《よ》けて衛士らに道を譲る。

群衆が落ち着きを取り戻し、物見高く黒煙を振り返るのを尻目《しりめ》に、阿燁は天賜の肩に手を回し、強引に回れ右をさせてひとつ先の大路を目指した。

どのあたりの何条大路かはわからないが、広い道と交差する十字路へと吐き出されると、人の流れは一気にゆるやかになった。日常と違うのは、通りすがりの都人らが足をとめては、口を開けて離れた場所から空へと昇っていく黒煙を眺め、それから我に返って慌てたようにふたたび歩き始める光景であろうか。

天賜の手を放し、ほっとひと息つく阿燁の前に、ぬっと巨大な影が射した。

「うわっ」

何か大きなものが立ち塞がったことを察した阿燁は、天賜の肩を抱えて一歩下がった。

阿燁と天賜の行く手を塞いだのは、見事な栗毛の馬であった。

「おまえたちは――」

頭上、あるいは馬上から降ってきた声に、阿燁は顔を上げた。知った人間と鉢合わせしたかと焦ったが、逆光になって相手の顔は見えない。だが、馬はもちろん鞍《くら》や鐙《あぶみ》といった馬具も、熟練の職人の手による立派なものであることは瞬時に悟った。馬上の人物の衣装や佩刀《はいとう》も、皇城のそれも中心部で見かけるようなしろものだ。佩刀の鞘《さや》や柄《つか》の装飾は、玉が嵌《は》め込まれ金銀の箔《はく》が張られた、官品の高い軍人か高貴な身分でなければ所有できないしろものだ。

そうした『本物』の芸術品や装飾品を見慣れた阿燁は、すぐに相手の身分を察して顔を見られないように頭を下げる。馬上の人物が父や祖父の知り合いであるという可能性は大いにあった。

「阿賜、急げ」

親友に声をかけ、ふたたびその腕を掴《つか》んで、とりあえず北と判断した方向へ走ろうとした。しかし馬上の人物は手綱を操り、すかさず阿燁の行く手に先回りした。蹄《ひづめ》が音を立てて阿燁たちの目の前に回り込み、馬上の人物が「彌豆《びどう》、その子らを捕らえろ」と命じるのが聞こえた。

『止めろ』ではなく『捕《と》らえろ』とは、犯罪人扱いではないか、と阿燁は憤慨した。顔を上げて、馬上の人物と対峙《たいじ》する。角度が変わったせいか、顔がはっきりと見えた。

阿燁よりも三、四歳は年上の、知らない青年である。陶家の邸《やしき》でも、星家の邸でも見たことがない。裾《すそ》の長い絹の衫《さん》の下は、淡い紫色に染めた中着の広袖《ひろそで》を翻し、後頭部で束ねた栗色の髪は髷《まげ》に結わずに、金の透かし彫り細工の小冠に通して背中に垂らしている。帯から下げた佩玉は、白っぽい翡翠《ひすい》だ。どう見てもまっとうな官人ではない。かといって、市井の通行人を拘束する権限のある役人ではありえなかった。

阿燁は無視して先へ進もうとした。同時に「うわっ」と、天賜が悲鳴を上げ、阿燁は引き戻された。天賜のもう一方の腕を、彌豆と呼ばれた若者が捉《とら》えている。

「阿賜を放せよ、ちくしょう！」

叫びながら、阿燁は若者に殴りかかった。若者はひらりと避けたが、天賜の腕は摑んだままだ。その身のこなしは、訓練された兵士や武人の動きであった。阿燁はぱっと押し出すように天賜の腕を放す。予期せぬ動きと自分に寄りかかってきた少年の体重に、若者は後ろへとよろける。その隙に阿燁は帯に挟んだ袋から双節棍《そうせつこん》を引き抜いて、天賜の腕を摑んで放さない若者の手首めがけて振り下ろした。

「彌豆！」

馬上の青年の叫びに若者は手を放し、天賜は腕を引いた。阿燁の振り下ろした節棍は勢いよく地面に叩《たた》きつけられ、高い音を立てて跳ね上がった。

阿燁は跳ね返ってきた節棍を脇に挟んで受け止め、馬上の青年が剣の柄に手を置くのを見て、天賜の背を押して反対側へと逃げようとした。彌豆が行かせまいと立ち塞がる。その手にはすでに短剣が握られていた。

阿燁が怯《ひる》んだ隙に、少し遅れていた天賜が悲鳴を上げる。振り返ると天賜が宙に浮いていた。馬上の青年に衿《えり》を摑まれた天賜が、鞍の上に引き摺《ず》り上げられているところであった。天賜は顔を真っ赤にして襟元を押さえ、必死に足をばたつかせている。

「阿賜を放せ！」

「武器は捨てろ」

青年は片手で天賜を持ち上げつつ、目つきも鋭く威圧的な口調で阿燁に命じる。

「なんでだ。おれたち、何もしてないぞ」

「何もしていない人間が、道を塞がれただけで、武器を振り回し逃げようとするか」

反論できずに、阿燁は唇を嚙《か》んだ。天賜はすでに抵抗をやめ、おとなしくぶら下がっている。必死の目配《めくば》せは『助けて』と言いたいのだろうか。それとも、『抵抗しないで』という意味だろうか。

「話は京師府で聞く。まずはおまえたちの名を訊《き》こう」

阿燁はぐっと唇を引き締め、返答を拒む。青年とその従者は、京師府の衛士や将校の制服ではなかったし、官服でもない。色合いの美しい上質の絹織物ではあるが、ぱっと見ただけならば質素な印象を与える、無地の衫と広袖の長衣だ。阿燁や天賜の普段着とそれほど変わらない。

青年に自分を拘束する権力はないと判断した阿燁は、なかば祈る思いで、虚勢を張って言い返す。

「あんたが先に名乗れよ！」

庶民のかっこうをした少年の傲岸《ごうがん》な言動に、馬上の若者は眉《まゆ》を寄せて目を細める。それから、唇の端を少し上げて、阿燁へと身を乗り出した。

「これは失礼した。私は穎王《えいおう》司馬《しば》澳飛《おうひ》。火災の現場から逃げ出そうとする者で、不審なふるまいのある人間は、我が役目にかかわるため見逃せないのでな」

澳飛の名乗りに、相手の正確な身分を知った阿燁は血の気が引いた。皇族を相手に、絶対に自分たちの素性を知られるわけにはいかない。そのような少年の心情にはまったくかまうことなく、澳飛は従者の彌豆に話しかけた。

「この子らは庶民ではない。京師府に引き渡す前に、私が直接尋問する」

澳飛の目配せに、彌豆が阿燁を取り押さえようと近づく。双節棍をぎゅっと握りしめる阿燁であったが、澳飛は天賜が身動きできないよう鞍の上に押さえつけているために、手が出せなかった。

「相棒を見捨てて逃げないのは感心だ。武器をこちらに渡して、おとなしくついてくるならば、縄をかけるのはやめておこう」

うつぶせに鞍に押しつけられた天賜は、いつの間にか気を失ってしまったようだ。足が力なく垂れている。

「阿賜に何をした」

「ちょっと、気を飛ばさせただけだ。すぐに目覚める」

項《うなじ》を押さえて相手を気絶させる技があることは、阿燁も知っている。加減を間違えば命にかかわるため、阿燁はまだ習っていない。小さな天賜に、いつの間にそんな危険な技をかけたのかと、苛立ちと怒りで阿燁は頭がくらくらしてきた。

紫雲楼の方角から駆けてきた衛士のひとりが、澳飛を見つけて走り寄ってきた。

「穎王殿下。現場をごらんになりますか」

「おお、もちろんだ。だが、この少年たちを拘束しておいてくれないか」

「爆破事件に関係のある者たちですか」

「わからん。ただ、以前の騒ぎのときも見かけたので、怪しく思って声をかけたら、いきなり逃げようとした」

澳飛の言葉に、衛士のひとりがぐいっと阿燁の襟首を摑んだ。

「放せっ」

反射的に背を反らし、相手の手首を摑もうとする。

「抵抗すると自分の罪を認めることになるぞ」

脅しの言葉に加え、澳飛の姿を見つけて駆け寄ってくる衛士の数に、阿燁はおとなしく連行されるしかなかった。

第七章　火焰《かえん》の業

その日、京南のもうひとつの爆竹工房を訪れた澳飛は、皇城へ帰る途中で爆音を聞いた。彌豆《びどう》に預けていた馬の手綱を自ら取り、音のした方へと急がせる。行く手には黒煙が上がり、炎が見えた。ただの小火《ぼや》ではないことは明らかだ。

火災の起きている通りから、人々があふれ出した。群衆の流れに逆らって馬を進められずにいると、見覚えのあるひと組の少年たちが目に入った。反射的に手綱を引き、少年たちの行く手を塞《ふさ》いだ澳飛が声をかけるなり、背の高い方が逃げだそうとした。

このとき、澳飛にはこの少年たちが放火犯だという確信はなかった。見かけるたびに、その立ち居ふるまいと雰囲気から庶民ではないことは察していたし、年上の方が口を開いたときの言葉遣いはともかく、発音や抑揚は澳飛のよく知る上流官家のものであった。そして、身のこなしは正統な武術を学んだ者のそれで、双節棍の扱いも慣れたものであった。振り回す勢いによっては使用者にとっても危険な節棍を、まるで体の一部のように使いこなしたのだ。

澳飛が名乗ったときは、こちらの身分を正確に察したのだろう。一瞬ぎょっとした表情になったが、まっすぐに見返したときの怒りに満ちた瞳《ひとみ》は、まるで対等な身分の人間を相手にしているようであった。

火災現場の紫雲楼では、すでに火の勢いはおさまりつつあった。門は打ち壊され、あたり一面水浸しだった。熱気とあらゆるものが焼け燻《くすぶ》る臭気は凄《すさ》まじく、衛士や隣人が忙しく消火に走り回っている。煤《すす》まみれになって泣き叫ぶ女や子ども、怪我をして筵《むしろ》の上に寝かされている者、筵をかけられた遺体。

阿燁は目に沁《し》みる煙と鼻を突く臭いに、顔を顰《しか》めた。

「うわ……」

背後の斜め上から聞こえたのは天賜の声だ。澳飛の馬上で意識を取り戻したらしい。

澳飛は天賜の襟首を摑んで、鞍《くら》から下ろす。彌豆が天賜を支えて地面に立たせた。

「火事の現場を見るのは、初めてか」

どちらに対しての問いかはわからなかったが、阿燁はうなずいた。天賜は黙ったまま、ぼんやりと煙を上げ続ける建物を眺め、厨房《ちゅうぼう》と思われる建物を指差した。

「あっちが火元？」

天賜のつぶやきに答えたのは澳飛だ。

「まだ熱くて入れないそうだ。中は何もかもが真っ黒に焼け焦げているらしい。床もひどい状態で、中に入るには厚底の革靴がいると衛士らが言っていた」

「厨房なら、床は土間か石畳だから水を撒《ま》いておけば火傷《やけど》はしないと思う。だけど、天井や梁《はり》が焼け落ちていたり、熱で壊れたりした道具類が床に散らかっていたら、確かに歩き回るのは危険だ」

ひどく冷静な口調で、天賜が応《こた》える。ようやく正気が戻ったかと、阿燁はほっと息を吐いた。

「焼け跡に詳しいのだな」

探るような澳飛の問いに、天賜は振り返る。無意識に左手で右の前腕をさすりながら応えた。

「うちの穀物倉庫が燃えたときが、そうだった。あのときも、すごい爆発だった」

阿燁は初めて耳にした天賜の昔話に、驚いて目と口を開いたまま、親友のこの場に似合わぬぼんやりとした横顔を見つめた。

「穎王殿下」

澳飛を目にした衛士の隊長が駆け寄り、膝《ひざ》をついて被害を報告した。

軽傷で会話のできる店の者によれば、この数日は厨師長《ちゅうし》が事情により帰省しており、他の厨師や給仕にも休みを取らせ、竈《かまど》の火を落とし店を閉めていたという。楼内に残っていたのはほんの数人であったため、料理は隣の酒楼から取り寄せ、この日の厨房は、部屋で沸かす水と炭を取りに小者が出入りするほかは、無人であったと。

そして、その日は誰も厨房で火を使ってはいないこと、そのとき楼内にいた者は、手当てを受けている者から焼死者を含めて、だれひとり欠けていないことも断言した。

火薬の臭いが残っていたかと訊《たず》ねると、衛士は是と答えた。

「これまでと同じだ。休業中の飲食店の厨房で火を点《つ》ける」

澳飛は近隣の酒楼に部屋を取り、阿燁と天賜を別々の個室に閉じ込めた。

阿燁は逃げる隙を探したが、持ち物を没収された上に天賜と引き離されたことで、どうにも身動きがとれない。ひとつの円卓と四脚の椅子、壁際に給仕用の長卓が、窓の両脇には飾りの壺《つぼ》が置かれた部屋で、阿燁は所在なく奥の椅子に腰を下ろす。

しばらくして、澳飛が部屋に上がってきた。

「喉《のど》が渇いたな。茶を飲むか」

話しかけられても、黙ったまま答えない。

「身分と姓名を言えないということは、やましいところがあるからであろう？」

沈黙する阿燁に、澳飛は皮肉交じりの微笑を向ける。

「おまえたちが、春から続く火災の連続放火犯であるという証拠はないが、そうやって黙っていれば、それだけ不利になるぞ」

「連続放火犯？」

阿燁はオウム返しに澳飛の言ったことを口にした。顔を上げて反論しようとしたが、逆に正面から睨《にら》みつけられて、勢いを削《そ》がれる。

「おれたちは、たまたまあの通りにいただけです」

阿燁は息を吸い込みつつ、ようやくそれだけを言い返した。

「では五日前、五条奥小路の白煙騒ぎのとき、現場にいた理由は？」

阿燁は絶句した。身に覚えがあるから、とっさに何も言えない。澳飛が持ってこさせた天賜の手荷物から、澳飛は麻紐《あさひも》を巻き付けた円筒をつまみ上げた。所持品はすべて調べられたらしい。煙玉とこの日に買い込んだ硝石が見つかれば、放火犯と決めつけられてしまう。阿燁は唾《つば》を呑《の》み込む。

「あの日の爆音と白煙に、おまえたちが関係していたことは、言い逃れはできない」

そう言って、澳飛は自身の帯の物入れから、同じような筒を出して見せた。

「これは私が現場で拾った。何の道具か不明だったので調べさせたところ、喞子《しょくし》という名の、南方の蛮族が火を点けるための道具と判明した。そして、おまえたちの手荷物から、これとそっくりかつ唧子棒まで備えた完全な発火器具が出てきた。私はおまえたちがあの日、あの場所から立ち去るのをこの目で見ている。偶然とは思えない」

阿燁はどうすればこの場を切り抜けることができるのか、名案を思いつかずにいた。また、天賜がすでにどこまで告白しているかわからないので、下手なことも言えない。

「おれの友だちは、無事ですか」

しおらしく、丁寧な口調で天賜のようすを訊ねる。

「話を別々に聞こうと思っていたが、あっちの少年はぼんやりとして何も話さない。ふたりでいた方が気が緩んで話ができるかもしれぬな」

口裏合わせを避けるために少年たちを引き離したが、澳飛は考えを変えた。そばに控えていた彌豆に、天賜を連れてくるように命じる。

連れてこられた天賜は、阿燁が澳飛と対座している卓の上に、自分が失くした唧子が置かれているのを見て息を呑んだ。澳飛は阿燁に語ったことを天賜にも説明する。

「おまえたちが硝石を求めて都じゅうを歩き回っていたことも、知っているぞ」

阿燁の横に腰を下ろした天賜は、怯《おび》えつつ澳飛の顔を見つめるが、どう考えても初対面であった。どこかで見たことがあるような気がするのは、面識のある皇帝や皇太子と顔立ちがそこはかとなく似ているからだろう。

天賜は混乱しつつも、澳飛の発言を頭の中で繰り返し、自分たちの行動がどこから監視されていたのか整理しようと、心を落ち着かせる。

「でも、ぼくはあなたに会ったことがありません」

天賜は震える声で言い返した。

「それは残念だ。私はそれなりに目立つ見た目だと自負しているのだがな。私はこの春から、おまえたちが京西や京南を行き来して、肉屋に立ち寄っては塩硝を求めていたのを目にしているぞ」

天賜も阿燁も、同時に息を呑んで黙り込む。

実のところ肉屋に関しては、下男に確かめさせたときだけだ。つまり、澳飛は鎌《かま》をかけたわけであるが、効果は覿面《てきめん》であった。そして、本人が言う通り、澳飛の外見は目立つ。しかし阿燁も天賜も、街中で澳飛を目にした記憶はまったくなかった。

どちらも記憶力は悪くない少年たちだ。天賜にいたっては、年齢に似合わぬ観察眼は周りのおとなにも称賛されるほどで、そんなふたりが異相ともいえる澳飛の顔をちらりとでも見れば、覚えていないはずがなかった。

「でも、本当に今日の爆発とぼくたちは、何の関係もありません。煙玉はならず者にからまれたから、目くらましに使いましたけど、あれは音と煙は派手に出ますが、火はすぐに消えるんです」

観念し、泣きそうな声で告白したのは天賜だ。阿燁は驚いて天賜の上腕に触れた。

「だって、このまま帰してもらえなかったら、趙爺《ちょうや》たちが心配して捜索届けを出す。どちらにしても大騒ぎになるよ」

天賜が窓へと視線を向けると、日没までいくらもないことが、傾き始めた太陽の高さで見て取れる。天賜は澳飛に向き直った。

「五日前の白煙は、街中で使うつもりはまったくなかったんです。どのくらい煙が出るか、本当に安全なのか自信がなかったので自宅では実験できなくて、どこか広いところで煙玉を試してみるつもりで持ち出しました。だけどどこへ行っても、人目がなくて安全に煙玉を燃やせる場所は見つけられませんでした。あきらめた帰り道、物取りに追い詰められて、仕方なく煙玉を使って逃げたんです」

澳飛は納得のいった表情で、天賜の手荷物から饅頭《まんじゆう》大の丸い塊を取りだして並べた。

「つまり、これがそうか」

「それは、煙しか出ない設計で、理論上は放火には使えません。前の煙玉は思ったより白煙が出なかったのと、すぐに消えてしまったので、改良してみたんです。でも、家では試すことができないので、新京と旧京のあいだにある濠端《ほりばた》まで行けば、実験できる場所があるかと思って、今日はそこまで行ってきました。だけど、やっぱり人通りが多くて、あきらめました。戻る途中で燻煙《くんえん》と硫黄《いおう》の燃える臭いがしたので、こんな街中で火薬を作っているのかと気になって、臭いをたどっていったら、あの爆発と出くわしたんです」

天賜は澳飛の背後で、かれらの供述を書き留めている彌豆の姿を気にしながら、この日の顚末《てんまつ》を正直に告白する。阿燁は口を挟まなかった。

「この煙玉を酒楼の塀越しに投げ入れる、といういたずらをしたわけではないのか」

澳飛の問いに、阿燁と天賜は同時に顔を上げてにらみつける。抗議の声を上げたのは、天賜の方だった。

「そんなことをしたら、煙玉の効果を見ることができないじゃないですか。ぼくは放火するために煙玉を作ったわけじゃありません。なんなら、そこの庭先で破裂させてもらってもかまわないです。理論上は、火災を引き起こすほどの火は出ません」

「おれたちは、いたずらのために他人に迷惑をかけるような火遊びはしない」

澳飛の問いを言いがかりと受け取った阿燁も、激しい口調で言い返す。

「阿燁、ごめん。こんなことに巻き込んで」

天賜は阿燁の方を向いて、申し訳なさに涙を浮かべた。

「阿燁？」

彌豆が高い声で阿燁の名を口にし、筆を止めた。そして、顔を上げて阿燁の顔をじっと見つめる。

「どうかしたか、彌豆」

怪訝《けげん》そうな澳飛と目が合い、慌てて下を向いた。

「いえ、あの」

彌豆は咳払《せきばら》いをして、少し赤らめた頬でふたたび顔を上げた。

「あの――」

言い淀《よど》み、かなり逡巡《しゅんじゅん》してから阿燁へと視線を向ける。

「陶少監《とうしょうかん》のご子息の、阿燁様ですか」

澳飛、阿燁、天賜と、三人はそれぞれの理由で絶句する。

澳飛はまさに、この連続放火の調査を皇帝に諮った本人の息子が当事者であったとは、想像もしなかった。阿燁は初対面の人間にいきなり身元を看破されたことに驚き、天賜はここで陶玄月《げんげつ》の名が出てきたことに言葉を失った。

「どこかで見たことがある気がしたが、そうか、陶少監の」

澳飛のそれは思い違いであった。陶家の長男は養子であるから、父親の玄月に似ているはずがない。だが、澳飛は阿燁を正面から見据えたときに、どこかしら見覚えのある面差しだという印象を抱えていた。養子は親族から迎えるのが一般的であるから、陶一族の人間であれば顔立ちが似ていても印象としての辻褄《つじつま》は合うと、このときは勝手に納得してしまった。

「ではこっちの少年は？　陶家の使用人という風体でもないようだが」

澳飛が見立てたところ、このふたりは対等な友人同士であった。

「ぼくは星天賜です」

「ではお父上は外戚《がいせき》の星大官」

彌豆は即座に応じる。陶家と星家が昵懇《じっこん》なのは、上級宦官《かんがん》のあいだではよく知られているようだ。天賜は観念してうなずいた。

ふたたび部屋は沈黙する。誰もが息を止めているような空気の中で、澳飛は急に思い出したかのように立ち上がり、扉を開けて廊下を見渡した。

戻ってきてから、ほっと息を吐く。

「見張りの衛士らを、階段に控えさせておいたのは正解だったな」

澳飛と彌豆は、どうしたものかと顔を見合わせた。

「火薬を使った放火が続いているこのときに、陶家と星家の御曹司が火薬で火遊びをしているようだと、どう陛下に報告したものか」

少年たちは文字通り飛び上がった。

「親には言わないでください！」と、手を振り回す阿燁。

「そんな事件があったなんて知りません！ ぼくたちは自分たちの焔花《えんか》を作ってみたかっただけです！」と、泣き声交じりに叫ぶ天賜。

阿燁は驚き、不思議そうに天賜に振り向く。

「え、そうだったのか」

阿燁は天賜の実験に付き合ってきたが、その目的について訊《たず》ねたことはなく、天賜も自分から話したことはなかった。ただのちょっと変わった遊びだと、阿燁は軽く考えていた。

「焔花とは？」

それが何なのか、澳飛にはわからなかったらしく、訊《き》き返される。

「炎が違う色になる燃材を組み合わせて燃やす仕掛けです。他の包みも見てください。青や真紅の炎になる石脂や鉱石も、買って帰るところだったんだから――」

澳飛が底の方にあった重たい革袋を出してひっくり返すと、中からごろごろと石が出てきた。使途不明と判じて、特に調べもしなかった物であった。

澳飛は判断に迷って、ふたたび彌豆と視線を交わした。少年たちの親が、どのように反応するか、まったく想像できなかったからだ。

「どうして、そんな危険な物を作りたがるのか。そなたらの両親に頼めば、本職を雇って、いくらでも作らせることができるだろうに」

少年たちの家格に配慮して、少しばかり口調を改めた澳飛の問いは、つねづね阿燁が天賜に対して感じていた疑問そのままであった。天賜は目を泳がせつつ応《こた》える。

「自分で、自分の思うような色と形の焰花を作りたかったから――」

澳飛の口角に、微《かす》かな笑みが浮かぶ。自分が彫金に打ち込んでいるときの、心に描いた意匠が、自らの手で実現していくときの感覚を思い出したからだ。

阿燁が天賜に小さな声で訊ねる。

「焰花の？　色とか形？」

「昔、見たことがあるんだ。すごくきれいな、炎と火花の乱舞。でも、大きな事故だったし、大やけどを負った使用人もいたから、うちでは誰もその話をしたがらない。だけど、ぼくは、あのときの炎の舞が忘れられなくて」

天賜は無意識に腕をさすって告白した。

物心ついたころには、互いの家を行き来していたつきあいなのに、そのような事故について、阿燁はまったく記憶にない。だが天賜の右の前腕には、その原因を訊ねたことのない火傷《やけど》の痕《あと》があるのを、阿燁は知っていた。

「さっき、言っていた、穀物倉庫の火事？　そんな大事故が星家で起きたっけ？」

「河北宮の荘園《しょうえん》にいたときのことだよ。だから、阿燁は知らない。隠していたわけじゃないけど、母さんたちはその話をしたがらなかったから」

天賜が八歳の夏だったという。弟妹たちと隠れんぼをしていて、妹のひとりが日が暮れるころになっても見つからなかった。母屋の近くで遊んでいたはずであったが、家中の者が必死になって荘園内を捜し回る騒ぎになった。天賜は使用人に手燭《てしょく》を持たせて穀物倉庫を見に行った。倉庫で遊ぶと叱られるため滅多に行かないのだが、だからこそ見つからないと、賢《さか》しい下の妹は考えるかもしれないと、天賜は推測したのだ。

案の定、妹はそこにいた。倉庫の梁《はり》近くまで高く積み上げられた小麦粉袋の上によじ登り、眠り込んでしまったらしい。目を覚ましたときはすでに倉庫内は薄暗く、袋の山の天辺《てっぺん》からはその裾《すそ》は闇に沈んでいたという。恐怖のため自力で下りることができなくなった妹は、泣き叫んで助けを呼んだが誰にも届かず、力尽きてすすり泣いているところへ天賜たちが捜しにきた。

天賜の記憶では、妹は兄の姿を見たとたん、「お兄ちゃん」と叫んだ。そのとき、天賜の頭上で小麦粉の袋が崩れ、白い粉が降ってきた。

大量の小麦粉が宙に舞い上がったのは、焦った妹が足を滑らせ、袋が破れてしまったせいであろうか。そのときに落ちまいと暴れて、積み上げられた袋を崩すような動きをしてしまったからだろうか。

薄暗かったために、下から見ていた天賜にも、よくわからない。無我夢中だった妹は、その粉が目に入ったり、吸い込んで咳《せ》き込んだことは覚えているが、そのときのことは断片的にしか思い出せないという。

妹が天賜の上に落ちてくるのを見た使用人が、天賜を突き飛ばして妹を受け止めようとした。そのとき放り出した手燭の火が、宙を舞う粉に引火した。

「もうすっかり暗くなっていた倉庫の中が、ぱあーって、みるみる明るくなったんだよ。真っ白な柳絮《りゅうじょ》の降り積もった野原に火を点《つ》けると、じわじわって燃え広がるだろ？　それがすごい速さで、一瞬のことだったけど、薄い膜に閉ざされていた空間が、どこか別の場所につながっているように光に包まれたんだ」

妹を抱き留めた使用人は、爆発と同時にふたりの子どもを庇《かば》って覆い被《かぶ》さった。だから、天賜は宙を舞う粉塵《ふんじん》に炎が広がる瞬間しか見なかった。すぐに視界は真っ暗闇に奪われ、昏倒《こんとう》したらしい大柄な使用人の体の下で、急速に熱くなる倉庫の空気を感じながら妹の泣き声を聞いていた。

はみ出していた右手で、使用人が意識を取り戻すまで叩《たた》き続け、周囲を捜索していた家人も爆発音を聞きつけてたちまち集まり、三人は命からがら倉庫から脱出することができた。妹は髪が焼けただけですんだが、天賜は右の前腕を、使用人は後頭部から背中、ふくらはぎまで火傷を負ったという。

「うちの両親が薬医学の達人だから、その使用人はすぐに手当てを受けることができたけど、仕事は続けられない体になってしまった。両親はいまでもかれとその家族の生活を見ている」

愛《いと》しい我が子の命が、ふたり一度に奪われたかもしれない事故を経験した両親に、跡取りの息子が炎の乱舞に魅せられてしまったことは、知られるわけにはいかない。だが、濃い靄《もや》に包まれた薄闇の世界が、瞬く間に炎を上げて広がる光景は、いつまでも天賜の脳裏に焼き付いて離れることがない。

竈《かまど》や暖炉の火とも違う、一瞬にして燃え広がり、一瞬で消えてしまう輝き。それが爆発という現象だと知ったのは、それからしばらくあとのことだった。父の書斎で、古今の不可解な現象について集めた書籍を偶然に見つけた。なぜ倉庫で爆発が起きたのか、その原理はすでに知られていて説明があり、人為的に起こせないことはないが、危険過ぎるため、もう一度見ることは叶《かな》わないと知って失望した。

そして次の春節に、あちこちで鳴らされる爆竹が、抑制の可能な爆発の小さな現象であることに天賜は気がついた。市販の爆竹を分解してその仕組みを知り、火薬を用いることで炎と煙の規模を操ることができると悟り、天賜の興味は火薬の調合へと変化していった。そのために勉学を口実に離れを与えられ、そこで知識と技術を独習してきたのだという。

「だから、事故にならないように、ちょっとずつしか火薬を増やさなかったのか」

阿燁の問いに、天賜は小さくうなずいた。

「ほとんど毎晩、闇の中でまぶたを閉じると、あのときに見た光の広がりが繰り返されるんだ。同じ光景はたぶん無理だろうけど、実験を続けているうちに、もっといろんな色が出せることがわかったし、火毬《かきゅう》にして遠くに飛ばせば、爆発に巻き込まれないですむことも可能だって思えてきた」

長いあいだの夢がもう少しで叶うところまで来ていると、天賜は瞳《ひとみ》を輝かせている。だが、この状況でも熱く語る親友に困惑する阿燁と、なんとも気まずそうにしている澳飛と彌豆の表情が目に入ると、天賜は決まり悪げにうつむいた。

「あの、両親には言わないでもらえますか」

天賜はおずおずと澳飛に頼み込む。

澳飛が考えていたのは、天賜が事故に遭った四年前は、自分がどこでどうしていたかということだった。成人前であったので、おそらく自分も河北宮の後宮にいたはずであった。倉庫のみとはいえ、外戚《がいせき》である星家の荘園で火災があったのならば、皇后宮は大騒ぎであったろう。だが、そんな噂は澳飛の耳に入らなかった。母の夏嬪《かひん》と自分のいた宮は、河北宮であろうと宮城であろうと、いつもとても静かであった。

澳飛は彌豆に水を向ける。

「このふたりは、放火犯とは関係はないようであるが、かれらの素行を知って、その親に知らせず黙っていたとなると、私はともかく彌豆はただではすまないであろうな。どうする？」

問われた彌豆は、目をパチパチさせて澳飛と少年たちの顔を見比べる。

「陶少監に知らせても、知らせなくても、奴才《わたくし》にはとんだ災難ですよ」

その言い方で、阿燁は彌豆が宦官《かんがん》であることを悟った。彌豆に感じていた違和感は、耳慣れているようで不自然な声の高さであったことも。

阿燁は自分が天賜の火遊びの共犯になっているだけでなく、嘘をついて城下を遊び歩いていたことを父の陶玄月が知ったところを思い浮かべて震え上がった。

「父さんにだけは言わないで！　二度と家から出してもらえなくなる！　学問所もやめさせられてしまうから！　あと、めちゃくちゃにしごかれる」

そのどれひとつをとっても、阿燁には人生が終わるほどの恐怖であるらしい。先ほどまで傲岸《ごうがん》な態度であった阿燁が、父の名を出されてから落ち着きがなくなったのと、その焦りように、澳飛たちは失笑しそうになった。

「そなたの双節棍《そうせっこん》は、陶少監直伝の技か」

笑いをこらえながら、澳飛が訊《たず》ねる。応えたのは阿燁でなく彌豆であった。

「陶少監は梢節棍《しょうせつこん》の名手でおられますから」

まるで自分が褒められたかのように、彌豆が上司の腕を褒め称《たた》える。梢節棍とは、双節棍が二本の同じ長さの棍棒《こんぼう》を繋《つな》いだ武器であるのに対して、片方の棒がもう一方の棒よりも長い武器のことだ。杖術《じょうじゅつ》の技にも使えるが、長柄の武器として使用するときは短い棍棒が邪魔になるため、扱いは難しい。

天賜も大きくうなずいた。

「ぼくの父さんの書斎に飾ってある梢節棍は、陶おじさんに贈られたって聞いてます。陶おじさんはいろんな武器が使えるけど、梢節棍は特にすごかったって。五人くらい、あっというまに倒してしまうって。父さんはいくら練習してもどうしても扱えなくて、飾ってあるだけだって言ってました」

周囲が口を揃えて父親を褒めているというのに、阿燁はますます追い詰められた小獣のように、体を震わせた。

「その梢節棍で折檻《せっかん》される方の身にもなってくれよ！」

彌豆がぎょっとした顔で、阿燁を見つめる。

「陶少監が、梢節棍で阿燁様に折檻を？」

「そうだよ！　毎回死にそうな目に遭わされるんだ！」

彌豆は顔を引きつらせながら苦笑いを浮かべる。

「梢節棍で本気で打たれたら、骨は折れますし、場所によっては即死することもありますから、陶少監はちゃんと急所を避けて手加減をされていますよ。阿燁様」

「そういう問題じゃない！」

「先刻、大路で阿燁様が振り下ろした双節棍が奴才の右腕に当たっていたら、この腕はいまごろぽっきり折れていたでしょうね。そうなっていたら、奴才は上司でもある陶少監に、負傷の原因をすべて正直に報告しなくてはならなかったことでしょう」

真面目くさった彌豆の言いように、阿燁はぐっと呻《うな》り、口をつぐんだ。

少年たちと一連の事件は関係がないと澳飛は思ったが、現場に居合わせた事実を、偶然と片付けていいものかと迷った。身元はわかっているので、今日のことを一筆書かせて署名させ、解放することにする。

とりあえず、逃走防止のために借りていた衛士に、馬車を手配するように命じて、少年たちに向き合った。

「そなたらの親に報告すべきかどうかの判断は保留にする。どのみち、河北宮へ早馬を走らせても、両親が駆けつけてくるのは十日は先のことだ。これまでは、どの京師府も放火犯の捜査には腰が重かったが、このように死者が出るような火災が起きたのだ。本気で捜査に取り組むことだろう。そなたらが本当に無実かどうかは、おとなしく家に閉じこもっていれば、そのうち真犯人が捕まることで証明される」

そう釘《くぎ》を刺された阿燁と天賜が、差し出された紙に言われたとおりの文章と名前を書く。自分自身の死刑執行書に署名をしたみたいだと、阿燁は思った。

澳飛は衛士が用意した馬車に少年たちを押し込み、彌豆には付き添って家に入るところまで見届けるようにと命じる。

するとやから、天賜が顔を出して澳飛に話しかけた。

「あの、これから焼けた紫雲楼に戻るのですか」

「そうだが？」

「ぼくも、連れて行ってくれませんか」

性懲りのない子どもだな、と澳飛は思ったが、はじめに現場に同行させたときの天賜の佇《たたず》まいを思い出して、即答を避ける。

「そなたのような子どもが現場を見て、何かがわかるのか」

「これ、春から続いている連続放火に関係があるって言ってましたよね」

ぼんやりとしていると思えば、妙に賢そうな語り口となり、かと思えば気配を感じなくなるほどおとなしい。捉《とら》えどころのない印象を澳飛に与えている天賜は、このときはやたらと明瞭《めいりょう》な口調で質問した。

「まだわからん」

「あの、気になることがあるんです」

天賜は窓から身を乗り出し、息を弾ませて一気にしゃべりだした。

「現場では生存者も犠牲者も、発火前に楼内にいた人数と同じだって報告してましたよね。あれだけの爆発だったら、火を点《つ》けた人間はその場で死ぬか、身動きできないほどの重傷を負います。火薬使いならその危険を知っているはずですから、長い導火線を使って外から火を点けて、すぐに逃げ出したことになります」

部外者による放火であるのか、あるいは酒楼関係者の手による失火であるのか、見極める必要があると主張する。

この少年がぼんやりしているように見えたのは、この日に見聞きしたことと、自身の知識を、頭の中で整理していたためであろうか。澳飛は日没までにはまだ時間があると考え、天賜をもう一度現場へ連れて行くことにした。

やたらと爆発案件に詳しい天賜に見せれば、澳飛が気づけない事象を、見逃さないかもしれないと考えたからだ。

「ではついてこい」

馬車から飛び降りる天賜のあとに続こうとする阿燁を、彌豆が止める。

「じゃまするな！」

「阿燁様はここからお帰りください。星公子《シンコンツー》は穎王殿下がきちんと邸《やしき》へ連れて帰ってくださいます」

澳飛のあとを、心なしか弾んだような足取り——それは大股《おおまた》な澳飛の歩幅について行くための小走りであったのだが——で追う天賜の後ろ姿に、心配だけでなく理由のつけられない悔しさが胸中で暴れ回るのを、阿燁は歯を食いしばって堪えた。

第八章　三人寄れば

翌朝、阿燁は祖母に挨拶《あいさつ》をすませるなり、震駿《しんしゅん》に乗って家を飛び出した。若主人の行き先は星邸とわかっているので、護衛たちはさほどの危機感もなく支度を始める。

星邸の門を叩《たた》いた阿燁は、眠たげな顔の門番に入れてもらった。

夏のあいだ、すっかり星邸に通い慣れた震駿が、餌のある厩《うまや》へと馬丁を待たずに向かうのを見送って、阿燁は母屋に駆け込んだ。

「おはよう、阿燁。今朝はやたらと早いね」

星邸の玄関では、朝早くから正装した天賜が出迎えた。まるで昨日は何ごとも起こらなかったような、いつも通りの鷹揚《おうよう》な態度だ。

前日に自分だけ先に帰された阿燁は、陶邸前でおろされたのを星邸まで引き返し、抜け道の暗渠《あんきょ》から離れへと戻った。日没ぎりぎりまで天賜の帰りを待ったが、時間切れとなって天賜の顔を見る前に自邸に帰らねばならなかった。あのあと天賜と事件はどうなったのかと、悶々《もんもん》と悩みつつ一晩中眠れなかった阿燁は、いつもと変わらぬ親友の態度を苛立《いらだ》たしく思った。

「おい、あの薄《すすき》頭に何もされなかっただろうな？」

「薄？」

目を丸くした天賜は、すぐに察して笑みを浮かべる。

「ああ、殿下の髪が茶色だから？　薄というより、栗色に近いんじゃないかな。束ねたようすが薄の穂みたいなのは確かにそうだね」

言外に含まれた阿燁の皮肉など、まったく解さない天賜は、澳飛の見たままの印象を思い出してそう応じた。

「そういえばシーリーンおばさんの麦藁《むぎわら》色の髪を思い出すね。色は殿下の方が濃いけど、きっとお母上が西方の女性なんだろう」

「目つきも悪い。ああいうの、人相学では信用できない、よくないやつだろ？」

阿燁は頑《かたく》なに澳飛の悪口を並べた。天賜は阿燁の顔を見て苦笑する。

「ああ、うん。白目が多い、三白眼ていうのだね。でも、阿燁もそうだよ」

「え？」と阿燁は思わず訊《き》き返した。鏡がないかと、とっさにあたりを見回す。

「殿下は眼が大きくて、瞳《ひとみ》も薄茶でつい人目を惹《ひ》くから、三白も気になるんだろうけど、笑うと普通に優しい顔になる。それに、うちの親戚《しんせき》にも何人かいるから、ひとを見かけで判断してはだめだよ」

年下の親友に真顔でたしなめられた阿燁は、酸っぱい表情で眉間《みけん》に皺《しわ》を寄せた。

「昨日はね、衛士たちが現場を検証するところを見せてもらったんだ。爆発したあとって、どうなってしまうのか、小さかったときの記憶はおぼろげだったから、ああ、こんなになるんだ、って」

興奮気味に話し始めた天賜を、阿燁が顔色を変えて遮る。

「おまえな！　なにを暢気《のんき》なことを言ってるんだよ。死者が出てるんだぞ！」

阿燁に指摘されて、天賜は顔を強《こわ》ばらせた。そして不快そうに眉《まゆ》を寄せた。

「そうだね。でも、まだ焼死者が被害者と決まったわけじゃないから」

むしろ怒っているような物言いに、阿燁は戸惑う。

「どういう意味だ？」

「とりあえず庭に行こう」

感情を昂《たか》ぶらせた親友の声が大きすぎて、自分たちの会話が使用人たちの耳に入ることを危ぶんだ天賜は、阿燁を庭に連れ出した。

「昨日ぼくが見たところでは、導火線の痕跡《こんせき》は見つからなかった。ということは、昨日の爆発は火薬の調合中の事故で、火元の一番近くにいて焼け死んだ人間が犯人という可能性が高い」

天賜の目つきは真剣で、阿燁はごくりと唾《つば》を呑《の》んだ。天賜はすうと息を吸い込み、ゆっくりと吐いた。落ち着いているように見えて、かれなりに動揺しているのだろう。

調合を間違えたり、不用意に火気を近づけたりすると、取り返しのつかない災厄を招く。天賜がつねづね警告していたことを、初めて目の当たりにしたのだ。阿燁にとっては想像を超えた惨劇であったし、天賜には地獄の記憶を詳細に蘇《よみがえ》らせることになった。ふたりとも動揺を隠せずにいたのは当然であった。

「昨日はまだ鎮火が終わってなくて、詳細は検証できなかったから、今日また現場に戻ることになっているんだ。阿燁も来るかい？」

「もちろんだ！」

阿燁は即答した。

「じゃあ、行こう」

天賜が阿燁を連れて行った先は離れではなく、厩舎《きゅうしゃ》だった。馬丁が鞍《くら》を乗せた金楓《きんふう》を引き出してくる。

「お出かけのご用意はできています。従者は誰にしますか」

「訪ねるのはすぐそこの穎王府だから、従者は必要ない」

星家は外戚《がいせき》でもあり、皇族の多く住む宮城近くに邸をかまえていたので、王府と近所であるのは意外なことではない。同じく皇城の中心に近いといいつつも、宮城の反対側にある陶邸のほうが、星邸からよほど距離があった。

「午前中は穎王殿下の王府に招待されているんだ。阿燁も来る？」

「あんな傲慢《ごうまん》な薄頭の邸に行って、どうするんだよ」

犯人扱いされて捕まったことや、天賜だけが連れて行かれて、自分はさっさと帰されたこと、また澳飛の鷹揚だが終始見下されていたような態度を思い出し、阿燁は腹立たしげに吐き捨てた。

「新しい煙玉の出来を殿下も見てみたいから、王府で試しなさい、って」

ものすごく嬉《うれ》しそうに、溢《あふ》れんばかりの笑みを湛えて天賜は言った。おとなしく、むしろ内気だと思っていた親友が、初対面の相手と一日で仲良くなっていたのが阿燁には信じられず、釈然としない。

とにかくいろいろと気に入らない阿燁であったが、天賜をひとりで澳飛のところへ向かわせるのも業腹であった。あの澳飛に従っている宦官《かんがん》がどういう人間なのか、父とどれだけ親しいのかも気になる。

阿燁は星家の馬丁に預けたばかりの震駭を引き出し、金楓と馬首を並べた。

「だけど、おれのは普段着だ」

まがりなりにも皇族の住む王府を、臣下の家族が訪問するのだ。正装でないのは体裁が悪い。天賜は召使いに薄絹の衫《さん》と、銀の帯鉤《バックル》に貴石を嵌《は》め込んだ幅広の革帯を持ってこさせた。童生《どうせい》のしかも未成年であることと、宮城に上がるわけでもないことから、略式の礼装で十分であった。とりあえず絹織の上着を装飾のついた帯で留めた装いであれば、王府を訪ねても非礼には当たらない。

「あ、佩玉《はいぎょく》も要るよね。ぼくの予備を使って」

天賜はばたばたと私室へ戻り、碧玉《へきぎょく》の佩玉を片手に戻ってきた。自分の帯に下げたそれとは色違いの佩玉を、天賜は阿燁の帯に結びつける。

阿燁は大いに不満を抱えながらも、天賜とともに星邸を出た。護衛とはすれ違いになったが、行き先が皇城内の王府であるから、そこまで問題にはなるまい。護衛が来たら、星邸で待つようにことづける。

穎王府はとても静かであった。使用人の少なさが理由であると、阿燁は奥へ通されて察した。皇子とはいえ十六番目にもなると、あまり人間を雇えないのだろうかなどと邪推する。

澳飛は中庭に面した居間で書見をしていた。髪は結わずに後頭部でひとつに束ね、背中に長く垂らしていた。阿燁はますます薄みたいな頭だと思い、内心で尾花《おばな》殿下と揶揄《やゆ》して、溜飲《りゅういん》を下げることにした。

さっそく煙玉を試したくてうずうずしている天賜に、澳飛は庭の池へと少年たちを案内した。

「そこなら、想定外に燃えても、すぐに消火できるだろう」

四季を通して完璧《かんぺき》な庭園に囲まれて育った阿燁の目には、穎王府の庭は隅々までの手入れがされているようには見えなかった。荒れるがままの一歩手前で、夏の濃い緑の木の葉や草花が、茫々《ぼうぼう》と生い茂っている。庭師の手が足りず、最低限の手入れと掃除のみがされているようだ。

周囲を値踏みしている阿燁の横で、天賜は自ら桶《おけ》に水を汲《く》んで用意し、没収されていた煙玉を受け取って、導火線に火を点《つ》けた。

えいっとばかりに池端の露台に投げつけると、派手な音とともに白煙が立ちのぼる。城下でならず者たちに投げつけたときよりも、はるかに大きな音と倍以上の煙が出た。

天賜は煙が消えるまで静かに数を数え、阿燁と澳飛はその光景を黙って見ていた。

派手な音と煙であったにもかかわらず、使用人は誰も駆けつけてはこない。木立が多く、建物や塀が丈の高い生け垣によって隔てられた王府の庭では、隣人どころか敷地内にいる使用人の耳にも届かないようであった。

三つの煙玉は、燃材の配合が少しずつ違うのだと天賜は説明し、ふたつ目の煙玉に火を点けて投げる。破裂時のバチバチという音は先ほどよりも激しく、白煙は微《かす》かに緑色を帯びていた。

「おお、思った通りだ。でも、火花の色が煙に映っただけで、煙に色がついたわけじゃないのかも」

「孔雀石《くじゃく》の粉末を入れたのか」

阿燁の問いに、天賜は元気よくうなずいた。

「こっちは、赤い石脂《せきし》の粉末。何色になるかわからない。たぶん赤い」

最後の煙玉に火を点けて投げる。このときは煙よりも炎が上がった。ただ、昼間であったので、ふつうの炎との違いは見て取れなかった。焔花《えんか》の成果は、暗くなってからでないとはっきりとはわからない。

「かといって、夜の王府にお邪魔するのも――」

天賜は口のなかでぶつぶつとつぶやく。

「陶公子は、なかなか興味深い友人をお持ちだな」

いきなり澳飛に話しかけられ、阿燁は返答に困る。阿燁の澳飛に対する印象はまったく改善されていない。できれば天賜を連れて、早く星邸に帰りたかった。

「さて、気が済んだか」

澳飛が天賜に訊《たず》ねた。天賜は満足げにうなずき返す。

「では、でかけよう」

買い物か劇場にでも誘われていると、錯覚しそうであった。

阿燁はためらいがちに天賜に目配《めくば》せをした。なぜ自ら事件に首を突っ込もうとするのか。一連の放火事件とは無関係であることは認められたので、あとは知らぬふりをして日常に戻るべきではないのか。外城歩きが親にばれたり、公務中の皇族との乱闘未遂があったことが親に知られたら、ただではすまない。

だが、天賜は阿燁の内心の葛藤《かっとう》も知らず、いそいそと厩舎に向かう。

これまでは野放図にふるまう阿燁と、その親友を諌《いさ》めてきた天賜の性格が、事件をきっかけに入れ替わったようだ。

「待て。服は着替えた方がよかろう。昨日もそうだったが、煤《すす》まみれになってしまうからな。昨日は家の者に何も言われなかったのか」

澳飛に問われた天賜は、家人に見つかる前に着替えたので、と応《こた》えた。澳飛は星家の側門まで送っていったのだが、天賜は門から入る振りをして、いつもの抜け道から離れに戻って着替え、何食わぬ顔をして母屋へ戻った。

澳飛は自らも膝丈《ひざたけ》の簡素な上着に着替え、ふくらはぎまで覆う乗馬靴を履く。子どもたちにも、城下の徒弟が着るような衣服を彌豆に用意させていた。

厨房《ちゅうぼう》から出火した二階建ての紫雲楼は、半焼の状態であった。床には消火のために撒《ま》かれた水による煤や焦げの黒い水たまりが、一晩では乾かずに、あちらこちらに残っていた。紫雲楼には京師府の衛士が詰めていたが、店舗の方では、杖《つえ》をついた楼主が無傷か軽傷の家人と雇い人に指図して、片付けを進めさせていた。火災時は二階にいた楼主は、逃げるときに階段で転倒し、足を挫《くじ》いたという。

阿燁は真っ黒に焼け焦げた厨房をのぞき込み、異臭に鼻に皺《しわ》を寄せ、不快な光景に眉《まゆ》を寄せた。その反対に天賜は、隅々まで指差しながら独り言をいいつつ、さらには煤まみれの柱や、屋根の一部が落ちて青空がのぞく天井を見上げ、観察している。

「どうだ。新しい発見はあったか」

阿燁と同じくらい、焼け焦げた厨房という光景しか目に映らないらしい澳飛が、天賜に訊ねる。

「燻《くすぶ》っていた熱と煙がおさまったので、昨日は近づけなかったところもよく見えます。天井と屋根が吹き飛ばされるほどの爆発だったのですから、持ち込まれた火薬の量も相当なものだったようですけど、激しく燃えたのは厨房に貯蔵されていた油の量も関係あったみたいですね。ここがそうだと思います」

天賜は奥まった食材置き場を指差した。床は陶器の破片で覆われ、壁はねっとりとした煤で真っ黒になっている。天賜は壁からほぼ焼け落ちた天井まで視線を移し、この倉庫がもっとも激しく燃えたことを指摘した。

「潁王殿下は、未冠の童生の意見を必要とされているのですか」

阿燁は棘《とげ》のある口調で訊ねる。澳飛はわずかに眉を上げたが、阿燁の皮肉に対してどのような感情を覚えたとしても、表情や態度に出したりはしなかった。

「独力で煙玉を手作りする未冠の童生の意見は、傾聴に値すると思うが」

澳飛は言葉を選びながら、阿燁に自分の立ち位置を説明した。

「通常、皇族が賜る公務は、権威を必要とするが、個々の能力はあまり問われないものが多い。つまり、お飾りだな。国使や祭事の主催などの実務は、次席を命じられた官僚が行う」

自らをお飾りと言って憚《はばか》らない澳飛に、阿燁は毒気を抜かれてしまう。澳飛は阿燁の心中にはおかまいなく、現状について話を続けた。

「私の任務は、帝都の広範囲で連続して起きている硝煙臭を伴う火災が、同一犯による連続放火の可能性を調べることであったが、都に七つある京師府には横の連携がなく、担当する区郭が異なると、協調して捜査することが難しい。そのため陛下は私に銀牌《ぎんぱい》を授け、各京師府から記録を集め調査するよう、ご命じになられた。調書の検証や報告書の作成はともかく、私には市井や犯罪についての知識もなければ、捜査の経験もない。

さらに、成人して後宮を出てから喪が続いたために、ほとんど世間とかかわってこなかった。このように手がかりが少なく、特殊な知識を必要とする任務には、向いていないのだろうな」

傲慢《ごうまん》であるべき皇族の澳飛が、自身の力不足を率直に認めたことで、阿燁はますますもやもやとしてきた。

「こういう酒楼で、外食をしたこともないんですか」

阿燁としては、精一杯の嫌みではあったが、澳飛はうなずいた。

「ない。長く喪中であったからな」

「そうじゃなくて。皇子様方って、おれたちくらいの年頃になると、後宮から抜けだして城下で夜遊びをするから、追いかけて監視する宦官《かんがん》がついているっていうし」

澳飛は阿燁へと目を向ける。白目がちなその薄茶色の瞳《ひとみ》は、阿燁の目線とほぼ同じ高さにあった。つまり自分の身長が澳飛とそれほど変わらないことに、阿燁はこのとき初めて気がついた。

「そなたらのようにか」

感情のまったく込められていない視線を返されて、阿燁は思わずぞくりとした。

触れてはいけない話題に触れてしまったかと阿燁は焦ったが、澳飛は「後宮にいたころも、微行はしたことがないな」と淡々と応じただけであった。

親や養育係の目を盗み、宮殿や豪邸を抜け出して繁華街に繰り出す微行は、身分の高い青少年にとっては、通過儀礼のようなものである。皇族であろうと、官家あるいは富裕な庶民であろうと変わりはない。

「書院の童生も、代返を頼みあって講義を抜け出したりしてるのに？」

口調に勢いを失いつつも、阿燁はさらに続ける。

「そうか」と、澳飛は平坦《へいたん》な口調で相槌《あいづち》を打っただけであった。

会話に対する澳飛の興味が失われたことを察した阿燁は、落ち着かない気持ちでうつむく。足下の濡《ぬ》れた煤溜《すすだ》まりが気持ち悪い。汚れのない床を見つけてそちらに足を置き直そうとすると、澳飛が「あ」という顔で手招きをする。

「そこは、焼死者が斃《たお》れていた場所だ」

阿燁は床につきかけていた足を、膝《ひざ》の高さまで上げて後ずさる。均衡を崩しておろした足は、うっかり煤溜まりを蹴《け》った。跳ね上がった黒い水滴が脚衣の裾《すそ》を汚す。

そこへ、衛士が煤溜まりの黒い水を撥《は》ね飛ばしながら厨房に入ってきた。

「殿下。爆竹工房長が参りました」

衛士の取次ぎによって案内されたのは、初老の職人らしき男であった。日常的に炭塵《たんじん》を扱うために、爪の中まで黒く染まった十本の指、上着の筒袖《つつそで》口と短袴《たんこ》の裾を紐《ひも》で括《くく》った脚衣も、煤や炭塵で黒ずんでいる。顔の皺にも入り込んだ炭塵が、くっきりとした黒い線となって何本も刻み込まれていた。

うっかり蠟燭《ろうそく》や手燭《てしょく》の火を近づけたら、このまま人の形をした火柱になってしまうのではないかと、阿燁は不謹慎にも想像してしまった。

「火薬が使用された火災があったとのことですが」

工房長は水浸しのまま乾かぬ黒い床に膝をついて、皇族への拝礼をしようとした。澳飛はとっさに前に出て、工房長の腕を摑《つか》んで立ち上がらせた。

「忙しいところを呼び出してすまぬ。この焼け跡から、発火当時ここにあった火薬の量を推算することができるか」

「ただちに」

工房長は床の中央に立ち、全体を見回してその惨状に顔を歪《ゆが》ませた。嘆息とともに下を向き、火元と特定できるもっとも燃焼の激しかった場所にしゃがみこみ、残された煤を指で拭《ぬぐ》い取ってはその臭いを嗅《か》いだ。

工房長の仕草や行動は、その前に現場を一巡した天賜のそれとほぼ同じであったことに、澳飛は気づく。天賜は煤や焼け焦げに直接触ることはしなかったが、自前で用意してきたらしい何本もの竹べらで煤や焦げをこそげ取り、紙に挟んでいた。

しかもいま、別の床面に触れる前に、汚れた指を上着の裾で拭おうとした工房長へ、天賜は湿らせた手巾《しゅきん》を差し出している。

「気の回る子どもだな。さすが星大官の令息だ」

「星大官をよくご存じなのですか」と阿燁。

「朝堂で会えば、挨拶《あいさつ》くらいはする」

生真面目に応じる澳飛が、自分の父についても何か言うのではと、阿燁は無意識に次の言葉を待った。だが、澳飛はそこで黙ってしまった。

阿燁は燃え残った真っ黒な梁《はり》ごしに、青い空を見上げた。

いまごろ、河北にいる両親はどうしているのだろう。内城、外城関係なく、富裕な家庭は猛暑の時期には涼しい地方へ避暑に行く。しかし、都一の富豪の跡取りである阿燁は、河北宮どころか近場の避暑旅行にも行ったことがない。皇帝の側近である祖父と父が、毎年欠かさず河北宮へ行く目的は、避暑ではなく仕事だ。夏のあいだ、陶邸には祖母か母のどちらかが阿燁とともに残る。阿燁には家族がそろって夏を過ごした記憶がまったくなかった。

童科書院では、夏の終わりにはどこで避暑をし、どのように夏を過ごしたかという話題でもちきりになる。だが、どの童生よりも裕福なはずの阿燁は、一年中皇城のほぼ中心にある陶邸で、話題もなく、代わり映えのしない日常を繰り返していた。

外城にあるほぼ焼け落ちた酒楼の厨房《ちゅうぼう》に、第十六皇子の横に佇《たたず》んで、初めて会った爆竹工房の職人頭と話し込んでいる天賜を眺めている阿燁を目にしたら、両親はなんと言うだろうか。

現場検証を終えた工房長が澳飛に所見を報告し、彌豆がかれらの背後で工房長の説明を書き取っている。天賜は工房長の話に熱心に耳を傾けつつ、彌豆の手元にも注意を向けていた。

物心つく前からのつき合いだというのに、天賜がこれほど生き生きと目を輝かして、他者とかかわっているのを見るのは、これが初めてではないか。親友の意外な一面を見せつけられたことは、鬱屈《うっくつ》の材料となって阿燁の腹に詰め込まれていく。

工房長が帰った後、楼主が厨房の片付けと解体を始めてもよいかと訊《たず》ねてきた。澳飛は京師府の官吏に作業の監視を命じて、その場を引き揚げることにした。

「さて、これからどうする？」

澳飛が少年たちに向かって問う。まるで待ち構えていたかのように、阿燁の腹がぐうと鳴った。

「そういえば、昼も過ぎたな。協力してくれた礼にどこかで昼食をと思うが、私は外食をしたことがないので、どの茶楼なり酒楼なりがよいのかわからん」

阿燁と天賜は、この春から外城で立ち寄った茶楼をいくつか思い浮かべたが、皇族を連れていくのに相応《ふさわ》しい場所は思いつかなかった。彌豆が昨日の尋問ために部屋を借りた酒楼を提案し、澳飛はその案を受け容《い》れた。

かれらが酒楼を再訪し、二階の個室に落ち着くと、楼主が注文を聞きに自ら上がってきた。澳飛は何でもよいのですぐにできる料理を出すようにと言い、壁際に控えて立っていた彌豆に、ともに席について食べるように命じる。

「ここは宮殿でも王府でもない。ひと仕事は終えたが、まだやることが残っている。そなたも重要な戦力だ。腹を満たして午後に備えろ」

「は、ですが……」

それでも躊躇《ちゅうちょ》する彌豆に、澳飛はふと思い当たったようすで、少年たちに彌豆が同席してもよいかと訊ねる。

天賜はまっとうな官家の、阿燁は厳格さで知られた陶少監の子息である。宮中から出向している宦官とは、同じ食卓を囲むことを許されていないのではと察したのだ。

「ぼくは、かまいません」と天賜。そもそも、彌豆が宦官であることにも気づいていないようすで、朝から気軽に話しかけている。

「おれも、別に。どうせ父さんがこのことを知る予定はないのでしょう？」

暗に、この事件とは関係のない阿燁たちの秘密を守ってくれるよう、阿燁は念を押した。

「だ、そうだ」

少年たちと澳飛の言葉に、彌豆は恐縮しつつ席に着いた。

阿燁は運ばれてくる料理を口に入れながら、会話に加わることがなかった。むしろ、できなかった。かれなりに二年近く天賜の実験に付き合い、火薬や火事の危険性について学んできたつもりであった。しかし、焼け落ちた厨房で天賜が工房長と交わしていた会話はほとんど理解できなかったし、いまも天賜が熱心に繰り返す、爆発時がどうであったかという仮説も、うまく想像できなかった。

だが、澳飛はわかったような顔で天賜の話を聞いていたし、彌豆はたびたび箸《はし》を置いては、手帖《てちょう》に天賜の意見を書き留めていた。

「星大官はとても聡明《そうめい》で博識な子息をお持ちなのだな」

澳飛は天賜を褒めた。阿燁は自分がまったく必要とされていないことと、役に立っていないことに、食が進まない。実際、阿燁は褒められることは何もしていないのだから、会話に加われないのはどうしようもなかった。

「私なりの推測や仮説がないわけではないのだが、星公子の知見には実に蒙《もう》を啓《ひら》かれる。どうだろう。これから王府に戻り、これまでの調書と地図を見て、放火犯の正体について星公子の思うところを、聞かせてもらえないか」

「火薬についてなら、考えつくことはいっぱいありますけど――」

褒められたことで頬を赤く染めて謙遜《けんそん》しつつ、放火犯の行動範囲やその動機など、自分に想定できるはずもない、と天賜は言葉を濁す。阿燁はもう帰りたくなっていたので、天賜が辞退するのを後押ししようとした。だが、天賜は心を決めて口を開く。

「この連続放火の背後にいるのが、巨大な犯罪組織とかだったらまったく想像もつきませんが、もしもぼくと同じような、興味本位で火薬を弄《もてあそ》んでいるだけの素人ならば、記録を読めばあるていどの犯人像が摑めるかもしれません。そういう意味で、いくつかの可能性を排除したり、仮説を立てることはお手伝いできると思います」

天賜は幼馴染《おさななじ》みへと顔を向けて、「いいよね」とでも言うように首を少し曲げた。阿燁は天賜が自分に相談もせずに、澳飛の招待に二度も応じたことに衝撃を受けた。

「それは助かる。だが、その前に――」

澳飛は楼主を呼び出した。火災に遭った紫雲楼の評判を訊ねるためであった。

食事を終えた澳飛たちのために茶器を入れ替えた楼主は、手ずから茶を淹《い》れ直して、澳飛の質問に答えた。

楼主から聴き取ったところでは、被害にあった紫雲楼の一家が恨みを買っていたという噂はなく、焼け死んだとされる従業員の人柄なども、特筆して語られることはなかった。経営状態についても、このあたりの酒楼はだいたい繁盛していること、競争の必要はなく、むしろ客の需要に対して店が足りないとのことであった。

「秋になって涼しくなれば、いっそう忙しくなりますよ。もっと厨師《ちゅうし》や給仕を雇わないと、中秋にはとても回しきれません」

繁忙期には楼主自身が厨房に立ったり、料理を運んだりしなくてはならず、帳簿付けは夜遅くまでかかってしまうと、額の汗を手拭いで拭《ふ》きつつぼやいた。

四人が王府に戻ると、追いかけるように京師府から報告書が届く。鎮火後の厨房の状態をはじめとし、現場にいた者たちの出自と、ここ数日の行動について記録された調書などであった。

「早いな。京師府もやる気を出してきたか」

澳飛は広間に卓を並べて、紫雲楼の報告書とこれまでの調書や地図を広げた。天賜が最初に目を留めたのは、京師府から届けられた書類の束にはさまれていた焼死者の検死図であった。

阿燁が思わず目を逸《そ》らしたそれを、天賜はじっくりと検分してから考えを述べる。

「火傷《やけど》の損傷がもっともひどかったのが身体の前面、それも上半身ということは、この人物は引火した瞬間に爆発物に対面していたということですよね」

天賜は彌豆に頼んで、白紙と筆を貸してもらった。墨を含ませた筆で、厨房の平面図をさらさらと描き上げる。

「ここに焼死者が仰向《あおむ》けに倒れていたそうですが、角度的にこちらの焙《あぶ》り炉に面して立っていたと推測できます」

天賜は筆の先で厨房の間取りを説明し始めた。

「例えば、ぼくが広い厨房で火薬の調合をしてもいいと言われたら、焙り炉を使うのは理に適《かな》っていると思います。三方を耐熱煉瓦《れんが》で囲まれていますし、いつも脂の多い豚や家鴨《あひる》を焙っている場所ですから、壁は天井近くまで真っ黒に煤《すす》けていて、そこでちょっと火遊びをしてもばれないでしょう。でも開放しているこちら側に立っていたら、火炎と爆風を浴びるのは必至です。調合する火薬の量は慎重を要します」

澳飛がふむふむとうなずきながら聞いているのを、阿燁は苦々しく思いながら、天賜の示す図面へと視線を下げる。

「紫雲楼の焼死者が、これまでの連続放火の犯人でもあると仮定した場合、かれはいままでよりも火薬の量を多くしたか、調合法を変えた火薬の効果を試そうとして失敗したのでしょう。この場合、他に犠牲者がいませんので、かれの単独行動だったと思われます」

澳飛は紫雲楼の人員表をめくって、焼死した青年の姓名と身元を読みあげた。帝都外城京南の下町に生まれ育ち、かの紫雲楼に勤めてまもなく五年目であった。楼主によれば、無口でよく働く、いたって真面目な青年であったという。父母は健在で、弟妹がひとりずつ。給料に文句を言ったことはなく、かれが紫雲楼を爆破しようとした動機は、まったく思い当たらないとのことであった。

「この者の背後関係は継続して調べさせているが、この青年が犯人ならば事件はすでに解決し、これからは硝煙臭い火災は起きなくなる」

澳飛はそうであって欲しそうに付け加えた。天賜ははっとして顔を上げた。

「硝煙の臭い――そういえば」

口ごもった天賜は、手の甲で額を押さえてかぶりを振った。澳飛と阿燁は、何ごとかと天賜を見つめた。

「ぼくの見立ては間違っているかもしれません」

戸惑いと罪悪感の入り交じった声で、天賜は押し出すように言った。

「ぼくたちが現場近くにいた理由ですが、燻煙《くんえん》の臭いに導かれたんです。肉屋があるのかと臭いを辿《たど》っていったら、爆発の前に硫黄《いおう》の臭いも漂ってきました。だから、もしかしたら焼死したひとは、まったく偶然に火薬のあったところに、何も知らずに火を点《つ》けただけの、気の毒な被害者だったかもしれない」

「どういうことだ」

硫黄の臭いが、中にいた人間を犯人ではないと断定する理由がわからず、澳飛は思わず問い詰める。

「昨日、現場に戻って井戸のそばを通ったときに、鴨の羽根が散らかっていたことに気がつきませんでしたか」

話が飛んだような気がしたが、澳飛は頭蓋《ずがい》の奥にある記憶をのぞき込むような眼差《まなざ》しをしてから、そういえば、とうなずきを返した。

毎日大量の鳥料理が出される酒楼の水場に、毟《むし》られた鳥の羽根が落ちていても、疑問に思うことはない。だが、件《くだん》の紫雲楼は休業中であった。

「紫雲楼は休みだったけど、たまたま鴨が手に入ったので、店に残っていた従業員が焙って食べようと思ったところへ、大量の火薬があったとしたら——というのは、この不幸な青年が放火犯だとすると、あまりにも無防備だとも思ったので。硫黄と燻煙の臭いを別々に嗅《か》いでいたことも、見過ごしていました。他の燃材が近くにあるところで硫黄だけを燃やすなんて、危険極まりない」

火薬の調合時には火気は厳禁であることを、天賜は強調する。爆竹工房で聞いた話と一致するので、澳飛は天賜を信用した。

「整合性のつかない犯人の行動に、ますます謎が深まるな。とにかく、最初の記録から見ていくか」

澳飛自身は何度も繰り返した手順であったが、子どもたちと見直せば、新しい気づきがあるかもしれない。自分よりも年下の少年たちではあるが、微行して帝都を縦横に歩き回り、ふつうの御曹司ならば気にもかけないであろう厨房《ちゅうぼう》の構造や調理方法にも詳しい。そして天賜の火薬に関する博学ぶりは、天与の才と言ってもさしつかえない。

それからしばらくは、それぞれが紙をめくるカサカサとした音と、目を通した調書を置いて、次の調書を取り上げる音が響いた。阿燁も成り行きで日付順に綴《つづ》られた冊子を読む。火災のあった場所と日時、現場の状態と周囲の住人たちから聴き取った証言。はじめはまったく興味がなかったが、ひとつ目に留まった現場が、いつかの白煙騒動の里坊に近いことに気づいた。

「そういえばさ、阿賜。肉屋を回って塩硝を分けてもらっていたとき、何軒かの肉屋で『またか、そんなにいつもいつも塩硝が余るわけがないだろう』って追っ払われたことがあったな。初めて入った店なのに」

「うん？　そういえば、あったね」

天賜は紙の上で筆を忙しく走らせつつ、上の空で返事をした。これまであった小火《ぼや》の記録から、使われたと思われる火薬の量を計算していたところであった。阿燁は邪魔をしないように、夏をまたいで歩き尽くした外城下の肉屋を思い出しつつ、部屋の隅にあった碁石を借りてきて、地図の上に黒い碁石を置いていった。肉屋の店舗と放火された飲食店とのあいだに、距離や順序などの相関関係は見いだせなかった。

「兵器工廠《こうしょう》からも、爆竹工房からも硝石が盗まれてないってことは、おれたちと同じやり方で硝石を手に入れようとした連中がいるってことですね」

天賜の行った実験は、青銅の大鉢の中でおさまるような、小火にならない程度のものばかりだ。京師府が動くほどの火災を起こす火薬を調合するのに、どれだけの硝石が必要なのか。

天賜が首を横に振って反論した。

「これだけ連続して火災騒ぎを起こすほどの硝石は、肉屋から塩硝の余りをわけてもらうくらいでは、とても足りない」

連続放火犯がどこから硝石を手に入れているのか、それは澳飛も早い時期から疑問に思っていたことだ。阿燁は話を続けた。

「硫黄は薬種屋でふつうに売られているから、たくさん欲しければ何軒も梯子《はしご》して買える。一方、購買許可証を持ってない人間が、硝石を大量に手に入れようとしたら、自力で堆肥《たいひ》から硝石の結晶を得るか、どこかの採掘場から持ってくるしかない」

「硝石の採掘は国の管理下にある。採掘された硝石は限られた業者に卸されるだけで、市井に出回ることはほとんどないと聞くが？」

澳飛が兵器工廠の厳重な警備を思い出して反論する。

「賄賂《わいろ》次第で官品を横流しする役人なんて、珍しくない。その日に採掘された硝石が秤《はかり》にかけられる前に一握り袖《そで》に隠して、素知らぬ顔で量った分だけを、採石帳簿に書き込めばいいんだから」

　阿燁は懸命に考え込むあまり、目上の人間に対する言葉遣いを忘れていたが、澳飛はかまわず応じる。

「あり得るな。鉱山にまで手を出していたとは考えなかった」

　そこへ、計算を終えた天賜が意見をはさむ。

「春から使われた硫黄と硝石の量は、けっこうなものです」

　この春と夏で消費されたと思われる硝石の量は、天賜が自邸の堆肥場の土を掘り起こしたり、肉屋巡りをして集めた量とは、比べものにならないと数字を示す。

「素人が自前で爆竹や煙玉を作るには、ちょっと多すぎます」

　断言する天賜に、澳飛の危機感は高まる。

「それに、火薬そのものなら、誰の注意も惹《ひ》かず、とても簡単に手に入れてたくさん溜め込んでおける方法もあります」

　阿燁と澳飛は、その先を促すように黙って天賜を見つめる。

「年末に爆竹を買い込んでおくんです。春節のために爆竹を売り買いするのに、許可証はいりませんから。それこそ、都じゅうの店を回って買えるだけ買っておけばいい。ただ、炭塵《たんじん》はすぐに湿気《しけ》ってしまうので、冬のあいだの保管が難しいです」

　澳飛は顎《あご》に手を当てて考え込む。そのときに、どういうわけか皇帝の還御が近いことが気になった。この事件を解決させ帝《みかど》への報告をまとめるのが間に合うのか、という心配が頭をかすめたのだろう。だがその閃《ひらめ》きは、爆破犯が還御の行列を狙うのではないかという根拠のない予感へと飛躍した。

いや、まったく根拠がないわけではない、五十年以上も前に起きた大惨事の例もある。爆竹工房長の話が、澳飛の耳の奥で蘇《よみがえ》った。

「そなたらのお蔭《かげ》で、五里霧中であった犯人像が少しずつ摑《つか》めてきた。もしも真犯人が紫雲楼で爆死を免れたとして、現在どこにいるかわからぬ犯人を捜し出すよりも、優先されるべきは次の事件を防ぐことだ」

それから彌豆に、錦衣《きんい》兵の出動依頼を書かせる。

「まずは錦衣兵を遣わして都じゅうの飲食店に触れを出す。紫雲楼の例を挙げて、放火犯が人の少ない厨房や倉庫を狙っていると注意喚起に回らせろ。次に都周辺の硝石採掘場に、監査の役人を派遣させる。それから、硝石を扱っている薬種屋と肉屋を一軒ずつ回って、硝石を求めた者がいれば、特徴をすべて詳しく調べさせろ」

その中には自分たちの面相も上がってくるのだろうな、と阿燁と天賜は内心でびくりとした。

銀牌《ぎんぱい》を預かった彌豆は、澳飛の命令を実行するために、王府を出て行った。

「厨房が調合の場所に使えなくなったと知れば、放火犯は空き家を狙うかもしれん。人目を気にしなくてよいのだから、なぜはじめからそうしなかったのだろう」

澳飛は自分で考え出しておきながら、自問した。

「空き家だと、消火用の水の調達が難しいからだと思います。井戸は涸《か》れていたり、封じてあったりしますから」と天賜が答えた。

「なるほど。だが、忍び込める厨房が見つからなければ、水を持参して次善の手を打つしかなくなるだろうな」

澳飛は都じゅうの空き家を調べさせ、京師府の衛士か錦衣兵の巡回を増やすよう、打つべき手をさらに絞り出す。

「天賜のお蔭で、放火犯の立場でものを考える姿勢を学ぶことができた。調書を読んでいたときは、見えてこなかったことが見えてくるものだな」

放火犯の精神性を理解しているなどと、とんでもない汚名だと阿燁は思ったが、天賜は苦笑して澳飛に軽く頭を下げただけだ。

「煙玉や焰花《えんか》を試したければ、いつでも王府を訪れるといい」

天賜の苦笑はたちまち満面の笑みに変わり、感謝の言葉とともに、澳飛に恭しく深い揖《ゆう》を返した。

第九章　震天雷《しんてんらい》

午後も遅くなり、澳飛は露台で夕食を摂《と》っていた。

子どもたちはすでに家に帰し、宮城の衛府へ使いに出した彌豆《びどう》はまだ戻らない。近侍が運んでくる料理に、ひとりで箸《はし》を進めながら、この二日間のことを順を追って思い返していく。

紫雲楼の火災は悲惨な事件だったが、手がかりが多く手に入ったという点では、澳飛にとっては前進であった。

これまでどのように捜査を展開してよいのかわからなかったのは、火災が広範囲に起きているので関連性が見つけ出せず、京師府が真剣に調べようとしなかったためだ。

春節で使い切れなかった爆竹を、湿度の上がる季節の前に燃やし尽くそうとして、春先に出火が増えるのは珍しいことではないと、京師府の誰かが話していた。京師府や市井の者は、季節外れの爆竹に限らず、恐喝や乱闘などといった無法な若者たちの無謀な遊びに、年がら年じゅう手を焼いているのだと。

天賜が安全に遊べる煙玉や焔花作りに興味を持ち、幼いとも言える年齢から慎重に火薬の調合に取り組んでいるのはまったく希有《けう》なことだ。ほとんどの少年たちは、大量の爆竹を一度に燃やしたらどうなるか、想像すらせず面白がって火を点《つ》け、取り返しのつかない事故をたびたび起こしてきたという。

では、父帝と陶少監はどのような勘を働かせて、庶民と役人たちがタチの悪いいたずら程度に考えていたこの連続放火事件に、注意を払う必要があると考えたのだろう。

澳飛は胸がざわつき、箸を置いて立ち上がった。速足で書斎へ行き、帝都の地図を広げる。

そこで改めて、火災の現場がすべて、飲食店の厨房《ちゅうぼう》であったことに注目した。

無法な若者たちが遊びで爆竹を大量に燃やすならば、開けた戸外を選ぶであろう。わざわざ見つかる危険を冒して、門を閉ざした飲食店に入り込み、火を点けるであろうか。

『三方を耐熱煉瓦《れんが》で囲まれ、脂の多い豚や家鴨《あひる》を焙《あぶ》る炉は、壁は天井近くまで真っ黒に煤《すす》け、ちょっと火遊びをしてもわからない』という天賜の意見を思い出す。

澳飛は調書を読み返し、厨房のどこがもっとも激しく焼けていたのか調べ直した。天賜が言った通り焙り炉であったが、『ほぼ毎日、鳥獣の肉が焙られる場所なので、火元とは断言し難い』という注意書きが添えられていた。

「放火犯はまったくの素人でもなかったわけだな」

無意識にひとりごとが漏れる。

犯人は自身の住居に石造りの広い厨房を持たない。戸外では他人の目に触れる。そのため、誰にも火薬の調合を見られずに実験する場所として、休業中の飲食店の厨房を見つけ出しては、ひとのいない時間に忍び込み、小さな実験を繰り返してきた。天賜のように実験を楽しんでいるだけにしては、被害が春から夏にかけて小火《ぼや》から半焼、一戸全焼へと、徐々に大きくなっている点も改めて気にかかった。

澳飛は厨房の間取りを思い出し、自分が犯人であったら取ったであろう行動を想像しつつ、記憶のなかの厨房を歩き回る。

紫雲楼では、実験にとりかかろうとしていたところへ、店の青年が厨房に入ってきた。慌てて火薬もしくは調合前の燃材を焙り炉の灰の中に隠して、犯人は外へ出たのではないか。そうであれば、何も知らずに炉に火を入れた青年が鴨を焙っていたときに、灰の下の硫黄《いおう》に引火したことは想像できる。

燃えはじめた硫黄の臭いを嗅《か》いでも、場所が場所だけに誰かが燻《いぶ》した玉子を焙り場に置きっぱなしにして、腐らせてしまったと青年は考えたろう。青年が異臭の正体を見つけ出す前に、灰の下の硝石や大量の炭塵に引火し、爆発したのではないだろうか。あの焙り炉は鹿一頭を焙れるくらいに大きく、燃材なり火薬なりが埋められた位置や深さによっては、そうした時間差が生まれるには十分な大きさがあった。

「辻褄《つじつま》は合うな」

爆竹工房長と天賜が試算した火薬の量から推測すれば、真犯人は大量の火薬かその材料を厨房に持ち込んでいたようだ。もしかしたら、置き去りにしたために手持ちの硝石を燃やし尽くしたかもしれない。そうであるとすれば、放火犯を炙《あぶ》り出そうにも、澳飛はすでに、硝石や硫黄の流通を徹底的に監視する手を打ってしまった。

「犯人が賢くなければ、硝石を手に入れようとして、目につく行動に出るだろう」

肯定的に考えた澳飛は、犯人の最終的な目的——爆破したい対象——について考えた。

紫雲楼が標的ではなく、実験場所に選ばれただけであったとすれば、犯人の目的はまだ果たされていない。五十年前と同じように、その矛先が国家に向けられたものであれば、皇帝の還御時が狙われるのではないかと、思いつきが飛躍する。

馬車一台を爆破するために必要な火薬の量は？

どこに火薬を仕込んで、どのようにして点火する？

移動する馬車を爆破する方法を、澳飛は思いつかない。天賜の煙玉のように、ただ投げるだけでは狙いが外れたり、導火線の火が消えてしまうおそれもある。河北宮から帝都までの途上にある、御用邸に指定された宿泊施設に仕込んだ方が、細工も実行もしやすいだろう。

そこまで考えた澳飛は、紫雲楼の爆破事件についての報告書を、急ぎ父帝に送らねばと考え、墨を磨《す》り筆を執った。現時点までの調査結果と、この日に採った対策を書き連ねる。最後に、犯人の正体や目的は未《いま》だ不明ながらも、万が一の危険を鑑《かんが》み、還御の際は用心を怠らぬよう進言して押印する。早馬を手配させて書簡を発送すると、澳飛はようやく気持ちが落ち着いた。

「大山鳴動して鼠一匹、ということであればよいのだが」

大騒ぎして恥をかくのが自分だけなら、それはそれでかまわないと澳飛は思う。

他の皇子と違って父の他に血族のいない、さして重要性のない自分であるから、思い切ったこともできる。公務を受けたときは面倒なことになったと思ったが、季節がふたつ過ぎるころには、澳飛は自分自身の存在に意義を見出《みいだ》していた。

このような充足感を覚えるのは、ずいぶんと久しぶりのことであった。

三日と経たずして、澳飛が命じた調査の報告が、各京師府から上がってきた。

自宅で肉を保存し燻製《くんせい》にするために、肉屋で塩硝を求める庶民の数はとても多かった。買い手の名を連ねた書類の束の分厚さに、澳飛と彌豆は呆然《ぼうぜん》とする。

硝石は禁制品であるため、一般には売買していない。都の人々としては、末端の消費先である肉屋が扱う塩硝を分けてもらうしか、手に入れる方法がないのだ。だが、名簿をパラパラと流し見した澳飛は、やがて安堵《あんど》の息を吐いた。塩硝の買い手は肉屋とは顔見知りであることが多く、買い付けた量と用途の判明によってすぐに疑いが晴れた。

やがて篩《ふるい》にかけられた身元のわからない買い手の捜索が始まったが、もっとも多くの肉屋に顔を出した十代前半の少年ふたり組については、すでに明らかになっているので調査しなくていいと、澳飛は錦衣《きんい》兵に命じておいた。

阿燁と天賜の容貌《ようぼう》が詳細に記載された報告書は、早めに破棄した方がよいだろう、と考えながら。

そこへ、硝石の採掘場へ送った監査官が戻り、官吏による横流しの不正は見つからなかったと報告する。

「帳簿上は問題ありませんが――」

奥歯に物のはさまったような監査官の物言いに、澳飛は先を促す。

「硝石の採掘場は、庶民を通いの鉱夫として雇っておりますので、小銭稼ぎのために少しずつ硝石を懐に隠して持ち出すことは、可能かと思われます」

　肉の保存目的で塩硝を求める庶民の需要については、知識を得たばかりだ。採掘場で働く者たちにとっては、よい収入になるのだろう。しかし、採掘夫の人数を考えると、追跡は困難に過ぎる。

「官吏の不正どころではない問題だな。これより採掘場を出る前に所持品の検査を義務づけろ。すべての採掘場でだ」

　澳飛はただちにそれぞれの採掘場へ布告状を書き、印を捺《お》して監査官に渡した。

「警備の兵を増やして、怪しげな動きをする者がいないか、見張らせろ。布告が行われているか監視するための錦衣兵も手配する」

「かしこまりました」と監査官は布告状を受け取り、直ちに王府を発《た》った。

　澳飛は、一連の事件が練丹術に取り憑《つ》かれた、探究心の旺盛《おうせい》な単独犯の犯行であれと絶えず祈っていた。だが紫雲楼での大量の火薬による破壊力を見た後では、国家の転覆を謀る者が、その力を手にする可能性が絶えず頭にちらつく。杞憂《きゆう》であれと思いつつも、落ち着かぬ心を宥《なだ》めるために、澳飛はこの仕事に没入していった。

　王府にはひっきりなしに都じゅうの京師府から報告書が届き、錦衣兵が澳飛の命令を携えて馬を走らせ、関連のある官衙《かんが》から官吏が出入りする。澳飛と彌豆はそれらの報告書に目を通してから整理し、必要であれば綸旨《りんじ》を出し、二日に一度は届く父帝からの書簡に、捜査の進捗《しんちょく》を書き送るのに忙しい。

天賜と阿燁は、何度か穎王府に足を運んでいたが、官吏や兵士の出入りの激しさに気が引けては、澳飛を訪ねるのをあきらめて引き返すことを繰り返していた。

阿燁は天賜が澳飛に会いたがるのを、内心では好ましく思っていない。

「もうかかわらない方がいいって。阿賜の火遊び趣味と外城歩きが父さんたちにばれたら、皇城内の外出だって許されなくなるぞ」

「でも、捜査の進展が気になるじゃないか」

「天賜は王府で実験をさせてもらいたいだけだろ」

阿燁は少し意地悪な口調になる。

「そんなことない――」

語尾が曖昧《あいまい》になってしまうのは、図星だったからかもしれない。

天賜が脇に抱えた革袋には、はじめて作った火毬《かきゅう》が入っている。これは煙玉よりも火力を上げたものだ。計算の上では、紫雲楼の厨房《ちゅうぼう》を爆破したと推定される火薬の五分の一ほどの破壊力がある。王府の庭で燃やすことのできる、限界の火力であった。

「頼まれたんだから、さ」

天賜は口ごもりながら言った。

澳飛は馬車一台を吹き飛ばせる火器を造ることができるかと、天賜に訊《たず》ねたのだ。

天賜はこれまで、ちまちまとした実験しかしたことがない。紫雲楼の事件を目にするまで、天賜は火薬そのものに建築物を破壊する力があることを知らなかった。というよりも、そのような使い道を考えたことがなかった。

練丹術の書で学んだ先人の失敗から、炎や飛び散った火花が、あたりの可燃物に燃え移って火事になる心配は絶えずあった。だが、爆風によって屋根や天井が吹き飛ぶところは、実際にその目で見たからこそ可能だと知ったのだ。

幼い時に遭遇した粉塵《ふんじん》爆発の原理は、炭鉱などでよく発生する事故と同様であると、父の書斎で見つけた記録から学んだ。そして、あまりに危険過ぎることから、再現をあきらめた。そこで代わりに興味を持ったのが、火鉢や銅鉢の中で開かせることのできる焰花《えんか》であった。

王府でお披露目した煙玉も、もとは炎と煙を調節するために作ってみたものだ。火力を上げずに色のついた炎を出すことが難しかったので、煙に色が映らないかと試してみた。しかし、煙が大量に出るような実験を、離れであろうとやるわけにはいかない。

天賜が再現したいのは、瞬間的に光を放って消えてしまう幻火の現象であって、火を点《つ》けて家を燃やしたり、爆風によって物を破壊したりすることではない。

そこへ、広くて安全な場所があるので、そこで巨大な焰花を燃やして良いと言われれば、以前から作ってみたかった火毬を作らない理由はどこにもない。

「殿下に頼まれたのは、焰花の火毬じゃなくて、第二次朔《さく》露《ろ》戦で使われた震天雷《しんてんらい》とかいう爆裂弾だろ？　製造法は国家機密で、それが一庶民に作れるかどうか、殿下は知りたいんだ。けど、阿賜みたいに古今東西の記録を身近に抱えた天才が、その辺にやたらといるわけがないから、阿賜に作れなかったら誰にも作れない」

「いちおう、震天雷的な火毬も作ってきたよ。そのために、殿下がいっぱい爆竹をくれたからね」

火力を上げるだけならば、調合済みの火薬がたくさんあれば作れないことはない。天賜がそう告げたところ、澳飛は彌豆に一抱えもある爆竹の束を星邸に届けさせた。

三日かけて爆竹を分解し、集めた火薬で大きさの異なる震天雷もどきを作った天賜は、すっかり黒ずんだ指先を見てため息をついた。家族が帰京するまでに、この黒ずみが消えるだろうかと心配になる。

「爆竹に仕込まれる火薬は配合済みだし、仕掛けや工房によって燃材の比率が違うから、この震天雷の正確な火力や破壊力は想像するしかないけどね」

無粋な物を作らされたことは、あまり嬉《うれ》しくない天賜だ。しかし、何日もかけた作品の効果は試したい。

完成品を持って王府へ足を運ぶものの、門を出入りする人々の中に、親の知人がいるかもしれない。うっかり誰かに顔を見られて、澳飛と知り合った経緯《いきさつ》や、訪問の目的を親に知られるのは都合が悪い。阿燁の心配もわかるので、天賜は門の前まで来ては、あきらめて引き返すことを繰り返していたのだ。

「陶公子、星公子」

ふたりに声をかけたのは彌《び》豆《どう》だった。出先から戻ってきたところらしい。

「彌豆さん。王府は忙しそうですね」

「ほんの少し前までは、とても静かな王府でしたが、紫雲楼の一件から急に騒々しくなってまいりました。硝石の流通取り締まりから、放火の予防措置に人員を動員させたために、かかわりのある部署が増えたのと、御還御の準備もありますので、各府からの定時報告の出入りはひっきりなしですね」

彌豆は状況の急な変化に困惑したかのように眉《まゆ》の両端を下げ、温和な笑みを少年たちに向けた。

「おふたりが顔を見せないので、どうしておいでかと穎王殿下が気に懸けておいででしたよ。いつ訪問してもよいと言ったのは、社交辞令と取られたのだろうかと」

「いえ、王府の門までは毎日のように足を運んでいるのですが、いつも忙しそうなので、遠慮していました。殿下が希望されていた火毬ができたので、ご都合のよい日に出直しますと伝えてもらえますか」

天賜は緊張しているらしく、頬を赤くして彌豆に告げた。

「でしたら、出直す必要はありません。ああ、これは気がつきませんでした」

彌豆が正門へと目をやった。塀に沿って馬車や馬が停められ、官吏や兵士が出たり入ったりしている。

「おふたかたは、東の馬門から出入りされれば、人目につきません」

彌豆は踵《きびす》を返して正門から遠ざかる。塀に沿ってしばらく歩いて角を曲がり、王府の東門にふたりを導いた。正門や使用人門のような段差はなく、門扉は両開きで屋根は塀よりも高い。王府所有の馬車や乗馬を収容するための門で、扁額《へんがく》や装飾もない。

馬門を入るとすぐに厩舎《きゅうしゃ》があった。馬や馬車を所有する邸宅では、この配置はどこの邸《やしき》も同じだ。来客の乗馬や馬車もここに預けるのだが、主人も客も正門で降りるため、馬門は限られた使用人のみが出入りする。

「徒歩でおいでのときも、遠慮なくこちらの門をお使いください」

阿燁たちの身元を詮索《せんさく》する表の来客と、顔を合わせずにすむという配慮だ。

主人が在宅していることのとき、厩舎には三頭の馬と一台の馬車があった。

厩舎を通り過ぎると、木立に挟まれ平石の敷かれた小径《こみち》へと進む。夏草が高く繁り、いまにも小径を覆い隠してしまいそうだ。ここも庭師の手が回っていないと阿燁は感想を抱いた。さきほど一瞥《いちべつ》した厩舎は、中も外も清掃が行き届き、道具類が整っていたのとは対照的である。

馬門から続く小径は、奥殿の居間に面した中庭で終わっていた。王府の規模は星邸と同じくらいと思われる。だが、六人家族に二世代にわたって仕える使用人たちで賑《にぎ》わう星邸の母屋とは異なり、王府の奥殿はとても静かであった。正門付近の、官吏や兵士が出入りする庁堂の喧噪《けんそう》は、回廊や庭園を隔てた私的な空間である奥殿までは届かないようだ。

「誰もいないのですか」

人の気配がまったくないことに天賜は戸惑う。宮殿のように大きく、内装や調度も皇族の身分に合った豪奢《ごうしゃ》なものであるにもかかわらず、澳飛の住まいはとても空虚に感じられた。

「殿下は独り身でおいでですので、ご不在のときには奥殿は無人になりますね」

阿燁と天賜は、半分口を開けたまま生活感のない空間を眺める。

「耳がおかしくなりそうだな」

あまりの静けさを、阿燁はそう評した。

「奴才《わたくし》も、こちらに伺ってはじめて知ったのですが――」

彌豆から澳飛が独り暮らしである理由を聞いて、少年たちは顔を見合わせる。自身の家族や、家族ぐるみで仕える使用人たちに囲まれていない生活など、想像できなかったからだ。邸内の人の多さに疲れ、静けさを求めて天賜は離れに、阿燁は父の書庫にこもるわけだが、その必要がないというのも、不自然に思える。

彌豆は湯を沸かしてふたりに茶を出し、澳飛にかれらが奥殿で待っていることを伝えに出て行った。

「なんか、変わった皇子様なんだな」

阿燁が独り言のようにつぶやく。

「っても、他の皇子様を知らないけど」

「二十人くらいいるからね。ぼくだって、皇后宮の皇子と公主たちしか知らないから、穎王殿下がふつうかどうか判断はできない」

茶を飲み終わる前に、王府の主人は奥殿に顔を出した。

「待たせたか」

慌てて立ち上がった阿燁たちの拝礼と、定型の挨拶《あいさつ》を軽く受け流す。

「忙しいところに上がり込んでいるのは、我々ですから」

天賜が予告なしの訪問を遠慮がちに詫《わ》びると、そのようなことは気にするな、と澳飛は気安く応じる。澳飛の前では口の重くなる阿燁よりも、要領のよい挨拶や相槌《あいづち》の打てる天賜の方が受けが良いようだ。

澳飛はさっそく庭園の奥へふたりを案内した。広い池の畔《ほとり》に、一台の古い馬車が用意してあった。邸側には盾が並べられ、吹き飛ばされてくるであろう馬車の破片に備えている。

澳飛は盾の陰に置かれた石の卓に、拳《こぶし》大の丸い玉を並べた。

「兵器工廠《こうしょう》から取り寄せた震天雷の見本だ」

天賜は顔を近づけて、薬玉《くすだま》を思わせる素焼の丸い陶器を見つめた。薬玉と違い、灰色がかった素焼の玉には、飾り紐《ひも》の代わりに小さな穴から短い導火線が出ている。

「思っていたのより、小さいですね」

「震天雷は火を点《つ》けてから敵の騎馬隊に投げ込み、爆音で馬を驚かせて隊列を乱し、破裂した素焼の破片で敵を傷つけ、戦意を失わせる武器だそうだ。投石器を使えば大きな

震天雷も遠くへ飛ばせるが、大量に作り置くこともできないので、大量に作ることがで
き、人力でも投げられる小型が主力のようだ」
説明を終えるなり、澳飛は控えていた彌豆から燭台《しょくだい》を受け取り、震天雷の導火線に点
火し、馬車に向けて放り投げた。少年たちの頭を押さえて盾の背後に膝《ひざ》をつかせる。
爆裂音とともに、霰《あられ》が叩《たた》きつけてくるような音が盾を揺らす。素焼の破片が飛んでき
たのだろう。三人が盾の上から顔を出すと、馬車の手前で白い煙を出しながら、ちろち
ろと燃える素焼の欠片《かけら》が見えた。
「思ったよりたいしたことはないが、爆裂音より、破片のほうが危険だな。意外と遠く
まで飛ぶ。目に入ったら大ごとだ」
澳飛は盾に刺さった素焼の破片を摘《つ》まみ出し、少年たちに見せた。
「露出した肌に刺さったら、目でなくても大ごとだと思います」と天賜。
「ぼくの作った火毬《かきゅう》は紙で包《くる》んだだけなので、破片は飛びません。いただいた爆竹は音
や煙に特化したものですから、火力については未知数ですが、火薬の量としては木造の
馬車なら燃やせると思います」
天賜が取りだして見せたのは、震天雷の三倍の大きさの火毬であった。両手で抱える
ほどの火毬を、安全な距離から馬車の中に投げ込める自信がなかった阿賜は、近くまで
行って導火線に火を点けた。すかさず馬車の中へ放り込み、全速力で盾まで駆け戻る。
阿燁が手を伸ばし、親友の腕を摑《つか》んで盾の後ろに引っぱり込んだとき、爆音が響く。馬

車の窓からは黒い煙がもうもうと噴き上り、炎を吐きだしていた。

黒煙とともに空《くう》に舞い上がる火の粉を見上げた澳飛は片手を上げた。水桶《みずおけ》を持って控えていた使用人たちが、消火に取りかかる。

鎮火した馬車の中を見回した澳飛は、感想を述べた。

「屋根も壁も吹き飛ばされはしなかったが、内装は破壊されている。火毬が震天雷と同じように固い殻に包まれていて、中に人間がいたら、ひとたまりもないな。市販の爆竹でも、量があればこれだけの火災を起こすことができるわけだ」

阿燁が澳飛に近づき、「どうして、こんな実験を?」と訊《たず》ねる。

「実際の火毬や震天雷の威力を目の当たりにすれば、放火犯の目的がわかるかもしれないと思った」

「放火の目的、ですか」と阿燁と天賜は声をそろえてつぶやく。

「私は火薬の破壊力に、天賜は煙や火花に彩りをつけることに関心があるわけだが、真犯人は何が目的で他人の家に入り込んで実験を繰り返すのか、それを知りたい」

煙を上げる馬車へと視線をやる少年たちの顔を見て、澳飛は話を続けた。

「小火《ぼや》ですんでいる件が多いところを見ると、火を見たい愉快犯というわけでも、店の者に恨みを晴らすためでも、赤の他人が不幸になるのを眺めて愉《たの》しんでいるわけでもなさそうだ。なにか、明確な目的がある」

天賜は思うところがあったらしく、小さくうなずく。澳飛はうなずき返した。

「現場の損傷の激しさは、厨房《ちゅうぼう》による調理油や小麦粉の在庫量の違いにも左右されたであろうが、全体的に見ると、使われた火薬の量は増え続けていると見ていい。真犯人もまた、火薬にどれだけの破壊力があるか、場所を変えて試してきたのだろう。消費された硝石の量を天賜が試算してくれたが、硝石と硫黄《いおう》の購入にかかった費用もばかにならないと思われる。つまり、ここから浮かんでくる犯人像――」

澳飛は言葉を切って、自身の結論をまとめるべく言葉を探した。

「放火犯には、燃材をそろえる資金はあるが、実験できる場所がない。都じゅうの飲食店の場所と厨房が火を落とす休業日に精通している。誰にも見られずに現場から逃げていることから、見張りがいるとも考えられ、単独犯ではない。そして、犯人が最終的に燃やしたいものとは――」

ぶすぶすと煙を上げる馬車を眺めつつ、澳飛は考え込む。阿燁と天賜もつられて、明らかになってきた事象から、真犯人の人物像を想像してみた。

紫雲楼が燃えたとき、火災から逃げる群衆に犯人が紛れていて、自分たちのすぐ側を通り過ぎたかもしれないと考え、ふたりの背筋に悪寒が走った。そして、この春から夏にかけての外城歩きについて、丁寧に思い出してみた。

記憶に映し出される光景を追っていくうちに、阿燁は思いつくことがあった。

「茶楼や酒楼の前には、物乞《ものご》いがたむろして残飯が出されるのを待っているけど、ああいう連中に話を聞けば、どの店がいつ休むのか、わかるんじゃないかな」

「なるほど」と阿燁の意見にうなずいた澳飛は、「ならば」とつぶやく。

「酒楼をひとつ借り上げて、そこが休業であると物乞いたちに噂を流せば、放火犯が食いついてくるかもしれない。ただ――」

澳飛は少し残念そうに嘆息した。

「すでに考えられる硝石の入手先や流通経路には厳しい監視を入れ、城下の酒楼には休業中も厨房に人を置くべく、京師府に警告を出すように命じて、犯人どもの動きを封じてしまった。無人の酒楼を用意しても、すぐには釣られないだろう」

そこへ、京師府からの使いが来たと知らせがあり、澳飛は表の庁堂へと去った。

阿燁たちは奥殿の居間に戻り、彌豆《びどう》によって茶菓でもてなされる。

「事件簿をもう一度見せてください。あと、火災現場を書き込んだ帝都の図面も」

天賜が落ち着きなく頼み込むと、彌豆は快く資料を出して卓の上に広げる。

地図に記された現場の位置と数、火災発生の日付。前に澳飛が話していたように、互いの距離や間隔にまったく関連性はない。天賜は最初は日付を追って、次に近い距離から現場を順に指で辿《たど》ってみた。

「穎王殿下も、何度もその地図を見つめては、放火犯の行動範囲や本拠地を割り出そうとなさっていました」

彌豆が天賜の横から声をかけた。天賜は地図をにらみつけたまま応《こた》える。

「そもそも、本拠地はないのかもしれません。調合に必要な器具や燃材は、戸棚ひとつあれば間に合います。雨や湿気を防げる馬車とか、密閉できる櫃《ひつ》を運ぶだけなら車輪つきの屋台でも十分でしょう。飴《あめ》売りなどを装いながら都城内を転々と移動しつつ、実験に適した場所を探すこともできるのではないでしょうか」

「そこまでして、火を点けて回りたい理由ってなんだよ」

阿燁は思わず口を挟む。

「そうまでしても、なんらかの火器を作る必要に、迫られているんじゃないかな」

天賜は改めて一件ずつの調書をめくっては、地図上の現場位置と照らし合わせた。それから顔を上げて、阿燁に提案する。

「外城に出て、酒楼街を見張っているような屋台主を探ってみようか」

「その必要はない」

阿燁が返事をする前に、居間に戻ってきた澳飛が天賜の意見を却下した。

「硝石の採掘場で横流しの事実が確認できた。横流しをしていたのは納品を管理していた役人ではなく、採掘夫たちだった。かれらから硝石を買い付けていた人物も特定できている。まもなく捕らえられて、皇城の京師府に連れてこられるだろう。尋問に立ち会いたいか」

「いいんですか」

阿燁と天賜は口をそろえて訊《き》き返した。澳飛は天賜にうなずきかけた。

「むしろ、そなたに協力を頼みたい。取り調べが難航した場合、犯人を特定するために、そなたの火薬に対する知識や、その使い道にかける情熱が役に立つかもしれん」

「え、そういう話なら」

天賜は褒められたかのように、嬉《うれ》しそうに応じた。

採掘場の鉱夫から違法に硝石を買い付けていた男は、塩硝として売りさばくためだと言い張った。男の家も調べさせたが、硝石は保管されておらず、火薬の調合に必要な他の燃材や道具も出てこなかったという。

「肉の保存用に塩硝を欲しがる家はけっこう多いですから、少量ずつあちこちで売ったと言われたら、それ以上は追及できませんね。本人は違法であることを知っていて硝石の売買を認めていますから、裁判にかければ有罪確実。投獄、罰金以上のことはできません」

京師府ではそのようにしか対応できないという。

尋問のようすを格子戸越しに見せられた天賜が、ひどく緊張した面持ちであることに澳飛は気づいた。

「星公子はどう思う？」

「指先が黒ずんでいなければ、ただの違法仲買人だとは思いますが、あの顔には見覚えがあります」

天賜は阿燁へ振り向いて訊ねる。

「夏の初めに肉屋巡りをしていたとき、誰かに尾《つ》けられたことがあったよね？」

「あ、えー。そういえば。あんな顔だったかな」

阿燁はまぶたの裏に記憶を描き出そうとしたが、男の顔ははっきりと見なかったことを思い出しただけだ。服装も、中下層の平均的な城下の庶民のものであった。

「ぼくらが塩硝を求めていることを知っていて尾けていたのなら、売りつけるために話しかけてきても良さそうなものだけど、周千輝の家までついてきただけだった」

阿燁は気づいていなかったが、三度は尾けられていたと天賜は言った。

「もしかしたら、ぼくらが持っていた塩硝を奪うつもりだったのかも。でも、ぼくらは大通りの人目の多いところばかり通っていたし、周さんの家は大きな商家だから、手が出せなかったんだろう」

しばし考え込んでいた天賜は、にこりと笑って阿燁を見上げた。阿燁のもの問いたげな表情には応えず、澳飛へと視線を向ける。

「硝石の入手先も、実験場所も塞《ふさ》がれたから、犯人たちはしばらくは動けないだろうって、おっしゃってましたね。だったら、なおさらおびき出す手段があります」

第十章　還御の花吹雪

頴王府へ乗馬を習いにゆくことになった、という口実は、護衛や下男を星家に置いて、金椛や震駿に乗って外出するのにとても便利であった。

皇城内で行き先さえはっきりしていれば、家の者たちはうるさくは言わない。いつの間にか皇族と交際していたことは、阿燁の祖母や星家の執事らを驚かせたが、どこかの図書寮《ずしょりょう》や宮城近くの茶楼で知り合ったと言えば納得してくれた。穎王澳飛の年齢は、阿燁より少しばかり上であったから、交際相手として不自然ではなかった。

澳飛は皇城の南門を出て数条下がったところに、一軒の家を借り上げていた。馬はそこに預けて、少年たちは庶民の服に着替える。そこでは平服や庶民の服をまとい、武器を隠し持った錦衣《きんい》兵らと、今日は何条大路のどこそこの里坊、と打ち合わせて街へと出て行く。

阿燁と天賜は決められた里坊で肉屋を廻《まわ》り、塩硝を求めて歩いた。

「なかなか釣り針にかかってこないな。もう五日目だぞ」

連日の練り歩きに、そろそろ疲れが出たのか、阿燁がため息交じりにつぶやいた。残暑は激しく、日中だらだらと歩き回るのは、けっこうな労働であった。

「繁華街や酒楼街に出ている屋台も、怪しいのがいるかもしれないからね。退屈している暇はないよ」

天賜にたしなめられ、阿燁はふんと鼻を鳴らした。

「おれはおまけだからな。天賜ほど頭が回らないし、どこを見て怪しいと思えばいいのかもわからない。お、あの山査子《さんざし》飴《あめ》を買っていこう。さすがに甘酸っぱいものが欲しいだろ」

天賜の返事を待たずに、阿燁は山査子飴の屋台へ駆け寄った。山査子の実をいくつも串《くし》に刺し、飴をかけた甘味は都人の好物だ。阿燁は山査子飴の串を二本買い、一本を天賜に渡した。手や口の周りがべたつくものの、酸味を帯びた甘味には抗《あらが》いきれずに、ひとつひとつしゃぶりながら食べ終わる。すると、猛烈に喉《のど》が渇いた。

山査子飴の屋台の隣は、水売りの屋台であった。白湯《さゆ》と冷まし湯、そして茶葉の銘柄は不明だが、それなりにそそる香りの黒茶が選べる。

阿燁は黒茶を、天賜は冷まし湯を頼み、銭を払った。

「坊ちゃんたち、肉屋で何を買ったんだい？」

碗《わん》に茶を注ぎながら、水売りが訊《たず》ねた。ふたりとも肉の包みを持っていなかったので、不思議がられたのだろう。天賜が困り顔に笑みを浮かべつつ答える。

「言えないよ。言ったら肉屋の旦那《だんな》に叱られる」

天賜は大事そうに帯に下げた小袋を空いた手で押さえた。中身を飲み干した碗を水売りに返し、阿燁を促して急ぎ足でその場を去る。

「あいつも仲間かな」

阿燁が天賜にささやいた。話しかけてくるおとなは、誰もが怪しく見えてしまう。

「売る物が水なら、どこでも商売できるよね」

馬車や馬を所有しているのは、皇城内の上流層に限られる。馬車を持てない富裕層の移動手段は主に轎《かご》だが、住民の大半は自らの足で移動する。そして、誰でも歩けば喉が渇く。客層を選ばず、夏なら冷ました白湯を、冬なら温かな白湯と、四季を通じて売り歩くことができ、場所もそれこそ都じゅうの辻々《つじつじ》に屋台を出しておけば、人々はひっきりなしに水を求めては去る。

「水売りの屋台には、水桶《みずおけ》と焜炉《こんろ》しかなかったぞ」と阿燁。

「茶壺《ちゃこ》と、茶櫃もあったよ。茶櫃は茶葉が湿気《しけ》らないように、きっちり密封できるやつだ。それに水売りが座っていた椅子。手押し屋台の店主が使うような、折りたたみの床几《しょうぎ》じゃなかった。振り向いちゃだめ」

思わず振り返りそうになって、阿燁は踏みとどまる。天賜は小声で続けた。

「茶筒を入れる木の空箱を、椅子代わりにしていた」

「道具と材料を持ち運ぶには、十分か」

天賜の離れにある道具類を思い浮かべ、阿燁はつぶやいた。

ふたりはさらに塩硝を求めるため、次の通りで見つけた肉屋に寄った。天賜は小物入れを大切そうに両手で抱えて出てくる。そして茶や水売りの屋台に立ち寄って喉を潤しては、また次の通りの肉屋を探すことを繰り返した。そのようにして、だんだんと南大門大路から遠ざかり、人通りの少ない小路の複雑な区郭に入っていった。

「誰かついてきている？」

天賜が訊ね、阿燁は「どっちだ？　護衛か、物盗《ものと》りか」と訊き返す。

「どっちも。ぼくらの力でどうにかなる相手じゃないだろ。ぼくらは釣り針。魚を釣り上げるのは、おとなの仕事だよ」

半歩前を歩いていた阿燁が、唐突に歩みを止めた。背後を気にしていた天賜は、阿燁の肘《ひじ》にぶつかった。天賜が前を見ると、いつかの少年たち——同一の輩《やから》かどうか、すぐには判別できなかった——が、こちらをにらみつけて立ちはだかっていた。かれらの顔つきは、どう見ても友好的ではない。

もしも同一の無頼少年たちだとしても、この日の阿燁と天賜は庶民の出《い》で立ちをしている。質素な衣服はもちろん、頭頂で結った髷《まげ》には笄《こうがい》も小冠も使わず、麻布で包んだだけだ。

「なんか用か」

阿燁は少年の数を数えながら、こちらから声をかけた。体格から、頭目格と思われる少年が一歩前に出た。

「有り金と持ち物を置いて、ここから立ち去れ」

年齢と似合わぬしゃがれ声であった。まばらに伸びたヒゲはまだ柔らかく、阿燁よりもそれほど年上とは思えなかった。

「申し訳ないが、有り金はさっき飴《あめ》と水を買って使い果たした。金目の物も持ってない」と阿燁は言い返し、腰に手を回して、背中側の帯に留めておいた双節棍《そうせつこん》を握り込む。

「ここでぶちのめしたらだめだよ。阿燁」と天賜がささやく。

「万が一だよ」と阿燁が息の下で返す。

頭目格の少年が恐喝を続ける。

「そっちの餓鬼が帯につけた革袋は、なかなか上物だ。中身もさぞかしいいものが入っているのだろう？」

以前の無頼少年たちは、問答無用で襲いかかってきたが、今回はやたらと話しかけてくる。見覚えのある少年がいるかと目を凝らしたが、どの少年も一様に薄汚れていて見分けがつかない。少なくとも、話しかけてくる少年は、その体格から判断して、あの日に襲いかかってきた連中のなかにはいなかったと阿燁は思った。

前方から襲われることは想定していなかったので、背後からついてきているはずの護衛は期待できない。というより、下町の不良少年たちに襲われることは想定外であった。仲買人が拘束されたために硝石の入手先を失った放火犯かその一味に、ひったくりか誘拐されるであろうことを期待しての肉屋巡りと、城下の徘徊《はいかい》であった。

「欲しかったら、あげるよ」

帯から革の小物入れを外した天賜は、いさぎよく少年たちに向けて投げた。

年少の下っ端と思われる少年が飛び出した。革袋を両手で拾い上げて引き返し、頭目格の少年に手渡す。頭目格が中を検《あらた》めると、水一杯分にもならぬ小銭しか入っていなかった。

「ふざけるなよ。肉屋から買ってきたものを出せ！」

「こんな小物入れに、肉が入っているわけがないだろう」

阿燁が嘲《あざけ》るように言い返す。

「肉じゃない！　塩硝をこちらに渡せ」

「どうしておれたちが塩硝を持っているって、思うんだ？」

「おまえたちが肉屋から塩硝を買い集めているのを、見ていたからさ」

頭目格は吐き捨てるように言った。阿燁は前もって天賜に手渡されていた油紙の包みを、肩の上にかざした。

「燻製《くんせい》にしたい肉があるなら、分けてやらないこともないぞ。どれだけ必要なんだ？」

「全部だ！」

頭目格の怒声に、少年たちが襲いかかる。阿燁は油紙の包みを少年たちの頭上に放り投げ、天賜の腕を摑《つか》んでもと来た道へ走り出した。少年たちは一瞬立ち止まったが、すぐに油紙の包みへと、我先に手を伸ばす。

ふたつめの小路を曲がり、阿燁は塀から少しだけ顔を出した。誰も追ってはこず、塩硝の包みを拾い上げた少年たちが、頭を寄せ合い中身を確認しているのが見えた。

「水売りではなかったな」

阿燁の背後から、澳飛が声をかけた。

「まだわかりません」と天賜。

「あの手の連中は、奪った物はすぐに金に換えるといいます。あとを尾《つ》けて見張っていれば、かれらから塩硝を買い取る者が現れると思います」

「阿賜はどうしてああいう連中に詳しいんだ？」

阿燁があきれた声で言った。

「使用人頭の竹生《ちくせい》から聞き出した。城下の陋巷《ろうこう》では、ぼくたちくらいの子どもは、どんな風に暮らしているのかをね。特に、掏摸《すり》や引き剝《は》ぎする類《たぐ》いの連中について」

星家の使用人たちは、代々星一族に仕えてきた。先代で族滅の憂き目にあったときは、多くの使用人たちは職も住む所も失い、離散して貧困に苦しんだという。特に竹生は主人の遊圭を見捨てたことで自身の家族からも放逐され、星家が復興したのちも、頼る先もなく陋巷を彷徨《さまよ》っていたという。星遊圭が和解の手を差し伸べなければ、家属に復帰することはなかったであろうと、いまではもっとも忠義深い使用人だ。

澳飛は彌豆《びどう》と私服の錦衣《きんい》兵に目配《めくば》せをして、無頼少年たちのあとを追わせた。

彌豆たちについていこうとする阿燁を、澳飛は肩を摑んで引き戻す。

「この先は我らに任せろ。そなたらに何かあったら大ごとだ。いままでも十分に危険ではあった。協力に感謝する。近くの茶屋で休んだら、先に帰りなさい」

そう言って、澳飛は天賜の掌《てのひら》にずっしりと重たい財嚢《ざいのう》を握らせた。

彌豆たちが曲がっていった小路へと、残りの錦衣兵を連れてゆく。

少し歩いて茶楼を見つけた阿燁たちは、店主に財嚢の中にあった銀貨を見せた。

「これでお腹いっぱい食べられますか」

「あんたらみたいな食べ盛りが、十人がかりでも食べ切れん料理を出せるよ」

店主は破顔し、二階へ上がるように言った。卓ごとに板壁で仕切られた半個室に腰を落ち着け、団子や春巻、包子《パオズ》に饅頭《まんじゅう》、果物の盛り合わせを注文した。役目を終えて緊張が解け、急な空腹を覚えたのだ。

「本当に食いついてきたな。天賜の予想した通りだ」

いまでも信じられないといった体《てい》で、阿燁は首を振る。天賜は饅頭を頬張って、もぐもぐと咀嚼《そしゃく》し、茶といっしょに呑《の》み込んでから、にこりと笑った。

「夏の初めまでの記憶を辿《たど》っていたら、あの仲買いの男を見かけたのは肉屋の帰りだったことを思い出したんだ。尾けてきたのは、ぼくらが肉屋から買っている物が何なのか察したからだろう。それから紫雲楼が燃えたあの日、無人の水売り屋台があったのは、覚えている？」

「ああ、喉《のど》が渇いていたのに、水が買えなかった」

放火犯は単独ではなく、どうにかして硝石を手に入れたい一味ではないか、というのが天賜の推理であった。

「前に襲われたときも、あの少年たちを使って、ぼくらが掻《か》き集めたささやかな塩硝さえも奪うつもりだったんだろうな」

そう考えた天賜は、澳飛に自分たちが囮《おとり》になることを提案した。

自分たちは、すでに放火一味に目をつけられている。またふらふらと城下を歩いていればそのうち狙われるであろう。採掘場からの違法持ち出しが禁じられたいまでは、肉屋から手に入るわずかな塩硝でも、一味は喉から手が出るほど欲しいはずだ。

「だけど、そうまでして塩硝を集めて、何をしたいんだ？　いまだってあちこちに火をつけて回っているだけで、何も要求してこないし、誰かに恨みを晴らしているわけでもなさそうなのに」

阿燁は放火一味の目的がまったくわからない、と目を丸くする。天賜もかぶりを振って、冷ました茶をすすった。

「単にぼくと同類なのかもしれないし、金や恨み、あるいは余興以上に、火薬の有効な使い道を思いついたのかもしれないね。ただ、実行犯は素人ではなさそうだから、自分に火の粉がかからない範囲で、慎重に実験を繰り返したかったんだろう」

澳飛が犯人を捕まえればわかることだと、天賜は包子の熱い肉汁で舌を焼かぬよう息を吹きかけながら、慎重にすする。

二階の窓から、ふいに涼しい風が吹き込んできた。何気なく外を見ると、馬の尾を思わせる栗色の頭が窓の下に見えた。

「尾花殿下だ。犯人どもを捕まえたみたいだな」

阿燁の言い草に、天賜は思わず包子の汁を噴き出した。

「不敬だよ、阿燁」

平服姿の錦衣兵の一団が、縄をかけられた三人の男と、頭目格の少年を連行して、茶楼の前を通り過ぎていく。その後ろから、澳飛と彌豆が並んでついてきていた。

阿燁たちは急いで立ち上がり、階段を駆け下りた。食べた料理より明らかに多めの銭を払ったふたりは、澳飛たちのあとを追いかけた。

＊　＊　＊

夏も終わりに近づき、還御の行幸も間近という日々、阿燁たちは穎王府へ『乗馬の練習』に通い続けていた。

連続放火事件の経緯を聞くために王府を訪れる阿燁たちは、待ち時間には王府内を自由に歩き回る許可を得ていた。阿燁たちが驚いたことに、穎王府では塀の内側に沿って踏みならされた幅の広い道があり、その道が建物の周囲をぐるりと囲んでいたことだ。上空から見れば、少なくとも外周が三、四里はありそうないびつな楕円《だえん》、あるいはところどころ蛇行する長方形の道が、敷地をぐるっと周回していると思われる。

敷地の外縁はまるまる乗馬道であると、澳飛は説明した。

「乗馬がお好きなんですね」と天賜。

「喪中のために、宮中行事の狩猟や馬術の試合に参加ができず、城外での遠乗りも控えねばならなかったので、庭を造り替えてしまえばよいと思ったのだ。一年かかったが、できあがると思いのほか便利なために、ますます出不精になってしまった」

満足げに語る澳飛に、天賜は乗馬術の教えを請うた。阿燁と天賜は駈歩《かけあし》で馬を走らせたことはない。自邸内の馬場で短い距離の速歩《はやあし》を学んだ程度だ。このような長い距離を、思い切り愛馬を走らせることができたらと、少年たちの気分は昂揚《こうよう》する。

「もともと、そなたらの家人には、乗馬術のために王府に通っていると言ってあるのだろう？　それで上達していなければ、帰京した星大官と陶少監に怪しまれる」

澳飛は快く承知し、阿燁と天賜に馬術の手ほどきをした。はじめのうちは、河北の荘《しょう》園《えん》で馬に乗り慣れていた天賜の方が、巧みな手綱さばきを見せていたが、阿燁はあっという間に天賜に追いついた。震駿はたちまちのうちに襲歩《しゅうほ》で駆け回り、金楓を追い抜いて帰ってくる。

「七歳馬とは思えない勢いの良さだな」と澳飛を感心させた。

「たぶん、父さんが調教は続けさせてきたんだと思う。陛下にいただいた馬だから、おろそかにはできない、って」

「陛下から？　どうりで見事な馬体をしている。利発な顔つきも美しい」

澳飛は驚き、感心して震駿の首や胴を撫《な》で、四肢の状態を見て満足げにうなずいた。

「手入れは隅々まできちんとされている。陶家は優秀な馬丁がそろっているのだな。阿燁は自分でも世話をしているか」

「餌やりくらいなら——」

阿燁は口ごもりながら言った。澳飛は微笑んでうなずく。

「世話をすればするほど、馬は乗り手に懐く。馬は人間の身分や所有者の区別はつかないが、自分を大切にしてくれる馬丁や騎手を優しく扱う。母から聞いた話では、かつて戦で片足を失った将軍だか兵士が郷里へ帰るとき、その者の愛馬は自ら膝《ひざ》を折って地面に伏せ、主人の乗降を助けたという」

阿燁はへぇ、という顔をして汗に濡《ぬ》れた震駿の横顔を見た。震駿は無心といったようすで、水桶《みずおけ》に浸した飼い葉をばしゃばしゃと音をたてて咀嚼している。

使用人が茶菓の用意ができたと告げたのをしおに、澳飛は子どもたちを奥殿へと促した。奥殿の居間の前に広がる露台には、大理石の卓に三人分の茶と月餅《げっぺい》の積み上げられた皿が用意してあった。

「もう出回っているんですね」

差し出された月餅を手に取り、天賜が顔をほころばせる。

そこへ、彌豆《びどう》が「京師府からです」と、封書を持ってきて澳飛に差し出した。澳飛は封を切り、中の文書を一読して少年たちに向き直った。

「放火犯どもがようやく自白したようだ」

阿燁たちは興味津々の気持ちを隠さず顔に出した。

「結局あいつらは何のために火を点《つ》けて回っていたんですか」

阿燁は身を乗り出して訊《たず》ねる。

「放火一味のうちふたりは、八年前の第二次朔露《さくろ》戦役の退役兵士で、もうひとりが、水売りを担当していた元爆竹職人だそうだ。この三人は場末の酒楼で知り合い、震天雷の複製を作って、ひともうけしようと考えたらしい。震天雷の製造法は国の機密であるからな。作ろうとしただけで厳罰ものだが」

「でも、戦争は終わったし、必要ないのに。もし作れたとしても、誰が買うんだよ」

阿燁は馬鹿馬鹿しいといった調子で笑う。

「朔露とか？」天賜がどこか遠くを見ながら答える。

「第二次戦役で朔露軍が震天雷のために苦戦したのなら、同じ武器を欲しがるだろう。朔露以外の国も震天雷の威力を知れば、同じ武器を持ちたいと思うんじゃないかな。父さんがぼくたちくらいのときは、皇弟の謀反とか、前王朝の残党の反乱とか、いろいろ大変だったらしい。都は平和に見えるけど、ぼくらの知らないうちに新しい無法な連中が湧いていて、放火犯たちの背後で糸を引いている可能性もあるかもしれない」

不穏なことを言い出す親友に、阿燁は気味悪げな視線を向ける。

「阿賜は娯楽小説と、父さんたちの回顧録の読み過ぎだ」

ふたりのやりとりを聞いて、澳飛と彌豆は同時に笑う。

「星公子が全方面に博識なのは、星大官の薫陶と読書力の賜《たまもの》というわけか」

「全方面じゃありません。興味のある範囲だけです」と、天賜は顔を赤くして言った。

「私も反政府組織が何か企《たくら》んでいる可能性は考えた。馬車を破壊できる爆裂火器を作るよう星公子に頼んだのは、紅椛党《ホンファ》のような無法者が、還御の行列を狙うことが可能かどうか、知りたかったからだ」

「行列は無理ですね。近くまで行かないと馬車には投げ込めません。行幸の警備は厳しいからまず近づけないし、待合の屋根なし荷馬車と違って、貴人の馬車の扉はきっちり閉まっています。導火線に火を点けたあとに取り押さえられたら、爆発して死ぬか大火傷《やけど》を負うのは犯人自身だ」

天賜は身震いした。澳飛は天賜の意見を真面目に受け取り、自分の考えを述べる。

「建物になら、仕掛けられるだろう。導火線を長くとれば、安全なところから標的を狙える。犯人どもを捕まえる前に、陛下には警告の書簡を出しておいたが、一味が思ったより小物であったので、要らぬ心配であったかもしれん。だが、星公子の言うように、背後によからぬ組織が動いている可能性は、念頭に置いておこう。そなたらも、塩硝を求めて城下を廻《まわ》るのはやめなさい」

阿燁は一件落着したはずなのに、なにやら面白くないという感情が胸に湧く。澳飛と天賜が意気投合しているのが気にくわないのだが、本人には自覚がなかった。

次に穎王府の馬場を訪れたとき、澳飛と彌豆が馬上で棒を振り回しているのを見た阿燁たちは、何をやっているのか訊ねた。

馬を降りた澳飛は毬《まり》を拾い上げ、先端がやや丸く曲がった打杖《うちづえ》を見せる。

「馬上打毬《だきゅう》という競技だ。見たことはないか」

「父に聞いたことはあります」と天賜。

「中秋の行事に、馬上打毬の御前試合がある。皇太子殿下の騎手団に誘われていたので、放火事件が片付いたら河北宮へ行って訓練に参加するはずだった。結局は間に合わなかったが――」

興味深げにしている少年たちに、やってみるかと声をかける。さっそく打杖を借り、自分たちの愛馬に乗った阿燁と天賜であったが、利き手が打杖で塞《ふさ》がるため、片手だけで手綱を操ることが難しい。地面を転がる毬を追って、杖で打つどころではない。

天賜にいたっては、精一杯腕を伸ばしても打杖の先が地面に届かなかった。二度ほど危うく落馬しそうになって、潔くあきらめる。

「もうすこし背が伸びてからやります」

金楓を労《いたわ》りながら、落胆して水を飲む天賜に、澳飛は親切な助言をする。

「地上で打毬を練習するといい。我々は幼いころから芝生で打毬をさせられてきたから、打杖をもって毬を追いかけ回すのは身についている」

言いながら、澳飛は先端の曲がった打杖の先で地面の毬をすくい上げ、ぽんと放り上げては、打杖の先で受け止めるを繰り返した。数回放り投げては受け止めた毬を、彌豆《びどう》に向けて放り投げる。彌豆は自分の打杖の先で受け止め、とんとんと打杖の先で弾《はじ》いては、一度も地面に落とすことなく澳飛に投げ返した。

澳飛は打杖で受けた毬を真上に弾き上げ、左の手で受け止める。

「どうやったら、そんな器用なことができるんですか」

阿燁と天賜は目を丸くして叫んだ。

地上で打杖を操るのも簡単ではないのに、馬上では毬は打たれるたびに方向を変えて飛んでいくので、その動きに合わせて馬を操る技を習得するだけで何ヶ月もかかるだろう。澳飛と彌豆の打つ毬を打ち返そうと苦戦する阿燁を眺めながら、天賜はそう思った。

「陶公子は筋がいい。震駿も賢い馬だ。毬を追う遊びだと理解している」

澳飛に褒められ、阿燁は少しいい気分になった。放火事件については、天賜ばかりが褒められ重用されてきたのも、もしかしたら鬱屈《うっくつ》の種であったかもしれない。

「皇子様たちって、子どものころからこの競技を覚えないといけないんですか」

天賜の問いに、澳飛は首肯する。

「五歳で自分の打杖を、十歳で乗馬を賜り、宮ごとに皇子と通貞《つうてぃ》で組を作って練習を重ね、季節毎に宮対抗の試合が行われる。陛下の寵《ちょう》を得るためには、学問で結果を出すよりも、打毬で成績を上げる方が早道ではあったな」

――遊びというよりは、騎馬戦、いや軍事訓練そのものだ――

天賜は練習風景を思い浮かべつつ思った。

武器の代わりに使われる打杖は、思い切り振り回せば十分な殺傷力があるだろう。

戦争など、父の回顧録でしか知らない天賜ではあるが、馬上で武器を使う光景を、澳飛の打杖さばきに当てはめて想像する。

父遊圭の回顧録には、即位してのち弟による謀反と戦争に悩まされた皇帝陽元《ようげん》は、皇子らが互いに協力し、かつ健全に競争できる環境が必要だと考えたのでは、と記されていた。澳飛の馬術の自在ぶりを見て、他の皇子たちもこのように絶妙な馬術を習得しているのかと、感心するばかりだ。

馬を厩舎《きゅうしゃ》に戻し、汗を拭《ふ》いて居間に戻ると、京師府から日報が届いていた。

「特に進展はないようだ。あの連中だけの犯罪なら、このまま法に従って裁かれることになるだろう。ただ、震天雷に関する案件であるから、陛下の御還御を待って、かれらの身柄は陶少監の手に移ることになるだろう。私の手からは離れる」

いわくありげな目《め》配《くば》せが澳飛と彌豆のあいだで交わされたが、子どもたちがその意味を解することはなかった。

それから数日が経ち、都は朝廷の帰還に沸き返る。

阿燁は自邸で両親の帰りを待つのが常であったので、還御の行列も都の大路の賑《にぎ》わいも見たことはない。だが、今年は天賜がいることと、出迎えに澳飛が立つことから、皇城東門の楼閣上で還御の行列を見物できることになった。

「尾花殿下に借りができちまったなぁ」

ぼやきながらも、嬉《うれ》しそうな阿燁だ。

「またそんな言い方。阿燁は殿下が嫌いなの？　馬上打毬で毬を打ち返すときも、殿下を狙ってない？」

「そんなことない。でもなんか、いけ好かないってのはあるかも。気取ってるっていうかさ。一歩歩くたびに皇子さま風を吹かせてるのが鼻につく」

阿燁の理不尽な言い草に、天賜はあきれて肩をすくめる。

「皇子さまなんだから、仕方ないよ」

やがて遠い外城の大門あたりから、人々の万歳と叫ぶ声が沸き起こり、高波のようにこちらへと打ち寄せる。東大門大路の両端には、手に手に花びらで満たした籠《かご》を持つ人々がひしめき合っていた。天子と皇族の乗る玉輦《ぎょくれん》が通るときに、車の前に花びらを投げるのだ。楼上にも花びらや造花を降らせるための籠が、たくさん用意してある。

煌《きら》びやかな衣装の錦衣《きんい》兵と、重厚な甲冑《かっちゅう》をつけた将兵の一団のあとに、朱と赤の豪奢《ごうしゃ》な衣装をまとった青年が、艶《あで》やかな甲冑で装った馬に乗り、天子の玉輦を先導してやってくる。

「翔皇太子殿下だよ」

天賜がささやき、阿燁は無意識にうなずいた。

「あの馬車に、皇帝陛下が？」

真横の天賜がようやく聞き取れるほどの声で、阿燁はささやき返した。澳飛が稀《まれ》な名馬であると讃《たた》えた震駿を、阿燁にくれた人だ。父は皇帝について、家ではまったく話題にしない。後宮に勤めていたことがあるという母も、なにも話してくれない。後宮は広くて人が多いので、一女官が皇帝に目通りすることなど、ほぼあり得ないのだと。

「そう、あの玉輦」

天賜はそうささやき返し、はっとして横を向いた。それから急いで、楼門の下にいるはずの澳飛を目で探す。錦衣兵の前、威儀を正して並ぶ留守居の皇族と高官の列に澳飛はいた。だが、人々の立てる喧噪《けんそう》で、上から叫んでも声は届きそうにない。何より、そんなことをしたら不審者として取り押さえられる。

「どうした、阿賜」

「たぶん、大丈夫だとは思う。犯人は捕まってるし、けど」

「何か」

ふたりの背後に控えていた彌豆《びどう》が声をかけた。東門の楼上に入る手続きをしてくれたのは彌豆だ。天賜は彌豆の頬に両手を当てるようにして耳打ちした。そのように息が触れるほど外部の人間に近寄られることのない彌豆は、反射的に身を引こうとしたが、天賜は彌豆の耳を摑《つか》んで放さなかった。

「前に殿下が爆裂火器で馬車を破壊する方法があるか、訊《たず》ねたことがありますよね」

彌豆は思わず息を吞《の》んで、体を硬くした。

「真上からなら確実に狙えます」

「ですが、楼門の上階には、許可を得た人間しか入れません」

「手引きをする者がいたら？」

その可能性は皆無ではない。放火犯たちは元兵士だった。そして、外城の大門や皇城の門を守る警備兵は一般の良民から採用される。かれらには見物をねだってくるような知人や旧友がいるかもしれない。

「まさか、でも」と彌豆は青ざめる。

「紫雲楼の被害と、ぼくたちからまで硝石を奪おうとしたことや、職人は拘束されたことを考えれば、一味がなにかをしでかせるほどの爆裂火器を作るのに十分な材料を持っているとは思えません。だけど、一味の背後関係がまだわかっていないんですよね。杞《き》憂《ゆう》かもしれないけど、万全の備えはしておくべきでしょう。馬車が通る幅に錦衣兵を並べてください。それだけで牽《けん》制《せい》になります。一番侵入が容易そうな外城の大門で何ごともなかったのだから、たぶん大丈夫だとは思いますけど」

彌豆は言われたとおりに手配するため、その場を去った。不思議そうな顔をしている阿燁に、天賜は彌豆にしたのと同じ説明をささやく。

「考えすぎだといいけど。万が一ってこともある」

「まあなさそうだけど、おれたちは楼上の見物人の挙動を監視しよう」

せっかくの行幸行列を見逃すことになるが、どうせ自分たちの家族は馬車の中だ。

「よく考えたらさ、天子の行列を上から見下ろすとか、許されないだろ」

「それはそうだよね。いつから一般人も楼門の上へ、しかも行幸中に出入りできるようになったんだろう」

言葉を交わしながら、ふたりはきょろきょろとあたりを見回した。楼上の見物人は、自分と同じように身だしなみ正しくはあるが、兵士や官吏ではない人々も少なくない。

「ぼくらが楼閣に入れたのは、穎王殿下の紹介状と彌豆さんの付添いがあったからだ。もしも誰かが楼上に爆裂火器を持ち込めたとしたら、関係者が関与しているってことになる。だとしたら、けっこう根の深い問題だ。ぼくの想像力がたくましいってだけなら、その方がよっぽどいいけどね」

「外城の講談堂や劇場通いは、阿賜にとって刺激が過ぎたんだ。現実と物語との区別がつかないまま官僚登用試験に受かったら、賢くて優秀だけど妄想癖のある官僚が金椛《ジンファ》国の政治を操るようになるのか」

口元では笑いながら、阿燁は目を光らせて、周囲の人間たちを観察した。

階段を駆け上がってきた彌豆は、息を整える暇《いとま》もなく、あとからついてきた一隊の錦衣兵を、楼上に整列させる。はじめからそういう段取りであったかのように、鎧《よろい》を着て、矛の先に赤い房をつけた錦衣兵たちが居並ぶ様は壮観であった。

皇太子の馬が大門の下を潜り、皇帝の乗る四頭立ての玉輦が近づいてくる。

「きな臭い」

天賜の言葉が比喩《ひゆ》ではないとわかっている阿燁は鼻をひくつかせたが、何かが燃える臭いはしなかった。日頃から火を扱っている天賜の嗅覚《きゅうかく》は、阿燁よりも鋭いのだろう。誰かの服に染みついた硝煙臭や、爪に入り込んだ炭塵《たんじん》の臭いといったものだ。

「あいつ、動きが変だな」

楼上の手摺《てす》りの右側を監視していた阿燁が、天賜にささやいた。服装も小冠も整った、三十前後の男だが、襟元が垢《あか》じみているのと、少しふくらんだ懐を大事そうに押さえて、手摺りに近づこうとしているのが不自然だ。

錦衣兵が隙間なく並んでいるため、大路を見下ろす楼閣の真ん中と、手摺り際には進めない。男は錦衣兵の目に留まらぬよう、その背後をうろついて、背伸びしつつ大路を見下ろせる場所を探している。その動き自体は、行列を見物するために、楼上に上がってきた都人らも同じであった。

皇帝の玉輦が手摺りの向こうに見えた。

「あ、火種を取りだした」

天賜がつぶやく。男は袖《そで》から出した筒の蓋《ふた》を取り、糸くずのようなものを入れて息を吹きかけている。中に熾火《おきび》を入れて運ぶ火種筒から、ふわっと小さな火が見えた。

天賜が人垣をかき分けて男へと走り出した。阿燁が慌てて後を追う。

だが、小柄で華奢《きゃしゃ》な天賜は、周囲のおとなたちの壁を突破できずにもたついている。

阿燁が天賜の肩を押して人垣から抜けだしたとき、男はすでに懐の火毬《かきゅう》――もしくは震天雷――の導火線に点火したところだった。そして肩の上に振りかぶる。錦衣兵の頭越しに投げるつもりのようだ。

阿燁はためらわずに男に体当たりをした。男の手から離れた火毬を、天賜は飛び上がって両手に摑み取る。素焼の手触りから、震天雷であることがわかった。背後の騒動に錦衣兵が振り返ったとき、少し遅れて追いついた彌豆が、すでに男を取り押さえていた。

「火が消せない！」

天賜が泣きそうな声で叫んだ。導火線を握り込んでもみ消そうとしても、床に置いて踏みつけても、火薬が沁《し》み込ませてある導火線は火花を散らし、バチバチと音を上げ続けている。このまま引火しては、飛び散る素焼の破片で多くの怪我人が出る。

「寄越せっ！」

阿燁が天賜から震天雷を奪い取った。まだ小指ほどの長さを残した導火線を指にからめた。導火線が指に食い込むのもかまわず渾身《こんしん》の力を込めて引っ張り、震天雷から引き千切った。硝煙と肉の焼ける臭いが漂う。握りしめた阿燁の右手から滴り落ちる血が、石畳を赤く染めた。

天賜と阿燁は荒い息をつき、次に震えだした。皇帝の暗殺を目論《もくろ》んだ爆破事件を未遂で止めたことよりも、自分たちが爆死か重傷を負う一瞬手前であったことを自覚したのだ。

第十一章　新しい挑戦

還御の儀の翌日、阿燁たちは穎王府を訪れていた。

「しかし、本当にいいのか」

利き手に包帯を巻いたふたりの少年に、澳飛が困惑げに訊ねる。

「お願いします。親には言わないでください」と声をそろえる阿燁と天賜。

ふたりの両親は、息子たちが手柄を立てたからといって単純に喜んだりしない。そもそもどうしてあの場にいたのか、なぜ事件を予見することができたのか、そこから問い詰められる。そうすれば河北宮へついていかなかった理由から、秘密の火遊びまで露見してしまう。

事件を未然に防いだ手柄は、襲撃を警告した彌豆《びどう》と、その場を取り仕切った錦衣兵の隊長に帰し、すでに報奨もされている。

「しかしそれでは奴才《わたくし》が困ります」

手柄を押しつけられた彌豆がかぶりを振った。澳飛が話を続ける。

「かの震天雷は一味の元兵士が戦場から持ち帰った古い物で、引火しても爆発はしなかったろう、というのが兵器工廠《こうしょう》の職人の証言であった。爆裂したとしても、馬車の屋根を破壊するほどの威力はなく、玉体に傷を負わせることもできなかったであろうと。だが、往来の真ん中で震天雷が爆裂すれば、驚き逃げ惑う人々がぶつかり合って大怪我をしたり、大勢の人間に踏み潰《つぶ》されて命を落としたりする者も出たであろう。そしてその混乱によって警備が乱され、一味は玉輦《ぎょくれん》を襲って本懐を果たしたかもしれぬ。そうした惨劇を、その身を以《もっ》て防いだそなたらの機転と勇気には、相応の報酬か称賛があってしかるべきだと思うが」

澳飛は念を押したが、子どもたちの意思は固かった。

「どうしても、というのなら、彌豆がすべて背負うしかないな」

彌豆はまったく嬉《うれ》しくないといったようすで、眉間《みけん》に皺《しわ》を寄せ、眉《まゆ》の端を下げる。

「いつかは知られてしまいますよ。陶少監を欺き通すことなんか、不可能です」

皇城東門の楼閣上における騒動が皇帝の耳に入ったのは、還御の行列が宮城に落ち着いたのちであった。それほど、実際に楼上で何が起きていたのかは、その場にいた人々さえ把握できていなかったという。

「楼上への出入りを許された人間は限られている。実行犯を手引きした主犯はすぐに判明するだろう」

澳飛は彌豆を横目に流し見て付け加えた。意味深な目配《めくば》せに、彌豆は身震いをする。

「陶少監が直々に実行犯をお取り調べになるそうなので、すべては白日のもとに曝《さら》されることでしょう。おそろしい陰謀などではありませんように」

彌豆は両手を握りしめて、ぶつぶつと祈りの言葉をつぶやいた。

「ところで」

澳飛は微笑とともに話題を変える。

「昨夕は宮中で皇太子殿下に声をかけられた。殿下の騎手団では、ひとりの騎手が引退したので、その穴を私に埋めて欲しいと誘われていたのだが、さらに河北宮での訓練中に主力騎手が落馬して、骨折してしまったそうだ。この秋の御前試合に必要な騎手の数が足りないと、頭を抱えておいでだ。そこで、乗馬の巧みな騎手がいれば推薦するように頼まれた」

阿燁たちは、それが自分たちに何の関係があるのかと、きょとんとした顔で聞く。

「陶公子、皇太子の騎手団に加わらないか」

阿燁は啞然《あぜん》とし、天賜は阿燁へと振り向いて「すごい！」と諸手《もろて》を挙げた。

「いや、無理だし、危ないし、第一、父さんが――」

許してくれないだろうと言いかけて、阿燁は口を閉じた。

いくら頼んでも、願っても、父親は阿燁を宮中に連れて行ってくれたことがない。年下の天賜はすでに何度も宮中に上がって、皇帝に目通りが叶《かな》い、皇后や皇子たちと言葉を交わしているというのに、自分にはその機会すら与えられないのだ。

だったら自力で宮城の門を潜って、父の仕事場をこの目で見たい。

「父さんにばれないように、なら――」

言葉尻《じり》を濁しつつ、阿燁は曖昧《あいまい》に応《こた》えた。

「試合に出るときは、怪我をしないために革の帽子を被《かぶ》る。つばと頰当てを大きめに作らせれば、顔は隠れるだろう。なに、戦力になれとは言わない。素質は十分にあるが、何しろ始めて間もないので、無理をさせるつもりもない」

澳飛は馬上打毬の競技について説明した。

「毬《まり》を追うだけでなく、毬門《きゅうもん》を守り、敵手を牽制《けんせい》する役割につけば、それほど目立つこともあるまい。それに、太子殿下から聞いたが、陶少監は例の放火犯一味の取り調べに忙しく、御前に上がるのは五日に一度、紫微宮《しびきゅう》や太子宮に留《とど》まる時間も四半刻《しはんとき》を過ぎることはないという。陶少監は他にもいろいろな役職を兼ねていると聞く。家にもあまり戻れないでいるのだろう？　御前試合を観に来る暇もないはずだ」

そう、確かに父はこのごろほとんど家に帰らない。

父に知られずに宮中に上がれるだけでなく、皇太子直属の騎手団の一員にもなれるのだ。

阿燁の胸は躍った。

「皇帝陛下も、ごらんになるんですよね」

訊《たず》ねる声がうわずる。阿燁の父が、家族よりも長い時間を側で過ごすという金椛国《ジンファ》の最高権力者。どんな人物で、どのような顔をしているのだろう。

「もちろんだ」

だったら、父も皇帝の前で我が子を叱りつけるわけにはいかないだろう。

「やります！」

阿燁はぐいと顎《あご》を上げて、きっぱりと応じた。

「では、特訓だな」

澳飛はにやりと笑った。

それから毎日、阿燁は童科書院が終わると、震駿に乗って穎王府に通った。打杖《うちづえ》の使い方と、毬の動きに合わせて自在に馬を操る術《すべ》を、本格的に学び始める。

乗馬術のために穎王府に通うことを、どう父に説明しようかと頭を悩ませた阿燁であったが、帰京したばかりの父は自邸に帰る暇もないくらいに忙しく、顔を合わせることもほとんどなかった。たまに家にいても、息災にやっているかと声をかけ、童科書院の進み具合を訊ねてくるだけだ。両親不在の夏のあいだ、阿燁と天賜が何をしていたかも、訊《き》かれることはなかった。相変わらず、星家に入り浸っていると思っているのだろう。

思えば、父とはふだんからこのような会話しかしてこなかった気がする。

だがある日、珍しく家族がそろって正餐《せいさん》を摂《と》っていたときのことだ。

「阿燁は、震駿を乗りこなすようになったそうだな」

父にそう問われたときは、阿燁は心臓がぎゅっと縮み上がって、呑《の》み込みかけていた鶏肉《とりにく》が、喉《のど》から飛び出そうになった。どきどきしながら、速歩で走れるようになったとだけ答えると、父は安心したような微笑を浮かべた。

「それは良かった。よくがんばった」と息子を褒めた。

ふたたび阿燁の心臓がきゅっと絞られ、胸の奥にかすかな痛みを覚える。その痛みには罪悪感という名があることを、阿燁はまだ知らない。

「馬場を広げた方がよいか」と訊かれたときは、顔が赤くなるかと焦った。

「まだ、そこまで腕は上がっていません」と慌てて応える。

嘘ではない。それに、馬場を広げるということは、庭園を削るということだ。父母が時間をかけて造りあげた庭園を、自分の道楽のために更地にしてしまうなど、造園に興味のない阿燁でも申し訳なく思う。

「あの、皇城の北にすごく広い馬場があるって、あの、丘とか森もあって、思い切り走らせることができるって、えぃ、あ、星大官が――」

阿燁が苦し紛れに言った言葉に、父の玄月は眉根《まゆね》を寄せた。

「馬場苑《ばようえん》のことか。あそこは練兵場で、官人であろうと馬場の利用には許可証が必要だ。子どもの遊び場ではない」

ぴしゃりと言われて口を閉じた阿燁であったが、実のところ、すでに馬場苑の常連であった。馬場苑は皇族の有する騎手団が、馬上打毬《だきゆう》を練習する場でもあるのだ。

「やはり、馬場を拡張することにしよう。震駿も閉ざされた馬場をぐるぐる回るより、広々とした丘や野原を駆けたいであろうからな」

最近はあまり見ることのなかった柔らかな表情で言われて、阿燁は隠し事をしている罪悪感のあまり、耳まで赤くなってしまう。玄月は息子の反応に首をかしげて、「どうした？」と問いかける。

ひとり息子のために、広大とはいえ敷地内に丘や野原を造ってしまおうと考える父が理解できず、阿燁は無理やりに微笑み返した。

「いえ、楽しみです」

そして中秋。

澳飛に連れられて宮中に上がった阿樺は、ひどく緊張していた。父に見つかったらどうなるのか。普段は物静かで言葉数も少なく、正直なところ何を考えているのかわからない父であるが、阿樺が過ちを犯したときの厳格さは骨身に沁《し》みている。

幼いころに庭を荒らしたときは、何刻でも地面や回廊の床に膝《ひざ》をつかされた。荒らそうと思って花や木々を傷めつけたわけではない。バッタや蝶《ちょう》を追いかけているうちに、花壇に入り込んでいたことに気がつかなかったとか、種類によっては、登ったり枝にぶら下がったりすれば、折れてしまう樹木があるということを知らなかったのだ。

気に入らないことがあって癇癪《かんしゃく》を起こすと、反省して謝罪するまで家具も何もない部屋に閉じ込められた。扉を叩《たた》いても蹴《け》っても、泣いても叫んでも誰も応えない。たいていは暴れているうちになぜ癇癪を起こしたのか思い出せなくなり、何を謝ればいいのかわからず、部屋の隅で膝を抱えたまま眠り込んでしまったものだ。

七つからの手習いでは、家庭教師は阿樺が課題を怠けたり、口答えをすると笞《むち》で打ったが、父からそのような体罰を受けたことはない。ただ、十歳になって武術の鍛錬が始まると、素行に問題があったときは、特に鍛錬の厳しさが増した。

童科書院で暴力騒ぎを起こしたときは、余分な活力は削《そ》ぎ落としてから書院へ行くようにと、空が白み始める前から父にたたき起こされ、朝食前に苛烈《かれつ》な指導を受けた。はじめの二年は毎日身体のどこかに痣《あざ》を作っていたが、お蔭《かげ》で双節棍《そうせっこん》を自在に操れるようになったのだから、それはそれで瓢箪《ひょうたん》から駒なのかもしれない。

もし試合中に父が阿燁の存在に気がついたら、見て見ぬふりをしてもらえるのか、それとも叱られて摘《つ》まみ出されるのか。

好奇心と不安が抑えきれなくなった阿燁は、競技場に面した回廊に出て、柱の陰から顔をのぞかせた。皇族らが並ぶ二階の観覧席へと、目を凝らす。皇族の背後に控えている高位の宦官《かんがん》の中に、父の姿は見えない。代わりに、皇帝の背後に払子《ほっす》を持って立っていたのは祖父の陶名聞太監《とうめいぶんたいかん》であった。

その存在をすっかり忘れていたことに、冷や汗が噴き出す。

しかし最近の祖父は目が悪くなっていると言っていたので、似たような装備の騎手とともに競技場を動き回る阿燁には気づかないだろう。どうか気づかないでくれ、と阿燁は胸に手を当てて祈る。

中央の壇上に座した、黄色い龍袍《りゅうほう》をまとった人物が皇帝なのだろうと、阿燁は目を細めて見上げた。あの日、阿燁と天賜が放火犯一味の犯罪を阻止したとき、皇城東大門を通り過ぎていった玉輦《ぎょくれん》の中にいた人物だ。

阿燁の肩に澳飛が手を置いた。

「からだがガチガチだぞ。落馬して怪我をされてはたまらん。もう少し楽にしろ。競う側も、見る側にとっても、ただの娯楽だ。勝ち負けは気にする必要がない」

阿燁は雑念と緊張を振り払おうと肩を揺すったが、効果はなかった。

「でも、皇太子殿下お抱えの騎手団が負けたら、外聞が良くないのでは」

軽い笑い声とともに、隣から李敖《りごう》という年嵩《としかさ》の騎手が口を挟む。

「優勝の常連は牡丹《ぼたん》組さ。我々太子組は勝つこともあれば、負けることもある」

李敖は二十代後半の青年で、本職は翔皇太子の近衛《このえ》将校だという。競技では攻め手の第一騎手を務めている。

「だ、そうだ」と澳飛。そこへ主将で第三騎手を務める駿王が会話に加わってきた。

「まあ、勝てないのは体面にかかわるのだが、過去三年の御前試合では、叔玉《しゅくぎょく》公主の牡丹組が三連覇しているのが現実だな」

阿燁は畏《かしこ》まり、両手を合わせて略式の拝礼で駿王を迎えた。

「公主？　女性の騎手団ですか」

「いや、女性騎手は主将の叔玉公主だけだ。我々の従姉妹《いとこ》にあたる。御父母を早くに亡くされたため、気の毒に思われた皇后陛下がお手元に引き取られ、ご自分の公主たちとともにお育てになった。そのため打毬にも興味を持ち、我々とよく競い合った。弓馬も打毬も男勝りの腕前で、男子でないことを陛下が惜しまれるほどだ」

「体格も堂々としておいでですし」

飄々《ひょうひょう》とした声音で、防御の第四騎手を務める鄭海《ていかい》が、合いの手を入れた。二十歳過ぎの鄭海は駿王に仕える護衛だという。脇腹を李敖に肘《ひじ》で打たれた鄭海は、頓狂《とんきょう》な悲鳴を上げた。不敬とわかっての冗談口であろう。

馬を操り、打杖を振り回す貴婦人を想像できず、阿燁は「はあ」と相槌《あいづち》を打つ。

「叔玉公主は、ご自分の騎手団にご自身で参加しておいでなのですか」

澳飛が軽い驚きを滲《にじ》ませて駿王に訊ねた。

「ああ。そして、ほぼ毎回、叔玉公主が得点王となる」

「それはすごい。幼いころの宮中試合で、公主が紅一点で出ておられたのは覚えていますが、最近は御前試合を見ることがなかったので、そこまで活躍されておいでとは知りませんでした」

と、澳飛は感心してうなずき、駿王が苦笑をこらえつつ言った。

「では、澳飛が公主の試合を見るのは久しぶりか。見たら驚くぞ」

年長者の会話に耳を傾ける阿燁は、相手が公主では怪我をさせたり顔に傷などつけたりできないので、他の騎手や皇子たちは遠慮してしまうのだろう、と邪推した。

高貴な女性に遠慮して、これまでの練習の成果を発揮すべく、思いっきり競技できないのは不完全燃焼になりそうである。

だが、最初の試合で叔玉公主の率いる牡丹組が入場し、かれらのいる回廊の前を通ったとき、阿燁の顎《あご》はがくんと落ちた。

「でか」と、思わず言葉をこぼした阿燁の口を叩くような勢いで、鄭海が塞《ふさ》いだ。

鞍上《あんじょう》にある公主の上半身を見ただけで、澳飛よりも背が高いのではないかと思われた。太っているわけではないのだが、胸を保護する胴着を着ているためか、前後の厚みに貫《かん》禄《ろく》がある。顔は赤染めの革帽に隠れてよく見えなかったが、革帽の頭頂に開けた穴を通して背中に流れ落ちる見事な黒髪は艶《つや》やかだ。

公主に注目するあまり、公主の対抗相手である第七皇子とその騎手団の名は聞きそびれた。太鼓が打ち鳴らされるとともに毬《まり》が打ち上げられ、競技は始まった。

東西の毬門の距離は三百歩、その幅は百五十歩余りもある広く長大な馬場を、人馬一体となった十騎が、たったひとつの毬を追って縦横に駆け回るさまは圧巻だ。たかがひと月半の猛特訓では、とてもたどり着けない境地だ。

そして、叔玉公主の馬術と打杖《うちづえ》さばきは、主将の名に恥じぬ熟練ぶりであった。

叔玉公主が守り手の騎手のあいだをすり抜けて、毬門に毬を打ち込むたびに、女官たちの席から黄色い歓声が上がった。

「口を閉じないと、蠅を吸い込むぞ」

李敖のからかいの声に、我に返った阿燁は、渇いた口を閉じた。

「なかなかの気魄《きはく》だろう？　公主を相手に誰も手加減などできない。真剣にやらなければ、いつ落馬させられるかわかったものではない。心しておけ」

「すごい女性がいるんですね。しかも公主とは」

時折り阿燁たちの前を駆け抜ける叔玉公主は、阿燁がこれまで見たどの女性にも似ていなかった。

軽く載せた白粉《おしろい》と、紅を差した唇がなくても、十分に目を惹《ひ》いただろう。何よりその大きな目が印象的だ。目を合わせた者は、その鋭い眼光に射竦《いすく》められて、身動きもできなくなるであろう。左右の騎手の動きを見誤ることなく、一瞬の判断で馬を操り、毬を打つ。手綱を使わずとも、馬と意思が通じ合っているかのようだ。

馬が公主の一部なのか、公主が馬の一部なのか、柔軟な体軀《たいく》を活《い》かして鞍《くら》からぶらさがるような動きで毬をすくい上げ、狙った方向へ打ち放つそのさまは、重力に束縛されない、天女や飛天の舞を思わせる。

優雅といってもさしつかえのない敏捷《びんしょう》なその動きは、あるいはしなやかな猫を思わせる。阿燁は無意識に、その感想を口に出していた。

「猫というより、どちらかというと、豹《ひょう》だな」と澳飛が応じる。

「豹？」と、思わず訊《き》き返す阿燁。

「大きな猫だ」

「虎のような？」

「もっと細くてしなやかだが、獰猛《どうもう》さでは虎に劣らないかもしれない」

「おい」と、たしなめるような声をかけるのは、駿王だ。澳飛は微笑を口の端に載せて、付け加えた。

「とても美しい獣だ。獅子《しし》が百獣の王なら、豹は女王だな」

「ご自分より強い男としか、結婚しないと豪語されているくらいですから」

李敷が恐ろしげに口を挟む。澳飛は頬に笑みを広げて応じた。

「陛下曰《いわ》く、公主は将軍も務まる器だそうだ」

その会話を聞き流し、阿燁は駿王に問いかけた。

「叔玉公主は主将なのに、第一騎手なのですね」

駿王は「うむ」とうなずく。

全体を見て戦況を判断し、指示を出すべき主将が、攻めの先鋒《せんぽう》を務めるのは珍しい。だが主将は、攻守のどの位置に就いてもよいのだという。

「第三騎手の位置は広く前後を見渡すことができて、指示が出しやすい。そのため主将が務めがちではあるが、叔玉公主が毬を拾えば、だれにも止めることはできない。主将として司令塔である必要がないのだ。第二、第三騎手は公主の補佐に徹する」

それでは牡丹組の他の騎手は、叔玉公主を勝たせるためだけに存在しているのか。

二度の休憩と乗馬の交替を挟んで、三度の対戦が行われた。叔玉公主は常に攻め、第二と第三の騎手は叔玉が毬を捉《とら》えることができるよう、敵方を牽制《けんせい》しては毬を回す。牡丹組の守備騎手は、自己の判断で敵の攻撃を抑えていた。

叔玉公主と第七皇子の馬上打毬試合は、三戦とも牡丹組の圧勝で終わった。

阿燁たち太子組は、第五皇子の騎手団と対戦する。

毬を追って毬門《きゅうもん》へ打ち込む攻め手は駿王、澳飛、そして李敷だ。阿燁と鄭海は守り手で、敵騎手が毬門へ接近するのを防いだり、毬を奪うことができれば攻め手の待つ位置へと打ち返す。

太子組の毬門を背に、阿燁は足手まといにならないよう鄭海の後ろについた。

試合開始とともに毬を奪った敵側の第一騎手が、澳飛と李敖をかわして、まっしぐらに阿燁の守る毬門に突っ込んできた。馬場の中央では拳《こぶし》の大きさであった騎手が、たちまち視界を覆い尽くさんばかりに迫ってきて、阿燁の心臓は喉《のど》まで飛び上がる。だが、すぐに鄭海が敵騎手に追いついて併走し、その進路を圧迫した。毬を追う敵騎手は否応《いやおう》なく減速し、右へ逸《そ》れてゆく。ほっとしている間もなく、敵側の第二騎手が鄭海たちに追いつき、第一騎手から毬を受けるため、右へ回り込もうとしている。

第二騎手が毬を得れば、たちまち毬門を抜かれてしまう！

阿燁はほとんど反射的に馬の腹を蹴《け》って前に出た。敵の第二騎手を牽制し、鄭海の反対側について敵の第一騎手に並びかけ、板挟みにする。両側から圧迫された敵手は乗馬の手綱を絞り、勢いのついた毬は馬群の前、鄭海の側へと転がり出た。鄭海はすかさず打杖を振るって毬を奪い取り、馬首を返しざまに後方へ投げ飛ばす。

後方を振り返った阿燁は、鄭海の打った毬を駿王が空中で捉え、澳飛へと弾《はじ》き飛ばすのを目で追った。毬は澳飛の前方に落ちて弾み、勢いのままに転がっていく。

阿燁は身構えた。敵手が毬を奪えば、たちまちまた攻め込まれると思ったからだ。

澳飛の馬が毬に追いつくよりも早く、敵の守備騎手の打杖が毬へと伸びる。

阿燁は息を呑《の》み、攻守の入れ替わりに備えて手綱を握りしめた。

だが、澳飛は敵手の打杖を打ち払って毬を奪い返し、真横に毬を飛ばした。その先に馬を進めていた李敖は、振り上げた打杖を思い切り振り下ろした。打杖は正確に毬を捉える。毬は一直線に飛んでゆき、敵側の毬門を抜けた。

得点を示す審判の旗が上がり、歓声が上がる。

「よくやった！」

鄭海が大声で阿燁を褒める。

「一度も毬に触れませんでしたけど」

阿燁は謙遜《けんそん》でなくそう言った。

「馬鹿言うな。おまえがいてくれなかったら、第二騎手に抜かれて得点されていた。正面から行く手を塞いだり、横切ったりすると減点されてしまうからな。上手《うま》く進路を逸らして敵の得点を阻むのが、おれたちの役目だ」

打杖をくるくると回転させながら笑う鄭海に、阿燁は素直に礼を言う。

こちらの攻め手は三騎手の呼吸がぴったり合っているのが、阿燁の位置からよくわかる。毬を送ったり受け取ったりという連携が、とても正確なのだ。あたかも互いの意思が事前に相手に伝わっているかのように、最善の場所に送り、あるいは毬の飛んでくる位置で待ち構えている。

駿王と鄭海、そして李敖は何年も訓練してきたから当然としても、澳飛は数年ぶりの御前試合だと言っていた。駿王たちとの訓練は、阿燁と同時に始めたとも。それなのに、何年も同じ面子《めんつ》で戦い続けてきたかのような、滑らかな連携には驚かされる。

「駿王と穎王は、兄弟だから息が合うのかな。顔も似てるし」

一人っ子の阿燁は、ちょっとうらやましい。

多少の点は取られたものの、太子組は三戦を二対一で勝ち進んだ。

日が高くなるほどに、競技場の周囲に観客が増えてきた。高官とその家族も観戦が許されているという。阿燁は星家の面々も観戦に来ているのかと頭《こうべ》をめぐらせたが、広過ぎる上に観衆が多過ぎるため、星大官も阿賜の姿も見つけ出せなかった。

次の対戦では、阿燁にも毬を打つ機会が二度あった。李敖が取りこぼしたのを取り返したのと、毬門に打ち込まれた毬を寸前で捉えて、門の外側に弾き飛ばしたのだ。

阿燁は奇蹟《きせき》であり偶然だと思ったが、澳飛と鄭海は「すばらしい守備だ!」「攻め手と毬の動きをよく見ていた」と褒めてくれた。駿王も「阿燁は視力に恵まれている」とも言った。

――もしかしたら、才能があるのかもしれない――と阿燁が思ってしまっても、仕方のない絶妙な活躍であった。

太子組の三試合目はすでに決勝で、相手は駿王の予想通り、叔玉公主の牡丹組だ。

競技場に入り、馬上で対面したとき、叔玉公主は太子組に新顔がいることに気づいて、にこりと艶《あで》やかに笑った。

「騎手が骨折したと聞いたけど、澳飛が参戦していたのね」

含みのある言い方ではあったが、年長の叔玉公主に澳飛は丁寧に会釈を返した。

「太子じきじきにお声をかけていただきましたので、断る理由もありません」

「ええ、澳飛が試合に出るのは三年ぶりなのに、ちっとも衰えていないのはすごいこと。今日は愉《たの》しませてくれるわね」

それから、控えめに半馬身下がって並んでいた阿燁へと、視線を向ける。

「こちらも新人ね。ずいぶんと若いこと。まだ子どもではなくて？」

駿王が穏やかに応《こた》える。

「澳飛の舎弟だ。御前試合は初めてだが、なかなか肝の据わった少年だろう？　我々のような年寄りと違って、体力が無尽蔵なのが強みといえる」

「わたくしを、止められるかしらね」

こんなに艶やかに笑う女性を見たことがない阿燁は、うっかり見惚《みと》れそうになった。そして間近で見つめ合った一瞬に、公主の黒い瞳《ひとみ》が澳飛のような白目に囲まれた三白であること気づいて、阿燁ははっとする。

李敖に打杖《うちづえ》で突かれて、我に返った。

「最善を尽くします」

生真面目な口調で阿燁が応えると、公主とその騎手たち、そして駿王や澳飛も声を出して笑った。見当違いな返事をしてしまったかと阿燁は焦った。阿燁以外の騎手はみな、それぞれ面識があり、何度も試合をしてきた。そして特に公主と澳飛たちは身内同士の気安さで戯れていたことが、阿燁にはわからなかったのだ。

彼女とその乗馬は、まるで疾風のようであった。

昨年の勝者である叔玉公主は、先攻の毬《まり》を受けた瞬間、澳飛と駿王の防備をすり抜けた。一呼吸の間に、たちまち阿燁の守る毬門へと殺到し、毬を打ち込む。公主の行く手へと先回りしていた阿燁であったが、その打杖は半瞬遅れて毬の航跡と交差した。そのときすでに、毬は毬門の向こうを転がっていた。

「稲妻みたいだ」

毬の軌跡を追った阿燁は、頭の片隅でそう思った。

遠くで澳飛が駿王に謝罪しているのが見えた。駿王は軽く手を振っている。駿王にしても、公主の攻めを抑えられなかったのだから、澳飛が気に病む必要はない。

毬を回収した阿燁は、打杖で毬を李敖へと打ち送り、次の攻めに備えて身構える。敵の攻め手が毬を取って攻守が入れ替わり、叔玉公主に毬を回されたら、阿燁の守りなどあっさり突破されてしまうだろう。

李敖は巧みに敵の第二騎手をかわして、毬を駿王へ送り出した。そこへ、まるで突風のように叔玉公主が現れて毬を奪った。澳飛は即座に馬を駆って公主に追いつき、併走する。

阿燁は公主と澳飛の馬がどちらへ流れるか、そして毬が転がっていくのか見逃すまいと、目を凝らした。澳飛は公主の右側、公主が打杖をふるっている側に圧をかけて、毬の動きを制限する。敵の第二騎手が澳飛の背後につき、鄭海が公主の左に迫る。

馬群の中でうかつに打杖を振れば、誰かが、あるいは馬が傷つく。打杖の動きは小刻みで、毬の飛距離あるいは転がる勢いは短くなった。

澳飛が毬を奪ったかと見えた瞬間、公主は澳飛の乗馬に体当たりした。予期していなかった接触と衝撃に、澳飛の上体は右へと大きく揺れた。

その隙に、敵の第二騎手が毬を拾って公主へと打ち送る。

公主は一毫《いちごう》のずれもなく毬を受け、そのまま毬門へと疾走する。

鄭海が公主と併走してその進路を逸《そ》らそうとしたが、公主は巧みにかわして一馬身前に出た。公主の馬にだけ翼が生えているのかと思うほど、鮮やかな動きであった。鄭海には、何が起こったかすらわかっていなかったろう。

阿燁は公主の馬に並びかけた。

正面から進路を塞《ふさ》ぐことは反則になるため、阿燁は公主の馬首に覆い被《かぶ》さるように毬《きゅう》門《もん》への進路から押し出そうとする。背後に牡丹組の騎手がついて、公主が毬を後方へ送ってしまったら万事休すであるが、そこは李敫や駿王を信頼して防御に注力する。

公主は左にも後ろにも毬を送ろうとせず、前に打ち出すと同時に、前傾の体勢で阿燁へと斜めに加速した。澳飛を弾き飛ばしたのと、同じことをやろうとしている。

そう直感した瞬間、阿燁は前傾して鞍《くら》を膝《ひざ》で締め付け、公主側に重心を移した。上体で衝撃を受け止める。同時に、薔薇《ばら》のような香りが鼻腔《びこう》をくすぐった。

「ひゅっ」

空気を吸い込む高い音は、阿燁の肩にはじき返された公主の喉《のど》から発せられた。馬体ごと突進して防御を破る技を押し返されたことなど、一度もなかったのだろう。鞍の上で均衡を取り戻そうとする公主のわずかな隙を逃さず、阿燁は毬を中央へ打ち返した。打杖を振り上げた瞬間に、澳飛の姿が見えた方向へと、力一杯。

右目の端に、叔玉公主の驚愕《きょうがく》した美しい顔が見えたが、阿燁はすぐに鄭海の背後へと、第五騎手の守備位置へ戻った。

その後も接戦が続いたが、叔玉公主の突進は迫力を欠き、僅差《きんさ》で太子組が勝利した。

皇族席では、翔皇太子が跳び上がって喜んでいる。

皇帝も満面の笑みで両手を激しく叩《たた》いていた。

その背後の祖父は、孫に気がついていないようだ。皇帝の世話に忙しいらしく、皇族の後ろを行ったり来たりしている。皇帝の横で微笑み、豪奢《ごうしゃ》な髪飾りを揺らして手を叩いているふくよかな婦人は星《せい》皇后だろう。優しげな眼差《まなざ》しが少し天賜に似ていた。

控えの間に戻ると、あとから入ってきた駿王が、太子組の仲間に声をかけた。

「皇帝陛下は、近年稀《まれ》に見る白熱した試合であったと大変お喜びだ。宴《うたげ》の席が用意されている。汗と埃《ほこり》を拭《ふ》いて、急いで着替えろ」

一部の高官しか入れない宮中で行われる宴席だ。しかも、皇帝に目通りし、直《じか》に言葉を賜るという、一将校に過ぎない李敖と鄭海にとっては一生に一度かも知れない栄誉であった。ふたりは手足を硬直させて着替えつつも、顔を赤くして喜んでいる。

「あ、陛下の御前では、防具を外さないといけませんよね」

阿燁はおずおずと駿王に訊《たず》ねた。

「当然だ。正装と小冠は持ってこなかったのか」

「持ってこいって、言われませんでした」

ちらりと澳飛を見て、阿燁は小声で答える。澳飛は困惑気味で言い訳を添える。

「まさか、五人のうちふたりが付け焼き刃の騎手で、優勝すると思っていませんでしたので」

駿王は、近侍の宦官《かんがん》に早急に阿燁に合う服を用意するように命じる。澳飛は気まずげに阿燁の説得にかかった。

「私のそばから離れず、常に床に手を突いて下を向き、問われたことにだけ答えろ」

身元を明らかにしたくないという阿燁の願いを聞いて、澳飛は師の息子の名を借りて、史亮《しりょう》という名で阿燁の参加を申請してある。阿燁が黙って下を見て、褒美だけ受け取って下がれば、なんとかやり過ごせるのではないか。

「それに、これだけ活躍したのだ。陶少監も我が子が陛下に称揚され、褒美を賜れば、誇りに思いこそすれ、叱りつけることはあるまい」

もしも陶玄月に折檻《せっかん》されるようなことがあるなら、自分が出て行って話をつけてやろうと、澳飛は請け合った。

阿燁は少し考えたのち、褒められこそすれ、叱られることはないのでは、という澳飛の意見に傾いていった。はじめに身元を偽った理由は、澳飛との交際から放火事件と天賜の火遊びまで露見することを怖れていたからだ。しかし、夏のあいだ都に留守居していた身分の近い者同士が、たまたま城下で知り合い馬談義で仲良くなったことにすれば何の問題もない。そもそも家の護衛や馬丁に対しては、澳飛による乗馬指導を頻繁な外出の口実としてきたのだ。

阿燁は心を決めた。

夕闇の迫る宮城には、すでに篝火《かがりび》が点《とも》されていた。

柱がいくつも並ぶ宮殿の奥では、幾人もの舞姫が踊り、楽曲が流れている。

決勝まで上がった騎手たちは、下座に席が用意されていた。阿燁は李敖と鄭海の次の席についた。牡丹組の四騎手が、阿燁の向かい側に並んだ。

皇帝の両翼に居並ぶ皇族の席に、澳飛と駿王の顔が見える。叔玉公主は皇帝一家をはさんで、澳飛の反対側に座していた。

叔玉は試合のときとは打って変わって、高く結い上げた黒髪に、華やかな彫金を施した冠と簪《かんざし》をつけ、顔には艶《あで》やかな化粧をほどこし、紅を基調とした曲裾袍《きょくきょほう》に、みっしりと菊の刺繍《ししゅう》で彩られた裾《すそ》の長い深衣を羽織っている。

自分や澳飛に体当たりを仕掛けてきた騎手と、同一人物とはとても思えない。一瞬だけ目が合ったが、叔玉公主は「きっ」と音が出そうなほどのきつい目つきで阿燁をにらみ返すと、すぐに目を逸らした。

皇帝が着座し、御前試合の成功を祝って乾杯の声が上がる。

最初の杯を飲み干しただけで、阿燁は飲みつけない酒に喉と胸を焼かれた。初めての競技に勝利した興奮だけでも羽目を外しそうなのに、酒精が胸に火をつけたかのように、気分が一気に昂揚《こうよう》する。浮かれて人目を惹《ひ》き、父に見つかれば何もかもが台無しになると耳の後ろで小さな声が聞こえた阿燁は、なけなしの理性を振り絞って、あとは瓶子《へいし》に白湯《さゆ》を入れるように給仕に頼んだ。

そうこうしているうちに、父に見つかりたいような、見つかりたくないような、どっちつかずで萎縮《いしゅく》していた気持ちが、少しほぐれてきた。

駿王と澳飛、そして叔玉公主に、玉の装飾品や織物などの褒美の品が授けられる。続いて各騎手団の騎手の紹介がされた。李敖たちへの下賜品が積まれた平盆を捧《ささ》げ持った宦官が、列となって宴の場に入ってきた。

阿燁は李敖らの挙措を真似て、顔を上げずに褒美を受け取った。しかし、阿燁がまさに下がろうとした瞬間、皇帝が声をかけた。

「史亮と言ったか、顔を上げなさい」

皇帝その人にいきなり名指しされ、阿燁は頭が真っ白になった。ますます額を床に押しつけて、後ずさりながら「畏《おそ》れ多いことです」とくぐもった声で応《こた》えた。

「馬上打毬《だきゅう》を始めたのが今年の夏からと太子より聞いた。経験の少なさからくるぎこちなさはあったが、毬と騎手の動きを読んで的確に対処できていた、稀《まれ》に見る逸材である。また、叔玉の攻めを一歩も引かずに押し返したのは、そなたが初めてだ。たいへん肝の据わった若者であると感心した。近くに来なさい」

皇帝の近くに行けば、祖父から顔が見えてしまう。気を利かせた澳飛が席を立って、焦る阿燁の横に膝をついた。威儀を整えて、父帝に拝礼する。

「史亮は加冠前で、このような場に慣れておりません。陛下のお声を耳にしただけで、緊張で蟹《かに》のように泡を噴きかねないようすです」

それから、小声で阿燁にささやいた。

「陶太監が席を外した。いまのうちに龍顔《りゅうがん》を拝して、万歳と唱えて下がるといい」

澳飛は阿燁の上腕に手を添えて、立ち上がらせて前に進む。阿燁は言われた通りに顔を上げた。

自分に向けられた楽しげな瞳《ひとみ》と目が合い、阿燁は息を呑《の》んだ。

父と同い年だという金椛国の第三代皇帝は、とても精悍《せいかん》な顔つきに、美しく整えたあごひげが似合っていた。もっと厳《いか》めしい初老の支配者を想像していたが、口元にはどこか少年のような、いたずらっぽい笑みを浮かべている。

その笑顔がすっと消えて、眉《まゆ》がまっすぐになった。いぶかしげな眼差しが阿燁をじっと見つめる。

「史亮とやら、どこかで朕と会ったことがあるか」

阿燁は予想外の下問に驚き、慌ててその場で床に膝をつき、頭を下げた。

「あ、ありません」

澳飛が即座に助け船を出す。

「陛下、史亮は城下の生まれ育ちで、皇族の知り合いは私のみです。宮城に上がったのも、今日が初めてですので」

皇帝は「そうか」とうなずき、給仕の宦官に自分の膳《ぜん》から一皿、阿燁に取らせるように命じた。

「翔太子、そなたも何か賜るがいい。このような若年でそなたの騎手団を勝利に導いたのだ。加冠の折りには、そなたが冠親を務めなさい」

皇太子は「御意」と応え、即座に帯に挟んでいた小刀を近侍の宦官に手渡した。宦官が恭しい動作で阿燁の前までもたらしたのは、竹簡や紙の書き損じを削る小刀だ。鞘《さや》に龍《りゅう》の意匠を彫って金泥を捺《お》し、柄《つか》には小粒の七宝を鏤《ちりば》めた芸術品であった。

「こんな、すごいもの――」

舌を嚙《か》みそうになっている阿燁の背を澳飛が押し、七宝小刀を受け取らせる。

「ありがとうございます」

腹に力を込めて、阿燁は皇帝と皇太子に礼を言い、澳飛に導かれて自席へと戻った。

第十二章　秋分の告発

席に戻った阿燁は、胃のあたりが裏返った感じで、何も喉を通らなかった。だが下賜された皿だけは、残すと不敬になるので必死になって平らげた。味などわからず、食道へ押し戻そうとする胃をなだめて白湯を飲む。

少し落ち着いてくると、皇帝の声が耳の横でいつまでもたゆたっていることに驚かされる。どこかで聞いたことがあるような、懐かしい気持ちにさせられる声だ。

父も祖父も宦官であるから、阿燁はこのように成熟した重厚な男性の声に馴染《なじ》みがない。天賜の父は喘息《ぜんそく》気味で喉《のど》が弱いとかで、腹に響くような深さや重みはなかった。邸《やしき》の使用人や食客は成人男性の声で話しているはずであるが、ダミ声やしゃがれ声、太い声はあっても、低く深く腹に沈み込むような話し方はしない。

ひたすら白湯を飲んでいるうちに尿意を覚えた阿燁は、席を立ち宴《うたげ》から離れた。

回廊の端にあった四阿《あずまや》に避難した阿燁の頬を、秋夜の涼気が撫《な》でていく。中秋を過ぎて少し欠け始めた月の光と、回廊の軒に等間隔に吊《つる》された灯籠《とうろう》の明かりが、見渡す限りの大輪の菊に映えて、真昼のように明るかった。

ぼんやりと黄金の絨毯《じゅうたん》を眺めていると、不意に宴の場で大勢の笑いが起こり、阿燁は我に返った。宴席に戻る気も起きず、帰りたくても出口がわからない。わずかに口にした酒のせいか、眠気がする。阿燁は四阿に置かれた榻《とう》のひとつに腰を下ろした。ここで眠ってはいけないと思い、菊のあいだに見える小径《こみち》を歩こうかとも考える。

「こそこそ帰るなんて、許さないわよ！」

威圧的な女性の声でいきなり叱りつけられ、阿燁は飛び上がった。

顔を上げて見れば、そこには高く結い上げた髪を飾る金銀玉の簪や造花、金糸銀糸の刺繍で覆われた曲裾袍が篝火をキラキラと反射して、地上に舞い降りた月の女神かという艶やかさで登場した叔玉公主がいた。

相手の高貴な佇《たたず》まいに気圧《けお》されたものの、同時に高飛車な物言いにむっとした阿燁は即座に言い返す。

「頭を冷やしていただけです」

そして、相手との身分差を思い出し、膝《ひざ》をついて形ばかりの拝礼をする。

「ここにいたか。叔玉従姉上《あねうえ》、私の舎弟が何か無礼を働きましたか」

澳飛の声に少年と公主が振り返ると、そこには皇太子もいた。阿燁は皇太子に対しては、敬意を込めて拝礼した。

「ああ、まだ宴の最中だ。無礼講でよい」

翔太子は鷹揚《おうよう》に手を振ると、阿燁に楽にするように命じる。

「いくら無礼講といっても、敬意を欠いた物の言い方と態度は、咎《とが》められるべきではなくて？　澳飛の教育がなってないのね！」

叔玉は腕を組み、その声に大いに不満を込めて異論を唱えた。

「まあまあ、叔玉。そなたこそ、宴を抜けだして客人を叱りつけるのは、礼に反するのではないか」

翔太子は穏やかな口調で従妹《いとこ》をたしなめる。叔玉は目を怒らせたままで、太子から阿燁へと視線を移した。何をそんなに怒っているのかと、阿燁は困惑気味だ。

「疲れたのなら、宴を辞して帰ろうか」

澳飛にそう問われて、阿燁は返事に詰まった。澳飛にしてみれば家族と親戚《しんせき》の集まりだ。舎弟ひとりのために早退《はやび》きなどしてよいものか。

その迷いを読んだように、翔太子が話しかける。

「慣れぬ場所で緊張しただろう。そろそろ夜も遅い。眠くなって当然だ」

皇帝の玉輦《ぎょくれん》を先導していた煌《きら》びやかな人物に、親しげに話しかけられていることが現実と思えず、阿燁は頭がぼんやりとしてきた。

翔太子の潑剌《はつらつ》とした話しぶりと表情は、先ほど言葉を交わした皇帝とよく似ている。

「あ、はい」と、礼に適《かな》っているだろうかと不安に思いつつも、短く相槌《あいづち》をうつ。

「私は立場上、公の試合には出られないのだが、馬上打毬そのものは趣味として続けている。そなたは我が騎手団の一員だ。宮城内で練習や仮試合があるときは、いつでも出入りするといい」

翔太子は宮城への通行証となる腰牌《ようはい》を袖《そで》の隠しから出して、阿燁に差し出した。

朱と淡青の絹組紐《くみひも》を通した木製の腰牌には『太子府』の文字と翔太子の印が刻まれ、裏には棹立《さおだ》ちの馬に打杖《うちづえ》を掲げた騎手の絵と、史亮という阿燁の偽名が彫ってあった。

宮城門と馬揚苑を自由に出入りできる腰牌を、両手で受け取る阿燁の手が震える。

「加冠は年内になるのか、それとも年明けか。私は誰かの冠親を務めるのは初めてだから、楽しみだ。早急にそなたの親御を連れてきなさい。詳しいことを話し合おう」

翔太子の言葉に、阿燁は焦った。何も知らない皇太子に、名を偽っていることが恐ろしく思われたのだ。固まってしまった阿燁の心境を察したかどうかはともかく、澳飛は拝礼とともに感謝の言葉を述べて、宮殿を辞した。

帰りの馬車の中で黙りこくっている阿燁に、澳飛が励ましの声をかける。

「加冠の件は、太子に申し開きをしておく。心配はするな」

天子とその太子に嘘をついたことを、どう言い訳するつもりなのだろう。阿燁は軽率にも飛び込んだ浅瀬が、底のない泥沼であったような、そんな状況を自ら招いていたことが、ただただ愚かしく、恐ろしく思えてくる。

「それから、叔玉公主の機嫌が悪かったのは阿燁のせいではないし、我らに負けたことを根に持って、そなたに当たり散らしていたわけでもない。陛下にしても、一介の徒弟に公主を娶《めあわ》せるなど、お許しになるはずはないから、安心していい」

いきなり何の話かと、困惑して顔を上げる阿燁に、澳飛は言葉を探しながら続けた。

「叔玉公主の言葉はきついが、弟妹や配下の者たちには気を配る優しいところもある。馴染んでくれれば、心強い味方にもなってくれるだろう」

叔玉の名を口にする澳飛は、本心からそう思っているらしく、和やかであった。

それから数日、いつ馬上打毬《だきゅう》試合に出たことが家族にばれるかと、緊張した日々を過ごしていた阿燁であったが、拍子抜けするほど何も起こらなかった。

宮中行事の多い時季ということもあり、邸内で父や祖父を見ることもほとんどない。

このまま日が過ぎて、自分の存在は忘れられるのでは、という希望が芽生えてくる。

あとになって、父の陶玄月は試合を見に来ることはなく、宴に顔も出さなかったと澳飛が教えてくれた。東廠《とうしょう》の仕事に時間を取られているらしい。

このまま、皇太子の冠親による加冠の儀も、立ち消えになればいいと祈るばかりだ。

「何もかも丸く収まって、よかったじゃないか」

秋も深まりゆくある日の午後、阿燁と轡《くつわ》を並べて穎王府へと向かう天賜が、心から安心した口調で言う。阿燁は帯に挟み込んだ太子拝領の小刀に触りつつ、無意識に口角を上げて応じた。

「でも、拍子抜けした感じだ。宮中で鉢合わせしたら、父さんがどんな反応をするか、ちょっと見てみたいとは思っていたからな」

天賜は眉《まゆ》を寄せて言い返す。

「そこが阿燁の困ったところだよ。わざわざ火中の栗を拾う必要がどこにあるんだ。君子危うきに近寄らず、っていうだろう？」

「だから、それを阿賜に言われてもな、説得力に欠ける」

少年たちは穎王府の東馬門から入り、秋の草花が丈高く生い茂る小径を通って奥殿へと足を運んだ。この一見したところ鬱蒼《うっそう》とした樹木や、雑草が伸び放題に見える王府の庭園は、その大部分が塀に沿って作られた周回馬場の目隠しになるだけではなく、馬蹄《ばてい》によって舞い上がる土埃《つちぼこり》が建物へ流れていくのを防ぐ役目を果たしていた。

「穎王殿下って、独創的なひとだよね」

荒れ果てているように見える小径を見回した天賜が、感心してつぶやいた。

「ものは言いようだな」と、阿燁。

「それにしても、放火犯の真相、どうなったんだろう。殿下はもう心配することはないっておっしゃってるけど、陶おじさん、忙しくて家に帰る暇もないのは、そっちの捜査が大変だからじゃないの？」

「さあね。父さんは仕事のことも宮中のことも、おれには何も話さないからな」

阿燁はまったく興味がない、といった口調で返した。

奥殿に着いたものの、静かで誰もいない。澳飛はまだ宮城から帰っていないようであった。彌豆《びどう》によれば、主人が不在の奥殿は、使用人も引き取ってしまうため、無人になるという。いつか、使用人の数は足りているのかと、天賜に訊《き》かれた澳飛は、『いまのところは』と、曖昧《あいまい》に返答を濁した。

天賜は秋の空を見上げて、人の気配のしない中庭を手持ち無沙汰《ぶさた》に歩き回る。

「早すぎたかな。でも父さんだってもう帰宅しているのに」

夏の留守居を大過なく務めたことになっている天賜は、午後の外出が自由になってい
た。澳飛に乗馬を習っているのも星家では公認となっていて、家族のそろう正餐《せいさん》を抜け
出すのも、大目に見られている。

日が傾き影が伸びても、澳飛の帰ってくる気配はない。天賜たちは帰宅すべき時間が
近づいていた。そこへ、表の庁堂と廐舎《きゅうしゃ》の方から物音がした。

「殿下が戻られたかな」天賜がそわそわと立ち上がった。

いくらもしないうちに、息を切らした澳飛が朝服のままで居間に入ってきた。

「ああ、来ていたのだな。ちょうどよかった。迎えをやる手間が省けた」

澳飛の表情は、『ちょうどよかった』という表現にはほど遠かった。とても焦ってい
て、困っているように見えたのだ。天賜は興奮し、真剣な面持ちで身を乗り出す。

「放火犯のことで、何かあったのですか」

「いや」

澳飛は首を横に振った。それから言葉を選びながら、近くの椅子に腰を下ろす。

「困ったことになったのだ。陶公子を皇太子の騎手として登録したときに、偽名を使い
身分を詐称したことが、露見してしまった」

澳飛の困りごとが自分に関することであると知って、阿燁はごくりと唾《つば》を呑《の》んだ。

「初心者と三年ぶりの騎手が急遽助《きゅうきょすけ》っ人《と》に入った組が、優勝するとは思いもしなかったので、一介の騎手の出自など、誰の注目も惹《ひ》くまいと思って偽名を使ったのだが――」

天賜は呆然《ぼうぜん》とする阿燁の顔を見て、何も言わずに澳飛の言葉の続きを待つ。

「すべての責は私にあると、陛下には申し上げておいたが、史亮の正体について真相を厳しく詮議《せんぎ》された。放火犯の楼門襲撃のあと、宮中に出入りする者たちの身元確認が厳しくなっているのもあり、時期が悪かった。帰宅が遅くなったのは、宮中に呼び出されていた本物の史亮の身元を引き受けて、家に送り届けてきたからだ」

「本物の？」

天賜が不思議そうに訊《たず》ねる。阿燁が澳飛の知人の名を借りて試合に出たことは、天賜には知らされていなかった。

「私の生母と同郷の彫金師、史陸の息子だ。名を借りる話はついていたのだが、どういうわけか、叔玉公主が阿燁を捜して史陸の家を突き止め、本物の史亮を宮中に呼びつけたことで、替え玉が露見した。天子に対して身分を偽ることは大罪であると公主が主張したことで、我が師を巻き込む騒動になってしまった」

阿燁は呆然とし、天賜はことの重大さに青ざめて両者の顔を交互に見比べる。

「たかが身内の娯楽であろうに、叔玉公主は試合に負けたことが、それほど気にくわなかったようで、陛下に決勝の結果無効を訴え出た。もはや事実は隠しようがない。これから陶公子を伴って宮中に上がり、詳細を説明せねばならない」

「これから？」

阿燁は動揺のあまり、同じ言葉をオウム返しに口にした。

「ぼくは行かなくていいんですか」

天賜はおずおずと訊ねる。澳飛は首を横に振った。

「皇城は夏の間は人も少ない。公務で帝都を駆けずり回っていた私が、たまたま城下でそなたらと知り合い、馬談義によって知己となったことにすれば、連続放火犯の件と結びつけて考える者はいないであろう。そして陶公子を馬上打毬に誘ったのは私であるから、星公子には何の累も及ぼさない」

天賜の顔に安堵《あんど》の色が浮かんだが、それでも気遣わしげに阿燁へと視線を移す。

阿燁の顔からはいつの間にか動揺が退《ひ》き、決意の表情となっていた。

澳飛は朝服を着替えることもせず、少年たちを急《せ》かしてふたたび馬に鞍《くら》を置かせた。

天賜を送ったあと、澳飛に連れられて宮城に向かいながら、阿燁は父に対峙《たいじ》する場を想像して、緊張に奥歯を噛《か》みしめる。

――だけど、どうして自分はこんなに父親を怖れているのだろう――

阿燁の胸の底に、常にわだかまっていた疑問が、不意に浮き上がってきた。

父は厳格な人間だ。叱られるときは、自らの非を自覚して謝罪するまで許されない。

とはいえ、どれだけいたずらや失敗をしても罵《ののし》られたことはなく、笞や棒で打たれたこともない。ただ、いつも、どういうわけか、自分は父の期待に応《こた》えられていない、そのために両親を失望させ続けてきた、そんな気持ちでずっと生きてきた。

——阿賜と阿燁が入れ替わっていれば——

幼い日に聞こえてきた母の言葉が耳に蘇《よみがえ》る。

「大丈夫だ。そもそも他人の名を借りることを思いついたのは、私の過ちだ。責は私にある。陶少監の怒りは、私が引き受ける」

緊張が姿勢に現れていたのか、澳飛が声をかけた。阿燁は返事をしようとして、声が喉《のど》にからんだ。小さく咳払《せきばら》いをして応える。

「いえ。一度でも宮城に入ることができるならと、名を騙《かた》ることに同意したのはおれですから、おれも責任は取ります。史亮さんには申し訳ないことをしました。あとでお詫《わ》びしなくては」

「宮城に上がったことがない？　一度も？」

澳飛は驚いて訊ねる。阿燁は父は仕事の話を一切しないことや、家庭内で宮中のできごとが話題にのぼることもないと応えた。

「父は、おれは官僚にならなくてもいいと考えていて、公の場に連れて行ってくれたことはありません。宦官《かんがん》とその家族は、日の当たるところに出ちゃいけないのかな」

自嘲《じちょう》気味に阿燁がそう言うと、澳飛は困惑気味に押し黙った。

一般の宦官が自分の家族を後宮に連れてくるところを、澳飛も見たことはない。だが宮城外に邸《やしき》を構え、妻女を持ち養子を迎える高位の宦官は、跡継ぎとなる息子が官僚となることを切望するものだ。実子でなくても、家名と家督を継ぐ嗣子《しし》の立身出世は、宦官となった者の夢であると、いつか年老いた宦官が話していた。

阿燁の祖父は、現在は宦官の最高位にあるが、もとは優秀な学者であり将来を嘱望された官僚であった。その息子の陶玄月は、当時は最年少で童試に合格した神童で、いまは内侍省《ないじ》の実力者だ。かれらの家を継ぐべき阿燁は、金椛《ジンファ》国最高の教育を受けられる立場にあり、日陰の身に甘んじている必要はないように澳飛には思えた。

だが、澳飛は普通の家庭というものを知らぬし、宦官の家庭がどうあるものかも想像できなかった。それゆえに、慰めや励ましの言葉を思いつかぬまま蹄《ひづめ》を進める。

宮城の東門で乗馬を預け、いくつもの荘厳な建物を縫うように通り、宮殿のひとつに辿《たど》り着く。そこには錦衣兵《きんい》が居並び、澳飛が通り過ぎると敬礼した。

扉の近くにいた錦衣兵――甲冑《かっちゅう》の装飾から隊長と思われる――が、身じろぎしたらしく、金属の触れ合う音を立てて小さく「あ」とつぶやいたのが耳に届いたが、緊張していた阿燁は注意を払わなかった。

薄墨の袍《ほう》や帽子の縁取りに緑糸の刺繍《ししゅう》を施した宦官が取り次ぎ、ふたりは中に入る。

中央の玉座には、略式の冠に金泥色の深衣をまとった皇帝、その左隣に叔玉公主、右隣に翔皇太子と駿王、そしてかれらの背後に払子《ほっす》を両手で持った太監がいた。壁に沿って薄墨色の宦官が居並ぶ中、阿燁は澳飛について皇帝の前に進み、両膝《りょうひざ》をついた。

その太監が祖父ではなかったことを、阿燁は喜ぶべきかどうかわからない。祖父が非番であったのならば、皇帝の前で孫の素行を暴露され恥をかかせずにすむ。とはいえ、どちらにしても祖父の耳には入るのだが。

拝礼する澳飛に続いて、阿燁も同じように床に額をつけた。澳飛が拝礼の辞《ことば》を終えると、顔を上げるようにとの皇帝の声が降ってきた。

「事情は澳飛から聞いたが、約束したゆえに、その者の素性は自分の口からは言えぬという。どの道こうして本人が申し開きに出頭せねばならぬというのに、迂遠《うえん》なことをする。そなたの真の姓名《まことのなまえ》はなんという」

阿燁は、冷たい眼差しで睨《にら》みつけてくる公主と、太子と駿王の困惑し居心地の悪そうな顔を見てから、皇帝へと視線を戻した。すぐに、澳飛に教えられたことを思い出し、両手を胸の前に組んだまま眼を伏せ、皇帝の足下に視線を固定する。

「ご下問にお答えします。わたしの姓名は陶燁《とうよう》と申します」

このあと、何から述べればいいのか、阿燁は迷った。単なる童生の自分に、語るべき身分などない。阿燁は覚悟を決めて、すうと息を吸い込んだ。

「陶燁？」

訝《いぶか》しげな声は、皇帝から発せられた。その響きにつられて、阿燁は顔を上げた。驚きに目を見開き、玉座から身を乗り出して自分をじっと見つめているのは、金泥の衣をまとった至尊の人物であった。

「陶燁か？」

皇帝陽元《ようげん》は繰り返した。阿燁は困惑して「是《はい》」と答える。

「陶少監の？」

横から少し高い声で問いを重ねたのは翔太子だ。駿王もその父帝と同じように眼を丸くして、翔太子と顔を見合わせている。阿燁はふたたび「是」と答えた。

皇帝陽元はいったん阿燁から眼をそらし、咳払いをしてから下問を続けた。

「なぜ、素性を偽ったのか」

「穎王殿下に教えていただいた馬上打毬《だきゅう》に夢中になり、試合にも是非参加したかったのですが、わたしの父は御前試合に出ることを許さないと思ったからです」

「なぜ、そなたの父は、息子が試合に出ることを許さぬのか」

どうして阿燁はそう思ったのか――幼い日、自分も天賜のように宮中や河北宮に行きたいとねだって、却下されたことが何度もあったからだ。

「父はわたしを公の場に連れて行ってくれたことがありません。頼んでも、断られます。わたしは自分の家と幼馴染《おさななじ》みの家族、童科《どうか》書院の一握りの知人しか知らず、この年の夏まで、皇城から一歩も外に出たことがありませんでした。この夏、穎王殿下と知り合う機会を得て乗馬と打毬の面白さを知り、もっと自分の力を試したくなったのです。ただ、本名で登録すると、事前に父や祖父の目に留まって取り消されることを心配しました。それで、穎王殿下に本名以外で申し込みたいとお願いしたのです」

もっと丁寧に話そうと思っていたのに、胸の奥からぬるい塊が込み上げ、止めることもできずに胸に溜《た》まっていた想いを一気に吐きだした。不敬な言葉遣いがなかったかと焦っている阿燁をよそに、皇帝陽元は、不思議そうに首をかしげた。

「乗馬を覚えたのがこの夏？そんなはずはない。ひと夏やそこらの馬術には見えなかったが？　震駿《しんしゅん》はどうした」

五年も前に、臣下に賜った馬の名前を皇帝が覚えていたことを、不思議に思う精神的な余裕は、阿燁にはなかった。

「あ、乗馬は人並みにできていました。震駿は元気です。ただ、遠出をすることがないので、邸内の馬場を乗り回すだけでした。馬上打毬ができるほど馬を乗りこなせるようになったのは、穎王殿下のご指導のお蔭《かげ》です」

身分詐称を糾弾されるべく連れてこられたはずだが、話の方向が逸《そ》れていく気がして、阿燁は戸惑った。周囲もそう思っているらしい。叔玉公主は唇を噛んで目を怒らせているし、翔太子と駿王はますます困惑を深めた顔で、父帝と阿燁を見比べている。

「紹《しょう》をここへ呼べ！」

唐突な皇帝の命令に、扉近くに控えていた宦官がひとり、文字通り飛ぶようにして宮殿を出て行った。

阿燁はそのとき、父がどこにいるのか知らなかった。たまたま帰宅してくつろいでいたら、父の在宅を愉《たの》しみにしている母に申し訳ないと思ったが、いくらも経たずして二人分の足音が聞こえてきた。そのうちひとつは、確かに父の足音と判別できた。

阿燁は思わず下を向いたが、自分をこの場に見つけた時の、父の表情を見逃したくないと思った。上目遣いに入り口へと目を向ける。

だが、陶玄月は室内に注意を払うことなく、まっすぐに皇帝の前に進み、跪《ひざまず》いて拝礼をする。

日暮れを過ぎてもまだ宮中にいたということは、宿直であったのだろうかと、阿燁はぼんやりと推測する。それとも、片づかない仕事に追われて帰宅できずにいたのか。

拝礼を終えて用件を問う陶玄月に、皇帝陽元は視線を寵臣《ちょうしん》の背後へ向けて答える。

「そなたの後ろにいるその者が、素性を偽って先の馬上打毬試合に参加したのを、叔玉が非難しておる。身元を問い質《ただ》したところ、そなたの嫡男だと名乗った。その確認のために、そなたを呼び出した」

身を起こし、おもむろに振り返った父親は、息子の顔を見ても眉《まゆ》一つ動かさず、瞬《まばた》きもしなかった。阿燁と目が合っても、その瞳《ひとみ》に動揺の色は浮かばない。

阿燁は常々、父のこういうところが苦手だとも思っていた。こんなときくらい、衆目の前で恥を掻《か》かされたことに腹を立て、顔色を変えて息子を難詰したり、叱り飛ばしたらいいのにと思ってしまう。

そうか、と阿燁は考える。自分は心の底で、父親が顔色を変え、声を荒らげて自分を叱りつける姿を見たいと望んだから、名を偽ってまで宮中に乗り込んだのかもしれない。

ただ、望んだ結果は得られなかった。

陶玄月は落ち着いた物腰で正面に向き直り、ふたたび平伏した。

「確かに、奴才《わたくし》の息子であります。素性を偽って宮中に入り込むのは赦《ゆる》されざる大罪。親子ともに宮中の掟《おきて》に則《のっと》った裁きを受ける所存であります」

どのくらいの大罪なのか、法律に暗い阿燁には想像がつかなかった。たいした説明も受けずに、一方的に告げられた息子の罪をともに償うというのだから、謹慎とか減給といったところだろうか。だが、即座に澳飛が進み出て、真剣な面持ちと口調で、阿燁の罪は自分が引き受けるべき過ちであると訴えた。

「すべては、私の軽率さが招いたことです。陶公子は私の誘いに応じただけで、問われるような罪は犯しておりません」

そこへ、思いもかけなかったところからも、弁護の声が上がった。

「騎手が足りないので、見つけてくるように穎王に命じたのは私です。馬上打毬をこなす人材はなかなか見つかりませんので、身元の確認に注意を払わなかったのは、私と駿王の落ち度でもあります」

翔太子であった。太子がかばっているのは澳飛なのか、あるいは教育係であった陶玄月であるのか、それとも御前試合に出るために犯した罪の重さも知らずに、ぼんやりしてるだけの少年であるのか。

皇帝は片手を上げて小虫を払う身振りで、翔太子へ下がるように命じた。翔太子を庇《かば》うために、半歩遅れて前に出て発言しようとした駿王と肩がぶつかる。

威儀も詮議《せんぎ》もあったものではない空気に、皇帝陽元は大げさに嘆息した。

「紹よ、我が子が何故このようなことをしでかしたのか、その理由を問わぬのか」

陶玄月は顔を上げた。

「動機がなんであろうと、我が息子が帝室に対して犯した罪は取り消せません。そして、奴才の親としての監督不行き届きもまた、申し開きできるものではありません」

そう言ってから、床に額をつけて平伏する。

「天子に対する身分詐称が、どのような罰を受けるか、承知してそう言うのだな」

「御意」

何故かひどく息苦しそうに言い渡す皇帝と、即答する父の姿を、阿燁は違和感を覚えながら眺めていた。身分詐称はそんなに重い罪なのか。

そして父は、甘んじて厳罰を我が子に受けさせようというのだろうか。

「すべては私の責任です。この未冠《みかん》の若者ではなく、私を処罰してください」

息を切らして主張を続けるのは澳飛だ。翔太子も口添えをした。

「陛下。この陶燁は、成人に達しておらず、また皇宮に仕える者ではありません。皇宮規範については、当てはまらないものと考慮いたします」

阿燁は、どうして皇太子が自分を擁護するのか不思議に思った。それほど、自らの教育係であった阿燁の父を慕っているのだろうか。

叔玉公主が立ち上がり、声を高くして訴える。

「主上、寵臣の子だからといって、規範を曲げるのは公の示しになりません！」

騒動の中心にいる阿燁は、自分が糾弾されているという実感が湧かなかった。

この場の成り行きに最も困惑し、苦渋さえしているように見えるのは、かれの正面に座している皇帝のように思えたからだ。次いで責任感に苛《さいな》まれている澳飛、困惑している翔太子と駿王。伏したままの父の顔はよく見えなかったが、たぶんいつもと同じ無表情だろう。

「紹よ、本当に規範通りの処分でよいのか。そなたの跡取りは見えるところに墨を入れられ、二度と公の場には立てぬぞ」

「御意」

陶玄月は床に額をつけたまま答えた。

「紹！」

叱咤《しった》の声とともに、がたん、と椅子が動いた音がした。皇帝が立ち上がったそのとき、慌ただしい金属音と宦官《かんがん》の甲高い声による制止の声が、堂の入り口から響いた。

「陛下、その少年がどのような罪を犯したとしても、罰せられるべきではありません」

号令することに慣れた野太いその声に、阿燁は聞き覚えがあった。そちらへ顔を向けた阿燁は、このときはじめて顔から血の気が引いた。還御の日、楼閣上の錦衣《きんい》兵を率いていた将校であった。

あの日、襲撃犯を捕らえ、国を揺るがす擾乱《じょうらん》を未然に防いだとして、門上の楼閣を警備していた隊長がその手柄を押しつけられ、救国の英雄として昇進したと澳飛に聞いていた。これがその人物だ。

思わず腰を浮かせた阿燁は、武装した体格のよい将校が、たちまち数人の宦官に取り押さえられるのを見て唖然《あぜん》とした。それまで無言で成り行きを見守っていた高位の宦官、皇帝の背後で払子を持って立っていた太監が、耳障りな声で将校を叱咤した。

「命じられもせぬのに、詮議の場に押し入って御前で声を上げるなど、言語道断」

その場から引き摺《ず》りだされそうになっている将校と、側近の宦官たちを皇帝陽元が引き留めた。

「その地位と首を懸けても言いたいことがあるのだろう。言わせてやればいい」

思わず立ち上がった阿燁は、その将校が主張しようとしていることが予測できた。身分詐称の罪を受け容《い》れ、嘘つきの罪人という烙印《らくいん》を捺《お》されようとも、絶対に明らかにして欲しくないことだ。

だが、あまりにも離れ過ぎていて、乱入者の口を塞《ふさ》ぐことなどできない。

「かれは、還御の日の玉輦襲撃《ぎょくれん》を防いだ少年です。爆裂犯を取り押さえ、素手で火の点《つ》いた震天雷の導火線を引き千切り、玉体とこの国を救った真の英雄です！」

あたりはしんとなり、その静けさに阿燁はひどい耳鳴りがして、気が遠くなりそうだ。息を吸い込んで思わず叫ぶ。

「違う！　おれじゃない！　人違いです！」

そのとき、強い力で肩を摑《つか》まれて、ぐるりと回転させられた。間近に父の顔があった。ひどく驚いた、血の気の引いた顔で阿燁を見つめている。同時に、阿燁の右手を摑んでその手を開かされた。薄くなった火傷《やけど》と、導火線が食い込み皮膚の破れた傷痕《きずあと》が露《あら》わになる。茶を沸かすときに不注意で負った火傷だと、言い訳した傷痕であった。

「これが？　阿燁、この傷か！」

阿燁の手を握った父の顔に浮かぶ、驚き、焦慮、心配、少しの怒り、そして混乱。阿燁がどんないたずらや騒ぎを起こしても、取り澄ました顔で説教するだけの父の面に、そうした感情がせめぎ合うのを阿燁は初めて見た。つい、あっさりとうなずいてしまったのは、張り詰めていた緊張が、そのとき一気にほどけてしまったせいだ。

うなずいてから、天賜を巻き込んでしまう未来を考え、罪悪感と焦りに頭も胸も弾《はじ》けそうになって、たまらず叫んだ。

「ごめんなさい！　誰も騙《だま》すつもりじゃなかった。ただ、役に立ちたかったんだ！　おれみたいな凡人でも、誰かの役に立つって、思いたかったんだ」

そのあとのことは、阿燁はよく覚えていない。

父が阿燁を抱き寄せ、「馬鹿なことを、馬鹿なことを」とつぶやきながら頭と背中を撫《な》でていたせいで、周囲の出来事を見聞きする余裕がなかったのだ。

ただ、あまりに場が騒然としてしまい、本件に関係のない証人が別件を持ち出したことで、ふたつの案件の詮議をやり直すよう皇帝が命じ、その場は一時解散となった。

第十三章　旅立ち

その夜、帰宅した天賜は、食欲と落ち着きをなくしたようすを家族に心配され、父の書斎に呼び出された。

はじめは躊躇《ためら》った天賜であったが、御前試合の一件は宮中行事がらみであるし、宮仕えの父の耳にはすぐに入るであろうと判断し、阿燁の直面している事態を話した。

「父さんは刑法にも詳しいんですよね。阿燁は罰せられるんですか」

もし有罪となれば、阿燁はどのような刑罰を受けなくてはならないのか、と。

朝堂では赤衣金帯をまとう高位の官僚である星遊圭《せいゆうけい》だが、私服ではいたって貧相な学者風の人物だ。一年の半分は風邪を引いて冴《さ》えない顔色をしている上に、いつも胃痛を抱えているかのようにみぞおちに手を置く癖があり、地位に伴う体力があるのが不思議だと、家の外でも中でもささやかれている。

天賜が生まれる前に起きた第一次朔露《さくろ》侵攻において、当時は無官の青年であった星遊圭の、前線における活躍は伝説となっている。だが痩身《そうしん》で病弱な風体の父親が、気候風土の苛酷《かこく》な北の地で、屈強な兵士にとっても試練であろう数々の冒険をこなしたことは、父と陶玄月の西域記を読んだあとも、正直なところ信じ難い。

星遊圭は眉間《みけん》に寄せた皺《しわ》に、曲げた人さし指の関節を当てて少し考えてから、息子の疑問に答える。

「それぞれの犯罪に科される刑罰は、罪状と身分によるため一律ではない。詐欺については、騙された側の被害の大きさによっても、罪の重さと刑罰に違いがある」

官人であれば罷免されて庶人に落とされ、良人《りょうじん》階級の初犯であれば、被害者の損失を償《つぐな》い、杖刑《じょうけい》ののちに短期間の徒刑が科せられるであろうが、悪質であったり再犯の場合は、入れ墨をされて流刑になることもあると。

「とはいえ、宮中で犯した罪は一般の裁判とは異なる掟《おきて》で裁かれる。しかも欺いた相手が至尊の君主ならば、それは天に背いたに等しいと解釈されるかもしれない」

星遊圭はそこで言葉を句切った。天賜は青ざめる。陶家は大富豪だが、官家ではない。庶人の法が適用された場合は、阿燁は都にいられなくなるかもしれず、あるいは天子を欺く大罪人に処されるのではと唾《つば》を吞《の》む。

だが、深刻な表情をふっとゆるめた父は、息子に薄く笑いかけた。

「阿燁の場合は、あまり心配することはない。陶名聞太監《とうめいぶんたいかん》と玄月が手を打つだろうし、陛下がうまくおさめてくださる」

父は穏やかな表情で、何も心配するなと息子を諭す。天賜の不安を取り除くために、その場しのぎの嘘を言っているのではなさそうであった。

「陶家はそんなにすごい力を持っているのですか」

「力というよりは、経済力だな。大逆や誣告《ぶこく》、殺人以外の有罪判決は、贖銅《しょくどう》――つまり賠償金を払うことによって実刑を免れることができる。前科はついてしまうから、童試《どうし》の受験資格を失うが、玄月はむしろそれを望むかもしれない」

「どうしてですか」

天賜は驚いて訊《たず》ねた。我が子が官僚になることは、すべての親の願いではないのか。

星遊圭は少し沈黙して、それから口を開く。

「陶家は次の代で官僚を出す必要はないほど裕福だ。学問に興味のない阿燁に無理をさせたくないと、玄月は考えているようだね」

この一瞬、天賜は父が真実を話すことを避けたと直観した。

だが、とりあえず阿燁が笞《むち》や杖《つえ》で打たれたり、額に罪人の墨を入れられたり、遠い鉱山に流されたり、ということはなさそうだと、天賜は胸を撫で下ろした。

書斎から母屋に戻った天賜は、弟妹たちを就寝させようと奮闘する母を手伝う。

星邸の正門が激しく叩《たた》かれたのはそのときだった。

坊門の閉まる時間を過ぎているにもかかわらず、皇宮から発せられた使者が正門より駆け込み、下馬もせず星家の当主とその長男の召喚を告げた。

誰にとっても長い夜であった。

宮城に呼び出された天賜は、還御の日にあったことを証言するように命じられた。事前に阿燁にも澳飛にも会うことは許されず、何をどこまで話せばよいのかわからない。ただ、皇帝直々の尋問に怯《おび》える天賜の前に彌豆《びどう》が現れた。そして、還御の日に見聞きしたことは話してよいが、澳飛との交際については馬以上のことは話さぬよう耳打ちして通り過ぎた。

皇帝直々の尋問を終えた後、星親子は沙汰《さた》を待つように控えの間に通された。

息子とその親友が成した救国の英雄行為について、寝耳に水であった星遊圭は、ただただ驚いて息子に向き合った。

「なぜ、こんな大事なことを黙っていた？」

小さく縮んで床と絨毯《じゅうたん》の隙間に入り込みたい思いで、天賜は父に答える。

「阿燁が目立つようなことがあったら、陶のおじさんに折檻《せっかん》されるかも、って」

星遊圭は胸の底から肺のすべてを吐き出すように嘆息する。

「導火線に火の点《つ》いた天震雷を扱うなんて、どれだけ危険なことをしていたのか、わかっているのか」

天賜の父は、滅多に見せない厳格さを漂わせて詰問してくる。

「わかっているから、なんとか震天雷が爆発するのを止めようとしたんです」

無意識に左手で右の前腕を撫でている息子に、星遊圭は言葉を見失う。

「見ただけで、それが天震雷だと、どうしてわかった？」

同じことを、皇帝による証人喚問のときに訊ねられた。父も同席していたが、朔露に関する戦記を読んだので知っていたという答に、父は納得していないようだ。文章で読んだだけで、実際に見たこともないものの正体と使い道を、即座に知ることなどあり得ないと。

さすがに、澳飛の王府で目にして用途も確認したことは言えずに、天賜は黙ってしまう。

そこからはただ、控え室で待たされるだけの時間が過ぎ、天賜はいつしか父の肩に頭を預けてうつらうつらしていた。

そこへ、翔皇太子と駿王が訪ねてきた。

立ち上がって拝礼しようとする星遊圭に、眠っている天賜を起こさぬようにと、翔太子は身振りで応じた。太子は心持ち青ざめ、言いにくそうに口を開いては閉じた。

やがて意を決したように話しかける。

「星大官、阿燁はその――」

だが、その先が出てこない。口に出してはいけない言葉を出せずにいる皇太子の声を、天賜は微睡《まどろ》みのなかでぼんやりと聞いていた。

「太子殿下。それは私にお答えできる問いではございません」

父の凛《りん》とした声が、天賜のすぐそばで響く。衣擦《きぬず》れの音と、翔太子と駿王が小声で言葉を交わすくぐもった音、そして咳払《せきばら》いが聞こえた。

「私と駿王は、幼い時のいたずらで爆竹を使って臨月の内官を驚かし、生まれてくる弟の命を奪いかけたことがある。幸運にも無事に生まれてきたが、その後すぐに亡くなってしまった。そのときの愚かな行為をずっと悔いていたのだが」

意気消沈して語る翔太子に、父の穏やかな声が応《こた》える。

「そのときの話は、皇后陛下とその場にいた妻の明蓉《めいよう》から聞いています。生きていれば、第十八皇子であったはずの男子が夭折《ようせつ》したのは、太子の落ち度ではありません。嬰児《えいじ》が暑さや寒さで、あるいはささいな風邪をこじらせ、またあるいは小さな玩具《がんぐ》や食べ物を喉《のど》に詰まらせるなどして命を落とすのは、世の中ではよくあることです。我が子が大過なく健やかに育つということは、実は稀《まれ》に見る幸運なのですよ」

皇胤《こういん》を乳児のうちに失った内官が、まもなく陶玄月に下げ渡された。その後どこかから陶家にもらわれてきた養子の年齢が、夭折した皇子と同年齢であること、そして阿燁が叔玉公主に糾弾されていた場での、違和感に満ちた父帝の言動への説明を、翔太子は求めている。それを察しながら、星遊圭は当時の内官が生んだ皇子は、すでにこの世に亡いものとして、翔太子と駿王に微笑みかけた。

星遊圭からは何も聞き出せないと判断した太子と、その異母兄が控え室を出て行くと、天賜は父の肩に頭を乗せたまま小声で話しかける。

「阿燁の本当のお父さんて、そういうことだったんだね」

「そう思うか」と、眠ったふりをして話を聞いていた息子を叱りもせずに応じる。

「だって、似てるよ。一番似ているのは、儀王《ぎおう》の瞭《りょう》皇子かな」

天賜は翔太子の同母弟の名を挙げた。そして、くすっと笑う。

「穎王殿下に会ったときも、そう思った。阿燁は気づいていなかったけど」

父の肩に預けていた頭を起こし、天賜は父の顔を見つめた。

「強面《こわもて》というか、三白眼の皇子さま、多くない？　公主さまにも何人かいるよね。皇帝陛下もそうなの？」

星遊圭は少し考えてから答える。

「陛下は、そうではないな。おそらく、先帝の血だと思う。とても眼光の鋭いお方であったと言われている」

短い沈黙ののち、父がつぶやく。

「天賜が気づいていたのなら、太子のように、みなも察しているのだろうな」

身分姓名詐称が糾弾された場では、帝室の面々だけでなく、古株の宦官《かんがん》も多くいたという。当時の事情を知る者もいたであろうし、皇子たちが居並ぶ中に阿燁が立てば、その相似性に気づく者がいても不思議ではない。

というより、星遊圭の見立てでは、幼いころは母似とされていた阿燁は、声変わりしたころから急速に背が伸び、肩幅が広くなってきた。顔立ちや体格だけではなく、表情やその言動まで、宮中を出されてから一度も会ったことのないはずの実父に、よく似てきているのだ。

星遊圭は、玄月が阿燁を表に出したがらない理由を知る、数少ない人物であった。そして、過保護なまでにひとり息子を世間から隠してきた玄月の計らいは、まったくの無に帰してしまったと考える。

陶家の嫡男は、今上帝《きんじょう》の御落胤《ごらくいん》であるとの噂は、この夜を境に、たちまちにして世間に広がるのだろう。

とはいえ、至尊の血を引く子を身籠《みご》もった内官が、寵臣《ちょうしん》に下賜される例は、古今の王朝の歴史において珍しいことではない。それをわざわざ皇子は夭折したことにして、身元のはっきりしない養子として迎えた理由は、阿燁と帝室との縁をきっぱり切り離すことを、陶玄月と蔡月香《きいげつか》の夫婦が強く望んだためであった。

「ぼくのせいだ」と天賜が泣きそうな声で言った。

「夏のあいだ、あちこち歩き回って都を探険したの、ぼくから誘ったようなものだ。穎王殿下に出会って、仲良くなったのも、ぼくのせいなんだ」

焔花《えんか》を作りたくて硝石を欲しがった自分が、阿燁を放火騒動に巻き込んだのだ——という真相は、親に告白できずに呑《の》み込んだ。そして、阿燁は澳飛を好ましく思っていなかったのに、交際を続けたのは天賜が望んだことだ。

そう考えた天賜は、下唇を噛《か》んで、嗚咽《おえつ》をこらえた。

「阿燁の出生の真実は、いつかは明らかになることだった。玄月にしても、いつまでも阿燁を邸《やしき》に閉じ込めてはおけない。ただ、もう少し穏便な状況で、実の親子の対面が叶《かな》えば、よかったのだがな」

その穏便でない状況を作り出した原因が、我が子の文字通りの火遊びであったとは夢にも思わず、星遊圭は天賜をなぐさめた。

天賜が放火犯の捜査に協力したことは、澳飛と阿燁は沈黙を通したらしく、彌豆《びどう》も口を閉ざしていたようだ。交際関係のある澳飛に招待され、家族ぐるみで仲のよい友人の阿燁と、たまたま現場に居合わせたと判断された天賜は、翌日には家に帰された。

天賜はそれまでの生活に戻ったが、阿燁は童科書院に来なくなった。陶邸を訪ねたところ、阿燁は謹慎中であると面会を断られる。

一連の糾弾についての沙汰を知ろうとして、天賜は毎日のように穎王府に通ったが、澳飛との面会は叶わなかった。王府のあるじは、ずっと皇宮に詰めているのだと、厩舎《きゅうしゃ》の番人に教えられた。

弟妹の相手も、親と話すことも気が進まない天賜は、離れに閉じこもっていることが増えた。もしかしたら、阿燁が陶邸を抜けだして、星邸の秘密の抜け道を通って天賜に会いに来るのでは、という予感、もしくは願望もあった。

そしてそれは、半月後に実現した。

じゃぼじゃぼと不可思議な音が外でしたかと思うと、音を立てて扉が開いた。びっしょりと濡《ぬ》れた薄汚い灰褐色の塊が、屋内に飛び込んできた。

「天月《てんげつ》！」

天賜は濡れた獣を抱き上げた。革の首輪を探って、阿燁からの手紙が結びつけられていないかと探ったが、何もなかった。じゃぼじゃぼという音がまだ外で続いている。天賜が顔を上げると、扉口には袖《そで》から水を滴らせ、膝下《ひざした》をぐっしょりと濡らした阿燁が、脱いだ靴をひっくり返し、靴底に溜《た》まった水を捨てていた。

「阿燁！」

靴を置き、ずぶ濡れの袖を絞りながら、阿燁が文句を言う。

「おまえんち、不用心だよ。排水溝の格子が開きっ放しだぞ。おれが押し込み強盗だったらどうするつもりだ」

この二日は雨続きだった。果樹園背後の暗渠《あんきょ》はふくらはぎあたりまで増水していたのだろう。格子をくぐるために腰をかがめれば、広袖も水に浸《つ》かる。

「それは、いつ阿燁がうちに来るか、わからなかったから」

急いで奥から着替えと部屋履きを取ってきて差し出し、天賜は弱気な声で応じた。

「元気そうでよかった。でも、よく抜け出せたね。陶邸にも抜け道があるの？」

「ない。どの暗渠も鉄格子がぎっちり嵌《は》められていた。だけど、天月が塀越しに出入りする枝振りのいい木があってさ。庭師が休憩でいなくなった隙にその木に登って枝に縄をかけて、塀から飛び降りた」

「阿燁。いまごろ陶邸は大騒ぎだよ」

天賜は嘆息し、すぐにこちらへ陶家の使いが遣わされるのだろうと思った。

「このまま、どっかの田舎にやられるみたいでさ。阿賜に会わないままでいなくなるのも嫌だったから」

「田舎に？　どうして？」

着替えた阿燁は、ふんと鼻を鳴らして椅子を引き寄せ、どかりと腰を下ろす。

「還御を襲撃した連中が、おれに意趣返しをするかもしれないから、都から遠ざかっていろって、父さんが言い張るんだよ」

「なんで？」

「まあ、話は長くなる。喉が渇いたから、何か飲ませてくれ」

天賜はいそいそと茶を淹《い》れる用意をし、卓上焜炉《こんろ》の炭を熾《おこ》した。

「父さんが言うには、放火犯一味は捕まえたけど、還御の玉輦《ぎょくれん》を狙ったのは、放火犯の一味が秘蔵していた震天雷と、その製作方法を手に入れようとしていた、別の一味なんだと。放火犯どもは、震天雷を欲しがる連中が言い値で買い取るって言ったことから、隠し持っていた震天雷をそのまま売ったところで数は限られ、たいした儲《もう》けにはならないと思った。だから自前で震天雷を作ることを思いつき、継続的に売りつけてやろうと試行錯誤を繰り返した。その一連の動きが連続放火事件の真相らしい。放火犯の一味に逮捕を免れた者がいて、もてあました震天雷をいくばくかの金と引き換えに、別の一味とやらの連中に売り渡した。震天雷を手に入れたやつらは、衆目の集まる還御の最高潮の瞬間を狙って玉輦を襲い、国威を傷つけることを企《たくら》んだ。だけど、襲撃の実行犯は、動機や背景を吐かせる前に、獄中で毒を飲んで死んでしまった」

「自殺してたの？」

天賜は思わず声を上げ、茶壺《ちゃこ》に注ぐ湯をこぼしかける。

「自殺か、毒を仕込んだ他殺かどうかはわからないけど、とにかくそのせいで、震天雷を狙っていた黒幕を特定できなくなって、父さんは帰京してからも大忙しだったわけなんだ。行幸を襲ってやろうって悪辣《あくらつ》な組織は、ひとつやふたつじゃないらしい。初めて教えてもらったけど、父さんはそういう盗賊団や国家転覆を企む逆賊を支援する連中が体制側にいないか調査したり、人々を煽動《せんどう》する怪しげな宗教団体を監視したりして、証拠を見つけたら摘発するのが仕事なんだと」

「うん、まあ。東廠って、そういう機関だしね。官僚の不正とかに目を光らせているけど、それ以外にもいろいろ」

年齢に似合わず朝廷の事情に詳しい天賜が相槌《あいづち》を打ち、阿燁は不満げに親友を睨《にら》む。

「星大官は、阿賜と仕事の話をするのか」

「仕事のことは話さないけど、朝廷の仕組みとか、官僚機構や法律のことは教えてくれるよ。試験に受かったら、どういう職位から始まるか、とか。どの部署がどんな仕事をしているのか、とか。例えば、ぼくは蔭位《おんい》の特権を使えば、官僚登用試験を受けなくても官位をもらえるけど、周囲からは見下されるし、出世は遅くなって、高位には上がれない。だからちゃんと勉強して試験に通った方がいい、みたいなこと」

阿燁は小さく鼻を鳴らすと、天賜の差し出した茶を一気に飲み干して、息を吐いた。

「まあいい。とにかく、連続放火と思われる事件は、やり方が粗忽《そこつ》で素人臭い。かといって火薬がらみなのは無視できない。でも、反体制の連中は東廠の動きにも目を光らせているから、父さんが動くとそいつらを警戒させる。そういうわけで、世間ずれしていない穎王に調査を依頼した」

そこで、阿燁は鼻に皺《しわ》を寄せて顔をしかめた。

「朝廷が都を空けているときに、そいつらが動くことを想定して、陛下は穎王に錦衣《きんい》兵を動かす権限を与えたんだけど、なかなか尻尾《しっぽ》を出さない。やっぱり単なるはぐれ者たちのいたずらじゃないかと、穎王が思い始めていたところに、紫雲楼の火災だ」

阿燁は空いた自分の碗《わん》に自分で茶を淹れて飲み干した。そして続ける。

「穎王が震天雷よりも火力の強い火毬《かきゅう》を阿賜に造らせたことは、父さんは知らない。素人が震天雷を作れたら、どんなことができるのか、穎王自身は知りたかったんだろうな。穎王は還御時に襲撃される可能性を陛下に報告したけど、還御前に放火一味を捕まえたことで安心しちゃったんだろう。実際、本拠地もなくちまちま実験していたようなしょぼい連中で、還御襲撃なんて大それたことを考えつく頭はなかったし、そいつらが『客』について吐かなかったのは、引きこもりの穎王では尋問が足りてなかったんだろうな」

「尋問――」

天賜は無意識につぶやいた。もしかして拷問とかいうやつか、と背筋が冷える。

「なんかさ、おれたちが知らないだけで、そうやって帝都を騒がしたり、皇帝や皇族の命を狙う連中って、抜いても抜いても雑草のように生えてきて、あとを絶たないんだってさ。どうかすると、頭がおかしくなっただけの単独犯が、通りすがりの馬車が派手だってだけで、襲ったりすることもあるって。そういう人間って、失う物がないから、自分の絶望に他人を引きずり込もうとするんだそうだ」

阿燁の父は、そういった些末《さまつ》と思われる事件のひとつひとつの背後に、帝国の秩序を乱そうとする組織がないかどうかを、日頃から調べているのだという。

「陶おじさんがひとりで？」

「そんなわけないだろ。部下はたくさんいるんだけど、その部下の中にも、東廠の内部を探る奸賊《かんぞく》の間諜《かんちょう》が潜んでいる可能性があるんだとさ」

そう言って、阿燁は三杯目の茶を注ごうとした。湯がなくなったのを見て、天賜は厨《くりや》から水を汲《く》んでくる。

「還御襲撃は杜撰《ずさん》過ぎて、組織的な犯行とは思えないけど、単に震天雷の威力を試そうとした可能性もあるって父さんは言っていた。実際に戦場で目にしたわけでもなければ、想像するのも難しいからな。とにかく、黒幕は実行犯を蜥蜴《とかげ》の尻尾みたいに切り捨てて、痕跡《こんせき》も残さず消えた。なのに、おれは顔も名前も、面倒くさい出生も世間に知られてしまった。黒幕側の恨みを買っただけじゃなく、朝廷嫌いの奸賊や、皇族を妬《ねた》む連中に狙われやすい有名人になっちまったわけさ。だから、事件の背景がわかるまで、どこかの田舎に引っ込んでろって、父さんは言うんだ。だけどさ、そいつらが次の蠢動《しゅんどう》を始めて、父さんがそいつらを見つけて殲滅《せんめつ》するまで、おれは隠れて閉じこもってなきゃいけないのか？」

阿燁の声は、興奮と怒りでだんだんと昂《たか》ぶってゆく。

「冗談じゃない！　おれも父さんを手伝って、その黒幕とやらを捕まえるって言ったんだけど、ほとぼりが冷めるまで都を出て、とにかくおとなしくしてろって言われた。父さんがそう言い出したら、絶対に譲らないんだ」

一気に吐き出すと、阿燁は黙り込んだ。湯が沸くまで、ふたりはぼんやりと焜炉の中で赤く燃える炭を眺めた。

いろいろな素材を燃やして、どんな色になるかと遊んでいた日々が、まるで遠い昔のことのようだと言えば、おそらく相手も同意するのではと、互いに思いながら。

「でもさ、阿燁は陶おじさんと、たくさん話ができたんだね」

謹慎と聞いていたので、阿燁はひとりで自室に閉じ込められているのではないか、と天賜は心配していたのだ。だが、阿燁が自身から遠ざけられていたもろもろの事情を養父の口から知ることができたのは、大きな前進だと思った。

「おれの本当の親のこととか、話してくれるまで暴れ続けたからな」

「うん」と、天賜は神妙にうなずいた。阿燁の口元が引き締まる。

「もう、みんな知ってるんだな。天賜はいつから知っていたんだ？」

「阿燁が名前を偽った件で父さんといっしょに呼び出された夜かな。翔皇太子が来て、蔡伯母《おば》さんが内官だったときに皇后宮で産んだ、十八番目の皇子に何があったのか、父さんに訊《き》いてた」

「星大官は、はじめから知っていたのか」

「母さんもね。阿燁を取り上げたのは、母さんとシーリーンおばさんなんだって。だから、阿燁がうちに入り浸っても、陶家の人たちには何も言われなかったんだよ。うちが阿燁にとって安全な場所だから」

「そうか」とつぶやき、阿燁は顔をこすって二度うなずいた。

「おれが本当に血の繫《つな》がった息子で、それか、どこの馬の骨かわからない拾われてきた本物の孤児だったなら、父さんはおれに仕事を手伝わせてくれたのかな。転んで膝《ひざ》にかすり傷を負ったくらいで、使用人たちがよってたかって大騒ぎしなくてすんだのかな。だけど、おれはただ息をしているだけの草木じゃないから、いつまでも同じ場所でじっとしていることなんかできない。父さんやみんなの役に立ちたいのに、何もさせてもらえなくて、ただ無事に生きていればそれでいいなんて、それって何のために生まれてきたのか、わからないじゃないか」

——父さんは、おれが嫌いなんですか——

昨夜、父に投げつけた問いを、阿燁は無意識に胸の内で反芻《はんすう》した。それは、震駿を乗りこなせなかったあのころ、阿燁の声が低くなった四、五年前から、さらに広がっていった。

物心ついたころから、父とは埋めがたい距離を感じていた。家族がそろって過ごす時間が減ったのは、昇進した父がさらに忙しくなったからだと、母や祖父母には聞かされていた。だが、たまに会えた父は、幼かったころほど自分を見ているように思えなかった。会話も続かなかった。

父に嫌われているような気がしていた阿燁は、いっそう星家に入り浸るようになっていった。

──父さんは、おれが嫌いなんですか──

その問いに、父の眼差《まなざ》しに戸惑いが浮かんだ。即答せず、返す言葉を探しながら、息子の目から目を逸《そ》らさない努力をしているように見えた。

──そんなことはない──

父にしては、歯切れの悪い言葉が返ってきた。

──じゃあ──

好きなんですか、と言いそうになって、親子間でその表現はおかしいと思って口ごもった。滅多に会えない父帝に、手ずから乗馬を教わったという澳飛。長男の勉強をいつも丁寧に見て、庭の手入れも獣たちの世話も、子どもたちと戯れるように教える天賜の父。阿燁はいつから、父から直接ものごとを教わったり、戯れることをしなくなったの

れないのかと、阿燁は叫びそうになった。

どうしてもっと、自分と一緒にいろいろなことをしてくれないのか、そばに置いてくれないのかと、阿燁は叫びそうになった。

これが二、三年前の対峙《たいじ》であれば、阿燁は駄々をこねて父を問い詰め、感情を爆発させていただろう。だが、成人を間近に控えた阿燁は、すでに父の社会的地位や、自分の立場をわかってしまっていた。知りたくもなかったというのに。

自分は父親にとって、絶対に壊してはならない預かりものだったのだ、と。

――阿燁、おまえは、私たちの大切な、ただひとりの息子だ――

いつもよりは湿度のある、優しさを帯びた父の声に、阿燁は何も言えなくなった。父がこの世界で誰よりも大切にし、愛《いと》おしく想っているのは、母の蔡月香だ。その阿燁の実母を巻き込んだ『私たち』ではなく、血の繋がらない父から、『私の』息子だと言って欲しかったのに。

泣きそうな顔で言葉を切ったまま沈黙してしまった阿燁に、天賜はどんな言葉をかければよいのか、わからない。

父遊圭によれば、玄月には敵が多い。過保護なまでに阿燁の外出を制限したり、公の場に出さなかった理由は、我が子の身の安全を思えばこそだ。そして、阿燁自身の顔と出生の真実が世間に知れた上に、正体のわからぬ組織の恨みを買ったいま、陶玄月が阿燁を都から遠ざけようとするのも、理に適《かな》っていると。

「誰も知るひとがいない未知の土地へ、ひとりでやられるのは嫌だよね。ぼくも一緒に行けるよう、父さんに頼んでみる。阿燁の勉強をちゃんと見るって言えば、たぶん許してくれる。それから、双節棍《そうせつこん》の使い方を教えてよ」

「天賜──」阿燁は言葉をつまらせて、幼馴染《おさななじ》みの親友を見つめた。それから小さく笑って、「ありがとう」とつぶやく。

「だけど、そんなの、天賜の父さんと母さんが許さないって」

阿燁の常識的な考えは裏切られた。

星夫妻は、長男が阿燁の隠遁《いんとん》生活に同行することを承知したのだ。

「友は一生の宝だからね。都にいて学問ばかりの青春も、視野を狭くする。乗馬も上達したことであるし、田舎の暮らしを体験するのも悪くないだろう」

そう言って星遊圭は息子を励まし、持たせる書籍の選別を始めた。

＊　＊　＊

「ああ！　もう！　どうして私が遠い国へ降嫁しなくちゃいけないの！」

宮城、皇城、外城の大門をくぐるたびに、馬上の叔玉公主がいまいましげに叫ぶ。降嫁する公主ならば、おとなしく後からついてくる豪奢《ごうしゃ》な二頭立ての馬車に乗って、小さな窓の垂れ幕から都の喧噪《けんそう》を垣間見《かいまみ》つつ、遠ざかる都の風景に涙をこらえる風情があってもよいものだが、そんな気配はまったくない。

「では、陛下がお勧めになったとおり、李敖《りごう》か鄭海《ていかい》のどちらかを、附馬《ふば》にお選びになればよかったではありませんか」

半馬身遅れて従う穎王澳飛が、大門をくぐるたびに同じ言葉で反論する。

「どうして私が二等の衛士と結婚しなくちゃならないの！」

「ご自分を負かした男でなければ、嫁がないと言い続けておられたのは従姉上《あねうえ》ですよ。長年の望みが叶《かな》うところだったのに」

「負けてなんかいないわ！　たかが馬上打毬《だきゅう》じゃないの。しかも騎手のうち三人が近親者だなんて、選択の余地なんかあったものじゃないわ！　ああ！　忌々しい。第一、試合の決まりでは、皇族の騎手はひとつの組にふたりまでじゃなかったの？」

高く結い上げた髪には、金銀玉を鏤《ちりば》めた櫛《くし》と簪《かんざし》が日光を弾《はじ》き返し、金鎖に通したいくつもの歩揺《ほよう》が、しゃらしゃらと音を立てる。

「陶公子は皇族ではありませんから」

皇帝から降嫁の命が下されてから、叔玉公主と何度同じ口論を交わしたのか、澳飛はすでに覚えていない。むしろ降嫁の使節の正使に選ばれてしまった自分の方が、よほど同情されるべきではないかと思える。

天鋸《てんきょ》行路における朔露可汗《かがん》国の勢力が後退してのち、交易を主な産業とする大小の都市国家群では、宗主権を争って小競り合いが激しくなっているという。その中でも、金椛帝国を後ろ盾とすることで、天鋸行路に秩序を取り戻そうとする国から、和蕃《わばん》公主の降嫁が請われていた。

時に外交官の役目も果たす和蕃公主は、気の弱い女性には務まらない。そういう意味では押しの強い叔玉公主は適任であるし、西国出身の母を持ち、胡語《こご》を理解する澳飛が正使に選ばれるのも、理に適っている。

ただ、やはり、父帝がうやむやにもみ消してくれた一連の騒動の責任を取らされ、ほとぼりが冷めるまで都から遠ざけられた感は否めない。

とにもかくにも、叔玉公主はどうどう巡りの愚痴を繰り返しつつも、馬車ではなく自ら騎乗して出立することを譲らなかったほかは、降嫁そのものは受け入れている。

正使の澳飛と違って、叔玉は一度嫁げば二度と祖国へは戻らないのだ。従姉《いとこ》の愚痴に付き合うのも自分の務めと考え、澳飛は自分の見識の甘さが招いた過ちの贖罪《しょくざい》と受け止めることにしている。それに、後宮にいた幼いころ、毛色の違いから年の近い兄弟にいじめられがちであった澳飛を、颯爽《さっそう》と助けにきて勇敢に庇《かば》ってくれたのは常に叔玉であったから、恩返しの機会でもある。

本当に、自分はひとの心の機微も世間も知らず、宮中で育ちながら、そこで繰り広げられていた愛憎劇にまったく無知であり、無関心であったと反省する。

第十八皇子が生まれてすぐに亡くなった当時、澳飛はたったの三歳かそれくらいだったので、知るはずもないことではあったが。

――まあ、母の故郷に近づけるのなら、それも一興か――

澳飛はそのように考えることにした。ただ、阿燁とのかかわりを上司の陶玄月に報告しなかったことと、さまざまな隠蔽《いんぺい》の共犯にさせてしまったことで、彌豆《びどう》がこの降嫁の随員に加えられ、叔玉公主の近侍としてつけられたことは、申し訳ないと思う。有能な宦官《かんがん》なので、補佐につけられたことは大変心強いのではあるが。

――それにしても――

あの少年たちはどうしていることだろう。

阿燁が自分の異母弟であると知ったとき、驚くよりもなぜか腑《ふ》に落ちた。阿燁の仕草や表情は、この春から面談することの増えた父帝を、やたらと思い出させていたことも。その違和感に加え、御前試合に誘ったあたりから見せ始めた、阿燁が養父の玄月に抱える鬱屈《うっくつ》の理由にも、明快な答が与えられたのだ。

結局、父帝が阿燁を落胤《らくいん》として認知することはなかったが、もはやそれは暗黙の事実として誰もが知ってしまった。陶玄月と阿燁の親子関係が、御前試合の前よりもこじれてしまっていなければいいが、と澳飛は祈るばかりだ。

陶玄月とその妻は、もともと幼馴染みの許嫁《いいなずけ》であり、相手の蔡月香は宮刑で宦官にさせられた恋人の後を追って後宮入りしたほどの相思相愛であったと、のちに事情を知る宦官から聞いた。

澳飛自身の結婚生活は短かったが、夫婦の情愛は育ちつつあった。だから、男女の機微については、それなりの想像力は働く。もしも最愛の女がほかの男の子を宿し、その子を自分の手で育てなくてはならないとしたら、そんなことが自分には可能だろうか。しかも、その息子が年々実父に似てくるとなれば。さらに、その実父とほぼ毎日顔を合わせなくてはならないとしたら。

「もう！　冗談じゃないわ！」

叔玉公主が何度目かの不満を爆発させているのが耳に入り、澳飛の注意を現実に引き戻した。急に手綱を絞られて強制的に歩みを止められた叔玉の乗馬が、鼻を鳴らしながら前脚で地面を掻《か》いている。

「どうしてあなたがここにいるの！　私の顔を見て笑い物にしたいの？」

見れば、すでに最初の駅亭を通過するところであった。官吏たちが並んで見送る中に、十代の少年がふたり、良馬の手綱を引いて立っている。

馬上の叔玉公主に罵《ののし》られた背の高い方の少年は、恭しい会釈を公主に向ける。

「そんなつもりはありません。ただ、殿下の旅立ちにあたってお願い事があります」

「何よ」

「おれたちも連れて行ってください」

叔玉と澳飛は、同時に「は？」の形に口を開いた。澳飛はすぐに理性を取り戻し、咳《せき》払《ばら》いしてから詰問する。

「陶少監と陛下、星大官の許可はとっているのか」

阿燁と天賜はにこりと笑って、懐から銅牌《どうはい》を出して見せた。

かれらの姓名と、保証人の地位と姓名が捺《お》された印は、澳飛が持たされた皇室の紋章を帯びた銀牌《ぎんぱい》ほどの権威は持たない。だが関所を通過する際の旅証となり、駅亭の設備を利用でき、城市に出入りする際の通行証にもなる。

「西国への旅は、生やさしいものではないぞ」

澳飛は厳かな声を作って少年たちに警告する。

「知ってます。父からいろいろと聞いています。ただ、ぼくたちには西へ行かないといけない理由があって」

天賜は首を曲げて、鞍《くら》の後ろで丸く膨れ上がった灰褐色の毛皮を撫《な》でた。尖《とが》った鼻の横に、黒曜石のような瞳《ひとみ》を持つ獣が顔を出す。阿燁の乗馬である震駿の鞍にも、同様の獣が丸まっていた。

「天狗《てんこう》という西方産の獣なのですが、そろそろ本来の棲息《せいそく》地に返す必要があるのです。同じ方向へ行くんですから、ご一緒しませんか」

「そなたらの両親と話がついているのなら、しかたない。公式の牌まで持っているのならば、拒む理由もない。よろしいですか、公主」

叔玉公主は阿燁を睨《にら》みつけて嫌な顔をしたが、天月と目が合うと口元が弛《ゆる》んだ。鼻先のヒゲをヒクヒクとさせて、首をくいくいと揺らす天月から、公主は目が離せないようであった。

「ずいぶんと馴《な》れているのね」

「とても賢い獣です。そちらの馬に乗せても大丈夫ですよ」

阿燁がそう言うと、天月は鞍から飛び降りて、公主の馬に近づいた。公主の乗馬は耳を前後に振って警戒し、威嚇のために鼻を鳴らしたが、蹴《け》りつけることはしなかった。

天月はぴょんと垂直に飛び上がり、柔らかな身体を巻き付かせるようにして公主の膝《ひざ》のあいだにおさまる。乗馬に馴れているだけではなく、その大きさに反して上手に丸まることができるようで、馬の負担にはならないようだ。

叔玉は戸惑いつつも、天月の毛皮に触れた。天月は叔玉の手に顔を押しつける。

「これから寒くなるところへ、晩秋の山越えは雪が降るそうですからね。温かい獣は役に立つかもしれません」

天月の背中を撫でながら、叔玉はそう言って、愛馬に進むよう促す。

天賜と阿燁は互いに笑みを交わし、澳飛に会釈してから、それぞれに鞍上《あんじょう》に落ち着いて彌豆の後ろに並んだ。

「よろしくお願いします」

少年たちの言葉に、彌豆は眉《まゆ》の両端を下げて、情けない笑顔を返した。

「長い付き合いになりそうですね。本当に陶少監のお許しは得たのですか」

阿燁はにやりと笑った。

「姿をくらますにあたって、一つだけ願いを聞いてくれるところまで譲歩させたんだ。逃げたり隠れたりする場所は、自分で選ばせてくれってね」

「木を隠すなら森の中、というではありませんか」と天賜。

背後の会話を聞きながら、澳飛は少年たちが本当に親の許可を得ているのか、懐疑的であった。乗馬のみで替え馬もなく、旅路に必要な荷物も少なすぎる。なにより、かれらの身分であれば、必ずついているべき護衛や従僕などの供回りがいないのが怪しすぎた。見張りの隙を突いて、最低限の手荷物を抱えて、愛馬と愛獣のみを連れて逃げ出したであろうことは、問い詰めるまでもない。

その憶測に澳飛の口元は無意識に弛んだ。天賜の知恵と機転、阿燁の度胸と行動力を合わせれば、おとなたちを出し抜くことは難しくなさそうだと思えるのだ。

旅路は長い。かれらの冒険劇について、詳細を聞き出す時間はたっぷりとある。その長い旅路で、公主の機嫌をとるのが自分ひとりだけでなくなったことと、話の合う旅の道連れができたことは、前向きに考えてもよいとも思うことにした。

平原へと続く街道の遥《はる》か西には、越えてゆかねばならない山並みが見える。その彼方《かなた》には、すでに冠雪した青い山嶺《さんれい》。そしてその向こうには海の如き広大な沙漠《さばく》。

少年たちは本当についてこられるのか。自分はどこまで行けるのか。

細い雲がちぎれて飛んで行く秋の空を見上げて、澳飛は古詩の一節を口ずさむ。

「我が往《ゆ》く道は青天の如く」

「蒼嶺《そうれい》の彼方」天賜が即興で返す。

「天馬は空を行く」阿燁が結んだ。

叔玉が鈴をころがすような笑い声を上げた。

「まあ、風狂な道連れだこと」

一同の笑い声は、無数の馬蹄《ばてい》の音とともに、秋の高い空に吸い込まれていった。

本書は書き下ろしです。

この作品はフィクションです。実在の人物、団体等とは一切関係ありません。

天《てん》馬《ま》は空《くう》をゆく

金《きん》椛《か》国《こく》駿風《しゅんぷう》

篠原《しのはら》悠《ゆう》希《き》

令和7年 1月25日　初版発行

発行者●山下直久

発行●株式会社KADOKAWA
〒102-8177　東京都千代田区富士見2-13-3
電話　0570-002-301（ナビダイヤル）

角川文庫 24507

印刷所●株式会社暁印刷
製本所●本間製本株式会社

表紙画●和田三造

●お問い合わせ
https://www.kadokawa.co.jp/（「お問い合わせ」へお進みください）
※内容によっては、お答えできない場合があります。
※サポートは日本国内のみとさせていただきます。
※Japanese text only

ISBN 978-4-04-115825-8　C0193

◇◇◇

角川文庫発刊に際して

角　川　源　義

第二次世界大戦の敗北は、軍事力の敗北であった以上に、私たちの若い文化力の敗退であった。私たちの文化が戦争に対して如何に無力であり、単なるあだ花に過ぎなかったかを、私たちは身を以て体験し痛感した。西洋近代文化の摂取にとって、明治以後八十年の歳月は決して短かすぎたとは言えない。にもかかわらず、近代文化の伝統を確立し、自由な批判と柔軟な良識に富む文化層として自らを形成することに私たちは失敗して来た。そしてこれは、各層への文化の普及滲透を任務とする出版人の責任でもあった。

一九四五年以来、私たちは再び振出しに戻り、第一歩から踏み出すことを余儀なくされた。これは大きな不幸ではあるが、反面、これまでの混沌・未熟・歪曲の中にあった我が国の文化に秩序と確たる基礎を齎らすためには絶好の機会でもある。角川書店は、このような祖国の文化的危機にあたり、微力をも顧みず再建の礎石たるべき抱負と決意とをもって出発したが、ここに創立以来の念願を果すべく角川文庫を発刊する。これまで刊行されたあらゆる全集叢書文庫類の長所と短所とを検討し、古今東西の不朽の典籍を、良心的編集のもとに、廉価に、そして書架にふさわしい美本として、多くのひとびとに提供しようとする。しかし私たちは徒らに百科全書的な知識のジレッタントを作ることを目的とせず、あくまで祖国の文化に秩序と再建への道を示し、この文庫を角川書店の栄ある事業として、今後永久に継続発展せしめ、学芸と教養との殿堂として大成せんことを期したい。多くの読書子の愛情ある忠言と支持とによって、この希望と抱負とを完遂せしめられんことを願う。

一九四九年五月三日

ISBN 978-4-04-105198-6

天涯の楽土

篠原悠希

古代九州を舞台に、少年たちの冒険の旅が始まる！

弥生時代後期、紀元前１世紀の日本。久慈島《くじのしま》と呼ばれていた九州の、北部の里で平和に暮らしていた少年隼人《はやと》は、他邦の急襲により里を燃やされ、家族と引き離される。奴隷にされた彼は、敵方の戦奴の少年で、鬼のように強い剣の腕を持つ鷹士《たかし》に命を救われる。次第に距離を縮める中、久慈の十二神宝を巡る諸邦の争いに巻き込まれ、島の平和を取り戻すため、彼らは失われた神宝の探索へ……。運命の２人の、壮大な和製古代ファンタジー！

ISBN 978-4-04-109121-0